KB267202

높은 곳에 오르다

登高

바람 세고 하늘 높은데 원숭이 울음소리 애절하고
강가 물 맑고 모래 흰데 새 맴돌며 난다
끝없이 나무들에선 낙엽이 우수수 떨어지고
그치지 않는 장강은 출렁출렁 밀려온다

風急天高猿嘯哀　渚淸沙白鳥飛廻
無邊落木蕭蕭下　不盡長江滾滾來

Fantastic Oriental Heroes

고영

장담 신무협 판타지 소설

장담 新무협 판타지소설

초판 1쇄 찍은 날 § 2005년 4월 22일
초판 1쇄 펴낸 날 § 2005년 5월 2일

지은이 § 장담
펴낸이 § 서경석

편집장 § 문혜영
편집책임 § 서지현
편집 § 장상수 · 유경화

펴낸곳 § 도서출판 청어람
등록번호 § 제1081-1-89호
등록일자 § 1999. 5. 31
어람번호 § 제2-0585호

주소 § 경기도 부천시 원미구 심곡1동 350-1 남성B/D 3F (우) 420-011
전화 § 032-656-4452 팩스 § 032-656-4453
E-mail § eoram99@chollian.net

ISBN 89-5831-515-6 04810
ISBN 89-5831-514-8 (세트)

Fantastic Oriental Heroes

고영

장담 신무협 판타지 소설

목차

작가의 말

　　이십수 년을 읽기만 하다가, 인터넷이라는 새로운 세상을 접하면서 욕망을 참지 못하고 직접 글을 써볼 수 있는 기회를 갖게 되었습니다. 망설임과 설레임 속에 하나하나 고무림에 글을 올리면서 두려움도 많았습니다만, 독자 분들의 열화와 같은 성원 덕에 책으로 출판까지 하게 되었습니다.

　　저에게 새로운 생활의 재미를 만끽하게 해준 고무림의 금강 문주님을 비롯해 고무림의 수많은 열혈 독자 분들, 그리고 저에게 이러한 기회를 준 청어람의 관계자 분들께 감사의 인사를 드립니다.

　　나름대로 독자 분들께 재미를 선사하기 위해 조금 무거운 분위기 속에서도 빠른 진행과 가볍게 웃을 수 있는 상황도 양념으로 넣었습니다.

　　호기심에 책을 들어 즐겁게 읽고, 흥겹게 마지막 장을 덮은 다음, 설레임에 다음 권을 기다릴 수 있는 글을 쓰도록 노력하겠습니다.

　　　　　　독자 분들께 항상 감사하는 마음으로, 장담(張譚) 올림.

부타의 법력으로 막을 수는 있어도
부타가 없으니 막을 수 없고,
오직 제석천의 법력만이 아수라의 마력을 누를 수 있음이니…….
오! 선인이여…….

—수천불음사의 유적에서.

1

뿌연 하늘이 심술을 부리려는 것인지 감숙성 기련산 남쪽 줄기의 끝자락에도 겨울을 알리는 서설이 북녘 찬바람을 타고 흩날리고 있었다.

뚜걱뚜걱……. 크르르…….

그렇게 서설이 모래바람과 뒤섞여 흩날리는 십이월 열이틀 석양 무렵, 한 대의 낡은 마차가 사냥꾼들의 터전인 과풍곡으로 들어서고 있었다.

마부석에는 잘생기지는 않았지만 남자다운 기상을 지닌 장년인이 무거운 표정으로 앉아 있었고, 마차 안에는 약간 초췌해 보이는 여인이 만삭의 배를 끌어안은 채 타고 있었다.

"향정, 다 온 듯하오. 조금만 참으시구려."

장년인의 낮은 목소리에 여인이 쪽문을 열고 밖을 바라보자 눈발이 날리는 저 멀리 황량한 계곡이 보였다. 앞으로 자신이 기다림의 세월을 보내야 할 집이 저곳에 있는 것이다.

과풍곡의 한쪽 구석에 있는 허름한 집에 마차가 도착하자, 장년인은 여인을 방에 누이고 누군가가 가져다 놓은 이불로 여인의 전신을 덮어 주었다.

"잠시 촌장 집에 갔다 올 테니 쉬고 계시오."

"걱정 마시고 다녀오세요. 고맙다는 말도 전해주시고요."

과풍곡의 촌장 어우연은 자신을 찾아온 장년인을 안방으로 들이고, 웃음 띤 표정으로 밖을 향해 소리쳤다.

"임자! 거 내가 마시는 차 있지? 그거 좀 내다 주구려."

밖에서 알았다는 대답이 들리자 어우연은 곰방대를 털며 장년인을 바라보았다.

"그래, 부인은 모셨소?"

"예. 모든 것을 준비해 주셔서 고맙습니다. 해서, 촌장께 드릴 부탁이 있습니다."

"허. 말씀하시구려."

"진모가 이사 왔다는 인사나 할 겸, 잔치를 열어드리고 싶습니다만."

"호오? 잔치를 말씀이오?"

어우연의 얼굴이 밝게 빛났다. 자신은 이 장년인에게 과풍곡에 머물게 해주는 대가로 은 삼십 냥을 받았다. 게다가 허름한 집 한 채 내주며 또 열 냥을 챙겼다. 이 년 정도는 걱정 않고 살 정도를 받은 것이다. 하니 웬만한 부탁이라면 못 들어줄 것도 없었다. 한데 자신이 잔치를 연다고 한다. 그건 부탁도 아니다. 아마 마을 사람들이 모두 기뻐할 것이다. 그리고 자신도 생색을 낼 수 있고.

"허허허!! 진 공이 그리한다면 마을 사람들 모두 기뻐할 것이오."

사흘이 지난 후, 과풍곡 촌장집 앞마당에서는 때 아닌 잔치가 벌어
졌다. 모닥불에 돼지가 통째로 구워지고 있고, 독한 화주 항아리가 여
기저기 널려 있었다. 거친 사냥꾼들은 여인들이 있는 것도 아랑곳없이
걸쭉한 입담으로 껄껄거리며 웃고, 술이 취해 팔씨름을 하며 힘 자랑하
는 이들도 보였다.

모두가 새로 이사 온 장년인, 진창휴를 반기며 그렇게 즐길 때 몇몇
남자들은 한쪽에 다소곳이 앉아 있는 만삭의 여인을 음흉한 눈길로 쳐
다보며 자신들끼리 쑥덕거리고 있었다.

만삭의 몸인데다 키가 커 보이고 절세미인은 아니었지만, 이런 촌구
석에서 쉽게 볼 수 없는 여인이었다. 충분히 남자들의 시선을 끌 만했
던 것이다.

진창휴는 그걸 보더니 천천히 자리에서 일어났다.

"이렇게 반겨주시니 참으로 고맙기 짝이 없소이다. 이 진모가 떠돌
아다니다가 이제야 제대로 자리를 잡은 것 같소이다. 해서, 눈에 찰 정
도는 아니지만 자그마한 재주를 선보일까 하오."

진창휴가 마당으로 내려가자 사람들이 환호성을 지르며 손뼉을 쳐
댔다.

"거, 화끈한 친구구만! 어디 기대해 보겠소."

소리친 사람을 향해 고개를 끄덕여 보인 진창휴가 여인을 쳐다보았
다.

"봇짐을 좀 던져 주시겠소?"

“여기 있어요.”

여인이 봇짐을 오 장 떨어진 진창휴를 향해 가볍게 던졌다. 진창휴가 봇짐을 받아 들고 그 속에서 석 자 길이 장검을 하나 꺼내자 사람들은 진한 호기심을 담고 그를 바라보았다. 일반인들이었다면 놀랄 수도 있었지만, 사냥꾼들에게 장검 정도는 그저 단순한 호신용으로밖에 보이지 않는 것이다.

진창휴가 장검을 꺼내고 봇짐을 옆에 있는 텁석부리 장한에게 던지자, 장한은 무심코 한 손으로 봇짐을 받았다. 조금 전 음흉한 눈빛을 보였던 장한 중 한 사람이었다.

“헛!”

한데 봇짐의 무게가 장난이 아니다. 족히 삼십 근은 나갈 것 같다. 텁석부리 장한이 놀란 눈으로 검을 들고 있는 진창휴를 보다 무엇을 생각했는지, 홱 고개를 돌려 만삭의 여인을 놀란 눈으로 쳐다보았다. 장검까지 들어 있던 봇짐을 그저 막대기 던지듯이 가볍게 던진 그녀를.

진창휴가 천천히 마당의 앞으로 걸어가자 모두가 눈을 크게 뜨고 기대 어린 눈으로 쳐다본다.

그때였다.

“타앗!!”

과풍곡을 울리는 기합이 터지고, 진창휴의 신형이 비스듬히 앞으로 나아가다 허공으로 솟구쳤다.

나아가는 곳에는 삼 년 전 벼락을 맞아 허리가 동강 난 한 그루의 고목이 흉물스럽게 서 있었다.

“하앗!”

또다시 기합이 터지고, 푸른 빛을 발하는 장검이 오 장 높이에서 내려쳐진다.

번쩍! 쩌저적!!

일직선으로 내려쳐지는 푸른 빛이 고목을 그대로 통과해 밑동까지 그어버렸다. 그러자 고목이 한 뼘 이상 갈라지고, 그 사이로 막 떠오르던 보름달이 넋을 잃고 바라보던 사람들의 눈을 부시게 했다.

모두가 넋을 잃고 말을 잊었다.

진창휴가 모두에게 고개를 숙이며 인사할 때야 비로소 우레와 같은 박수와 함께 환호가 터졌다.

그러자 그가 낭랑한 목소리로 입을 열었다.

“진모는 돈을 벌기 위해서 돌아다니기에 자주 들르기가 어렵습니다. 그러다 보면 집사람이 힘들 때가 많을 겁니다. 여러분께서 많이 도와주시길 부탁드립니다. 대신, 제가 돈을 벌어 집에 들르는 날, 여러분에게 오늘과 같은 잔치를 또 열어드리겠습니다.”

또다시 환호가 울리고 건배 소리가 여기저기서 터져 나왔다. 슬쩍 주위를 돌아보자, 음흉하게 여인을 바라보던 자들은 두려움이 가득한 눈빛으로 바뀌어 있었다.

아마 이들은 갈라진 고목을 볼 때마다 오늘의 일을 평생 잊지 못할 것이고, 감히 아내에게 손댈 생각조차 못할 것이다.

진창휴가 잔치를 연 이유가 바로 그것이었으니, 어느 정도는 목적이 달성된 것 같아 마음이 놓였다.

환호가 가라앉을 때쯤 진창휴는 눈에 눈물이 그렁그렁 맺힌 여인을 바라보고 살짝 고개를 끄덕였다.

‘미안하오, 더 잘해줄 수 없어서. 하지만 조금만 기다리구려.’

여인도 소매로 눈물을 훔치며 미미하게 고개를 끄덕였다.

‘고마워요. 당신께 짐만 떠맡겨서 그저 미안한 마음뿐이에요.’

그렇게 소란스럽던 잔치가 끝나고 나흘이 지나자, 진창휴는 여인의 손을 한번 굳게 잡아주고 과풍곡을 떠나갔다.

진창휴는 다음 해 일월 아이가 태어났을 때 돌아오지 못했고, 해가 바뀌어 일 년 삼 개월이 지났을 때서야 겨우 돌아와 자신의 아이를 볼 수 있었다.

하지만 그것도 잠시, 열흘을 머물렀던 그는 또다시 떠나갔다.

여인은 떠나는 이를 붙잡지 못하는 자신이 한스러웠지만 어쩔 수 없음을 알기에 모든 것을 가슴속에 묻어야만 했다.

그렇게… 세월은 무심히 흘러 과풍곡에 들어온 지 팔 년이 지났다.

그러던 어느 날 자정이 지났을 무렵, 근 이 년 만에 소리없이 찾아온 진창휴는 자신의 결심을 여인에게 털어놓았다.

“향정, 더 이상은 이렇게 살 수 없소. 어떻게든 결말을 봐야 할 것 같소.”

“어떻게 하시겠다는 겁니까?”

불안한 마음에 목소리마저 떨리지만 그녀는 언제 떠날지 모르는 남편에게 부담을 주고 싶지가 않았다.

“그들을… 찾아갈 생각이오. 적어도 자신이 강호의 하늘이라 불린다면 나의 제의를 거절하지는 못할 것이오.”

“하지만…….”

“이미 인편으로 그들에게 서신을 보냈소.”

“여보… 저 때문에……. 흑흑…….”

“어찌 당신 때문만이겠소. 이건 내가 선택한 길이오. 또한 당신을 사랑한 나의 당연한 의무요. 너무 심려하지 말고 영아를 잘 돌봐주시오."

이미 남편의 결심이 굳어 있다는 것을 느낀 여인은 더 이상 말리기에는 늦었다는 것을 알 수 있었다.

"부디… 제발…… 조심하세요……."

"알았소. 향정, 사랑하오."

진창휴는 임향정을 거세게 끌어안았다. 그리고 건너편 방에서 자는 아이를 한참을 쳐다보더니, 마지막일지도 모르는 사랑을 소리없이 나누었다.

그리고 다음날, 날이 밝기 무섭게 과풍곡을 떠나갔다.

2

쩌저적! 쾅!

주르륵.

검끼리 부딪치는 소리라 믿을 수 없는 굉음이 울리더니, 뒤로 물러서는 두 사람의 눈빛이 격하게 흔들렸다.

신형을 바로 세운 백의인의 입에선 가는 피가 흘러내리고, 창백한 안색인 청의인의 두 눈은 굳은 의지로 불타오른다.

'이겨야 한다! 이겨야 나의 아내와 아이의 삶이 보장된다.'

이를 악물고 검을 치켜드는 손에서 절대 질 수 없다는 투지가 솟아오른다.

15

"타앗!!"

일성 기합과 함께 청의인의 신형이 빛살처럼 쇄도해 간다.

내려치는 검에선 푸른 검기가 넘실대고, 전신의 모든 의지가 함께 떨어져 내린다.

백의인의 얼굴 근육이 부르르 떨린다. 검을 치켜들긴 했지만 손이 가늘게 떨리고 있다. 이미 기세에서 밀리고 있는 것이다.

'내가 온실에서 자라온 화초라면 저자는 거친 황무지에서 피어난 들풀이다. 이 싸움은 이길 수 없다. 제기랄! 당금 천하에서 또래의 나이 대에 적수가 거의 없을 거라 생각했거늘, 이름도 알려지지 않은 도망자에게 밀리다니. 그렇다고 이대로 물러설 수도 없다. 뒤에서 하늘과도 같은 아버님이 지켜보고 있지를 않은가.'

"이익!"

전신의 기운을 모두 끌어올렸다. 이제 와서는 어쩔 수 없다.

검에서 피어오른 철검양화공력이 나아갈 길을 찾아 꿈틀댄다.

"하앗!"

의지가 실린 검과 자존심이 실린 검이 맞부딪친다.

황무지의 들풀과 온실의 화초가 서로 뒤엉켜 붙어 누가 질긴지 내기를 벌인다.

그렇다! 이 일검에 내기가 걸려 있다.

그것도 생명이 걸린 내기가.

한쪽은 지키려는 자. 다른 한쪽은 뺏으려는 자다.

내려쳐 오는 검을 후려쳐 막아갔다.

이미 기력은 거의 다 소진이 됐다. 무리하게 초식 따위를 펼치려 하는 것은 그저 빛 좋은 개살구일 뿐이다.

변화할 틈도 없이 상대의 검이 머리를 쪼개 버릴 것이다.

쩌저정!! 콰광!

폭음과 함께 두 사람의 신형이 뒤로 날려간다.

털썩!

땅바닥 위에 개구리처럼 패대기쳐진 두 사람의 입에서 선혈이 한 움큼 토해져 나온다.

일어서려 안간힘을 쓰는 두 사람이 안쓰러울 지경이지만 주위의 누구도 끼어들려 하지 않았다. 그것은 하늘이 결코 용납하지 않을 것이기 때문이다.

“크윽! 우욱!”

백의인이 일어서려다 피를 토하며 앞으로 꼬꾸라졌다.

“으으으…….”

그러고 나자 흔들리는 몸을 검으로 지탱하며 청의인이 일어선다.

근 반 각에 걸쳐 일어서는 청의인의 눈빛이 결의로 번들거리고, 결국 힘들게, 힘들게 몸을 세운 청의인의 표정에선 해냈다는 만족감이 가득 피어오른다.

‘여보! 영아야! 이제 됐다! 이제 우리는 같이 살 수 있다!’

청의인이 백의인을 한 번 바라보고, 저 멀리 단상 위에 있는 하늘을 쳐다보며 입을 열었다.

“진모가 이긴 것 같습니다, 사마 선배.”

백의를 입은 초로인이 묵묵히 고개를 끄덕였다.

“그렇군. 자네가 이긴 것을 인정하겠네.”

“감사합니다.”

포권을 취하는 청의인 진창휴는 고통보다 희열이 더 컸던 듯 얼굴에 웃음이 떠올랐다.

"한 가지…… 자네는 진조현 노형과 어떤 사인가?"

진창휴의 얼굴이 굳어졌다. 저 초로인은 자신의 내면에 있는 무공을 알아봤다. 하긴 하늘이 괜히 하늘이 아닌 것이지…….

"그분은… 잃어버린 아버지이십니다."

무엇 때문인지 몰라도 비감이 느껴지는 대답이다. 초로인은 더 이상 질문을 하지 않고 고개를 끄덕였다.

"역시… 그랬군. 그만 가도 좋네. 앞으로 본 산장은 누구도 자네 가족을 건드리지 않을 것을 약속하지."

"그럼."

돌아서 가는 진창휴의 걸음에 힘이 붙기 시작했다.

기력은 없어도 가슴으로 걷는 것이다.

그날 오후, 산장에서 십여 리 떨어진 숲 속에서 다 죽어가는 한 장년인이 철검산장을 담당하는 개방의 거지에게 발견되었다. 거지는 시신이나 다름없는 장년인이 남긴 몇 마디 말을 듣고는, 정신없이 그를 들쳐 메고 그 자리를 떠나갔다.

"유운…… 걸개……. 나는… 곤왕의…… 급히…… 부… 탁……."

孤影　第一章

1

휘이이이잉…….

스산한 바람이 불어온다.

북녘의 차가운 바람은 외로운 이들의 가슴을 후비고, 낙엽 떨어진 백양나무 가지 사이로 몰아친 모래 섞인 삭풍은 외로운 자들의 육신마저 온통 뒤덮어 버렸다.

세상이 그렇게 누렇게 변해 버린 그날, 본래는 새하얀 백발이었을 누런 머리카락으로 얼굴이 반쯤 가려진 청의노인이, 감숙성 오지 중에 오지인 과풍곡에 들어섰다. 그리고 일각 후에는 마침내 곡내(谷內) 구석진 곳에 있는 허물어져 가는 토담집 안으로 들어서고 있었다.

진고영(陳高永)은 모래가 들어가지 못하도록 물독을 살펴보고 부엌을 나서다가, 웬 허름하면서도 범접키 힘든 노인장이 안으로 들어서는 것을 보고 고개를 갸웃거렸다.

“저… 무슨 일이신가요?”

옷에 묻은 먼지를 털던 청의노인이 진고영을 지그시 쳐다보며 물었다.

“너의 성이 진씨더냐?”

“네.”

“이름은?”

“고영입니다.”

“나이는?”

“여덟 살입니다만……”

누군지 알 수는 없지만 왠지 대답을 안 하면 안 될 거 같았다.

“너의 어미는 어디에 있느냐?”

“어머니는 방에… 몸이 편찮으셔서……”

“음?”

노인이 흠칫 놀란 표정을 지을 때였다.

“영아야, 밖에 누가 오셨느냐?”

힘없는 가느다란 목소리가 문틈으로 흘러나왔다.

“네, 어머니. 어떤 할아버지가 오셨는데……”

조금 망설이는 듯한 말에 힘은 없지만 단아한 목소리로 꾸짖는 듯한 말이 들렸다.

“바람도 많이 부는데 어른이 오셨으면 안으로 모셔야지 무얼 하느냐?”

“네. 저… 할아버지, 안으로 드시지요. 바람에 모래가 섞여서 힘드실 텐데.”

할아버지란 말에 노인의 눈매가 살짝 일그러지더니 냉막하게 여겨질 정도로 싸늘한 말이 튀어나왔다.

“내 이름은 진조현(陳朝眼)이라고 한다.”

노인이 방문 쪽을 바라보며 자신의 이름 석 자를 밝혔을 때였다.

덜컹!

진고영은 어머니가 계시던 방문이 거세게 열리더니, 얼이 반쯤 빠진 어머니가 아픈 몸을 이끌고 밖으로 나오자 눈이 휘둥그레졌다.

“어머니! 왜 나오셔요? 몸도 아프신데.”

“불민한 며느리가 아버님을 뵈옵니다.”

느닷없는 어머니의 행동에 정신이 없던 진고영은 마치 뒷머리를 망치로 맞은 듯 멍하니 어머니와 노인을 번갈아 보았다.

‘아버님? 그럼 그 말로만 들었던 엄하다는 할아버지? 아버지가 싫어했다는 할아버지? 그래서 찾아갈 수가 없었다는 할아버지?’

“뭐 하느냐? 어서 할아버지께 인사드리지 않고?”

여전히 멍하니 혼자만의 생각에 사로잡혀 있는 진고영을 어머니는 어디서 그런 힘이 났는지 세차게 주저앉히며 엄하게 일렀다.

“이 어미 말이 들리지 않느냐? 내 너를 그리 가르쳤더냐?”

진고영은 꿇어앉은 채, 천천히 고개를 숙이며 울먹이는 소리로 인사를 올렸다.

“소손 고영이 할아버님께 인사 올립니다.”

“으음……”

진조현은 침음성을 흘리며 삭풍 속에서 엎드려 있는 진고영과 아이의 어미를 쳐다보았다.

“들어가자. 이런 바람은 몸에 몹시 안 좋다.”

진조현이 방으로 향하자 진고영은 얼른 어머니를 부축하고 방으로 따라 들어갔다.

낡고 좁은 집 안은 두 개의 방으로 나누어져 있었다. 조금 큰 방은 어머니의 침실로 쓰이는 듯했고, 아이가 쓰는 듯한 작은 방은 한쪽에 수백 권의 낡은 책들이 가지런히 쌓여 있었다.

진조현은 가만히 방을 돌아보더니, 다시 여덟 살치고는 몸이 다부져 보이는 진고영을 쳐다보았다.

'어미를 닮았나? 아닌가? 저 굵은 눈썹은 창휘를 닮은 것도 같은데…….'

잠시 아이를 쳐다보던 진조현의 눈이 아이의 어미에게로 옮겨갔다.

'눈이나 체구는 지 어미를 빼닮았군.'

눈을 살짝 찌푸린 채 진조현이 조용히 입을 열었다.

"그동안 고생이 많았겠구나. 혼자서 아이를 낳고 이만큼 키웠으니."

눈가에 고인 눈물을 감추기 위해 고개를 숙이고 있던 여인, 임향정(任香貞)은 더욱더 고개를 숙였다.

"아닙니다, 아버님. 저야 아이의 어미이니 어찌 아이를 키우는 것을 고생이라 하겠습니까. 고생이라면 못난 어미를 둔 영이가 더했지요."

입술을 살며시 깨문 임향정은 차마 물을 수 없는 물음을 던져야 하는 것이 못내 가슴 아픈 듯 조용히 입을 열었다.

"하온데 어인 일로……. 혹 아이 아비에게서 무슨 소식이라도……."

눈을 반쯤 감은 채 임향정을 쳐다보던 진조현은 어쩔 수 없다는 듯 고개를 저으며 말했다.

"좋지 않은 소식이다. 그러니까……."

한 달 전의 일이었다. 진조현이 철방 일을 마치고 문을 닫으려 할 때 친구인 유운걸개의 서신을 가지고 개방의 거지가 찾아왔다. 그렇게 급히 철방을 떠난 진조현이 죽기 직전의 진창휴를 만난 것은, 삼 일이 더 지나 장안의 개방 분타에 이르러서였다.

분타주의 방 옆에 마련된 병실에 들어서자 아들이 보인다.

"창휴야……."

피에 젖은 천으로 온몸을 감싼 채 정신을 차리지 못하고 있던 진창휴가 눈을 뜬 것은, 떨리는 진조현의 음성이 미처 가라앉기도 전이었다.

"오셨군요……."

마지막 회광반조의 현상인가. 눈을 뜬 진창휴의 음성이 제법 또렷하게 들린다.

"대체… 이게……."

"죄송합니다……. 죽을 때가 되어서야… 아버지의 마음을… 알게 된 것 같습니다……. 결국… 저 역시 가족들에게 짐만 떠맡긴…… 못난 아비가 되었거늘……."

"말을 아껴라."

"어차피… 더는… 견딜 수가……."

진기를 계속 주입해 보지만 더 이상 생명줄을 붙잡기 힘들다는 것을 진조현이 모를 리 없었다. 다만, 단 일각이라도 더 같이 있고 싶은 것이 진조현의 마음일 뿐이었다.

이제야 아들의 마음이 돌아오고 있거늘…….

'오! 하늘이여……. 참으로 야속하오이다!'

"아내와… 아이를… 아버지……."

점점 흐려져 가는 아들의 눈을 바라보는 아버지의 눈에 이슬이 맺힌다.

"아들아… 아들아…… 나도 너를 사랑한단다……."

서서히 감겨져 가는 아들의 눈이 웃고 있는 것만 같다.

모든 것을 다 용서하고, 용서받고 떠날 수 있어 마음이 편하다는 것 같다.

진조현은 그래서 더욱더 가슴속으로 눈물이 방울져 고이는 것만 같았다.

"아이와 아이 어미는… 걱정 말거라……."

말을 들었는지 입가가 이지러지는 게 보인다. 아마도 웃고 싶은가 보다. 아들의 서서히 굳어져 가는 얼굴이 더할 수 없이 편해 보였다.

그렇게… 그렇게… 진창휴는 죽음을 맞이했다. 아버지의 넓은 품 안에서.

"너희들을 부탁하고 가는 얼굴이 편해 보이더구나."

못할 말을 한 듯 진조현은 눈을 감으며 천장을 바라다보고,

쿵!

고개를 숙이고 있던 임향정이 그대로 무너져 내렸다.

"어머니!!"

'참으로 억세게도 살아왔는데, 임을 다시 뵐 날을 기다리며 그리도 험한 세월을 억세게 살아왔는데 다시 볼 수 없는 머나먼 곳으로 혼자 가버리시다니, 참으로 무정도 하십니다. 이제 저는 어찌하라고, 우리 영아는 어찌하라고…….'

더 이상 울 일은 없을 거라 생각했는데 왜 이리도 눈물이 쏟아지는가.

더 이상 가슴 아플 일은 없을 거라 생각했는데 왜 이리 가슴이 미어

지는가.

2

쏴아아아…….

아침부터 떨어지기 시작한 비는 점점 굵어지더니 마침내 천둥 소리를 동반한 채 억수같이 쏟아지기 시작했다.

철그렁!

진조현이 쓰고 남은 쇳덩이를 쇳더미 위로 던지며 돌아서자, 진고영은 널려져 있는 집게와 망치 등을 선반 위에 올려놓았다.

"후우. 오늘은 비가 와서 더 이상 손님이 없을 거 같구나. 먼저 들어갈 테니 대충 정리하고 들어가 쉬어라."

"네, 할아버지."

기물을 정리하고 청소를 마친 진고영은 길쭉한 손님용 의자에 앉아 창밖으로 떨어지는 빗줄기를 바라보았다.

"벌써 일 년이 됐네……."

이제 아홉 살이 되었다.

과풍곡을 떠나온 지 일 년, 아홉 살 고영이 고향을 떠난 것에 별다른 감흥을 느낄 리도 없었다.

과풍곡에서 또래라고는 셋뿐이었다. 하지만 그나마도 친하게 지내지 않았으니 친구를 그리워할 마음이 남아 있지도 않았다.

어머니는 걷기 시작할 무렵부터 책을 읽어주었고, 말을 하기 시작할 때쯤부터는 스스로 책을 읽을 수 있도록 글을 가르쳐 주셨다.

어머니가 일을 나가면 아이는 책을 벗 삼아야 했고, 돌아오시면 그날 읽은 책을 다시 읽어드려야 했다.

그러다 다섯 살이 되던 해부터는 어머니로부터 무공을 배워야 했다.

"영아야, 글공부도 좋지만 우선은 몸이 튼튼해야 무엇이든지 할 수 있단다. 우리 영아는 똑똑하니 이 엄마 말을 잘 알겠지?"

세 살 때 처음으로 찾아왔던 아버지가 고영을 위해 남긴 거라며 한 가지 호흡법과 막대기 다루는 법을 가르쳐 주셨다.

그해 다섯 살이 지나갈 무렵, 돌아온 아버지는 고영의 얼굴을 쓰다듬으며, '영아가 총명하니 내 마음이 놓이는구나' 그렇게 한마디만을 남기고 다시 길을 떠나셨다.

그렇게 삼 년이 지난 어느 날, 황사가 괴풍곡을 누렇게 물들이던 날, 아버지가 돌아가셨다는 말과 함께 할아버지가 찾아오셨다.

그리고 할아버지를 따라 머나먼 길을 떠나왔다.

감숙에서 산서까지 근 이천여 리 길을 한 달 보름간의 긴 여행 끝에 도착해서 할아버지가 살고 있는 화진촌에 새로운 둥지를 튼 것이다.

낮에는 철방의 일을 돕고, 일이 끝나고 나면 어머니께 학문을 배웠다. 괴풍곡에서보다는 편안한 생활이었지만 돌아올 아버지가 없다는 것은 아홉 살 소년에게는 견디기 힘든 아픔이었다.

천둥 번개와 함께 억수같이 쏟아지는 빗줄기를 바라보며 상념에 빠져 있던 진고영은 문득, 누군가가 철방의 문을 막고 서 있다는 것을 알게 됐다.

비 젖은 초립을 깊게 눌러쓰고, 기름 먹인 우의를 온몸에 덮어쓴 사람이 천둥 번개를 등에 지고 고요히 서 있었던 것이다.

"아!! 저… 무슨 일로 오셨나요? 철방 일은 끝났는데요."

초립인은 비가 뚝뚝 떨어지는 초립을 들어 올리며 앞에 서 있는 소년을 바라보았다.

"흠. 주인 어른은 안에 계시느냐?"

진고영은 초립인이 초립을 들어 올리자 그의 나이가 들은 목소리와는 달리 생각보다 많다는 것을 알게 되었다.

게다가 둥그렇게 보이는 후덕한 얼굴은 마을 촌장이나 하면 딱이겠다 싶었다.

'물건을 맡기신 분인가? 처음 보는 할아버진데?'

궁금함을 접고 말문을 열었다.

"할아버지께서는 일을 끝내시고 쉬러 들어가셨습니다."

"호… 그래?"

초립인 우문현(宇文賢)은 홍미로운 눈길로 잘해야 열 살 정도로 보이는 소년을 유심히 쳐다보았다.

"진 공에게 너만한 손자가 있는 줄은 몰랐구나. 할아버지께 우문 성을 쓰는 사람이 찾아왔다고 전해주겠느냐?"

진고영이 대답하기도 전에 안으로부터 진조현의 칼칼한 목소리가 들려왔다.

"왔으면 들어올 일이지, 어린애를 붙잡고 뭐 하시는 겐가? 영아야! 그 실없는 어른을 안으로 모시거라."

“네! 들어가시지요, 어르신.”

진고영이 옆으로 비키며 안을 가리키자 우문현은 사람 좋은 얼굴에 묘한 이채를 담은 눈으로 진고영을 잠시 쳐다보더니 안으로 들어갔다.

“십 년 만인가? 오랜만에 오니 길도 달라져서 찾기가 쉽지 않더군. 험험.”

우문현의 너스레에 진조현은 못마땅한 눈으로 우문현을 한번 쳐다보곤 끌끌 혀를 찼다.

“흥! 친구라고 하나 있는 게 십 년 만에 한 번씩 얼굴을 비추니 진짜 친구가 맞는지 의심이 가는군. 큼!”

“허허허… 그래도 나나 되니까 한 번씩 찾아오지, 어디 다른 누가 찾아오기나 하던가? 더더구나 십 년이 넘으면 알던 사람도 잊혀지는 게 사람 사는 것이거늘, 잊지 않고 찾아주니 고마워해야 할 일이지. 암, 그렇고말고. 그런고로… 숨겨논 술이라도 있으면 내놓게나. 허허험.”

두 노인이 치기 어린 다툼을 하고 있을 때, 방문이 열리고 임향정이 간단한 술상을 들고 들어왔다.

“차릴 만한 것이 별로 없어서…….”

임향정을 바라보던 우문현이 다시 진조현을 쳐다보자 진조현은 조금 착잡한 목소리로 임향정을 소개했다.

“창휴… 그 아이의 처네. 작년 이맘때 감숙에 가서 데려왔다네.”

“아! 그럼 밖의 아이가 바로 창휴의 아이란 말인가?”

우문현이 눈을 크게 뜨고 묻자 진조현은 무겁게 고개를 끄덕였다.

“음… 그랬군. 어쩐지 그 아이가 자네의 공부를 배운 것 같더라니.”

안됐다는 듯 고개를 끄덕이며 말을 받는 우문현의 눈에 살짝 이채가 서렸다.

"창휴가 남긴 것을 며느리가 영아에게 가르친 것이라 하더군."

두 노인의 입에서 진창휴의 이야기가 나오자, 한쪽에 다소곳이 있던 임향정은 눈물이 나올 듯해 두 노인을 향해 인사를 하곤 밖으로 나갔다.

삼 년 내에 가장 많은 비가 내렸다는 그날 이후, 진가철방에는 식구가 하나 더 늘었다.

우문현이 여행 다니는 것도 지겹다며 아예 철방에 눌러앉아 버린 것이다.

진조현도 심심하던 차에 잘됐다며 맘대로 하라 했고, 임향정은 우문현으로 인해 웃음을 잃었던 시아버지의 얼굴이 펴지자 기꺼워했다.

그렇게 한 달이 되돌아볼 사이도 없이 빠르게 흘러갔다.

구월의 폭우와 함께 늦더위가 물러가고, 시월의 시원한 가을바람이 우울했던 사람들의 가슴을 쓸어내리듯 불어오던 날.

우문현은 진조현과 술잔을 놓고 마주 앉아 담소를 나누던 중에 마침내 속에 담고 있던 말을 꺼냈다.

"조현……."

이름을 불러놓고 한참을 아무런 말이 없자, 진조현은 술잔을 내려놓고 우문현을 이상하다는 눈으로 쳐다봤다.

"이 사람아! 불렀으면 말을 해야 할 게 아닌가?"

"음……. 그래, 말을 해야지."

뜸을 들이며 술 한 잔을 입에 털어 넣은 우문현은 진조현을 똑바로 쳐다보며 말했다.

"자네를 만난 게 사천의 당가타에서였으니 벌써 삼십 년이 넘었구먼. 자네도 내가 세상을 꽤나 돌아다녔다는 것은 잘 아는 사실이고… 그러다 보니 내 나름대로 배운 것도 좀 있고, 그리고 그중 몇 가지 재주는 어디 내놔도 뒤질 게 없다는 것은 자네도 인정을 할 게야. 험험. 한데 말이네. 나는 세상을 돌아다닐 줄만 알았지 내가 지닌 재주나 내가 거둬들인 것들을 어떻게 남길 건지는 전혀 생각을 해보지 않았단 말이지. 음… 지난 한 달간 영아를 눈여겨봤었네. 어린 나이에 수천 권의 책을 읽었고, 철방 일을 도우며 신체 조건을 완벽히 갖추고 있더군. 하긴 자네가 무작정 일만 시키지는 않았을 것이라고는 생각했네만……. 각설하고, 간단히 말하겠네. 자네 손자 영이에게 내 가진 것을 모두 남기고 싶네!!"

우문현이 선고하듯 강하게 의지를 담아 말을 마치고는 뚫어지게 쳐다보자, 진조현은 우문현의 진의를 확인이라도 하려는 듯 잠시 쳐다보더니 되물었다.

"영아에게 자네가 가진 것을 남기고 싶다? 그러니까 영아를 제자로 삼고 싶다? 내가 제대로 알아들은 건가?"

"분명히! 정확히! 제대로 알아들은 거 같네만……."

다시 한 잔 술을 목구멍으로 넘긴 우문현은 초조한 얼굴로 진조현을 바라보았다.

침중한 얼굴로 우문현을 바라보던 진조현이 깊은 신음을 흘리며 입을 열었다.

"영아는… 진가의 맥을 이어야 하네. 자네도 그걸 모르지는 않겠지?"

"물론!! 내 어찌 그걸 모르겠나."

“그런데도 그 아이를 제자로 삼겠다는 건가?”

“진가의 맥을 잇는 것은 내 상관치 않겠네. 단지 나는 나의 모든 것을 남기고 싶을 뿐이네. 어차피 이제 와서 제자를 찾아 떠돈다는 것도 그렇고, 영아의 총명함과 자질이라면 진가의 비전과 나의 모든 것을 받아들일 수 있는 그릇이라고 생각하네만…… 진가의 맥을 이었다고 다른 것을 배워선 안 된다는 것은 아니지 않은가?”

“음… 그건 그렇지만…….”

진조현의 침중했던 얼굴이 손자의 칭찬으로 조금 펴지는 듯하자, 우문현은 강공을 펼쳤다.

“물론 진가의 맥을 잇는다는 것이 자네에게는 매우, 아주 중요하다는 것을 잘 아네. 하지만 자네도 나의 공부가 결코 가벼운 것이 아님을 자네도 알잖은가? …이대로 가지고 가기엔 너무 아깝다는 생각이 안 드나? 무공은 둘째 치고, 나의 오랜 경험을 영아가 배운다면 세상을 헤쳐 나가는 데 도움이 됐으면 됐지, 절대 해가 되진 않을 것이네. 자네가 허락치 않는다면… 후우… 나는 모든 것을 땅에 묻어야만 할 거야…….”

우문현의 처연한 목소리에 진조현은 눈살을 찌푸리며 흘겨봤다.

“지금 겁주는 건가?”

우문현은 못 들었다는 듯 창밖으로 저물어가는 석양을 쳐다보며 한숨을 지었다.

‘저 석양이 마치 나 같지 않은가’ 라는 듯이.

“끙… 알았네. 알았으니 그런 청승맞은 꼴 좀 보이지 말게나. 어째 사기당하는 기분이구만. 쩝.”

“우허허허허. 고맙네, 고마워. 역시 자네야말로 내 진정한 친굴세!”

“뭐야? 손자를 빼앗기는 게 진정한 친구라고? 허, 거참.”

끌탕을 치는 진조현을 바라보는 우문현의 얼굴엔 기쁨이 가득 차 있었다.

좋은 제자를 얻는 것은 좋은 자식을 얻는 것과 다를 바 없으니 어찌 기쁘지 않겠는가.

그날 저녁.

임향정은 조용히 앉아 있는 아들을 바라보았다.

“우문 어르신이 너를 제자로 받아들이고 싶다 하시는구나. 우리 영아의 나이가 비록 아홉이라 하나, 그 속마음까지 어리지 않다는 것을 이 어미는 잘 알고 있단다. 어찌하겠느냐? 이 어미는 너의 마음에 맡기고 싶구나.”

진고영은 고개를 들어 그늘진 어머니의 눈가가 조금은 붉어져 있는 것을 보았다.

“어머니, 우문 어르신은 오랫동안 세상을 돌아다니시며 많은 것을 보고 배웠다 하셨습니다. 그리고 그 배움 속에는 책에서 배울 수 없는 수많은 경험이 쌓여 틀을 이루었으니 참으로 귀한 공부를 배울 수 있을 거라 생각합니다. 허락하신다면 우문 어르신을 스승으로 모시고 가르침을 받았으면 합니다.”

아들의 나이답지 않은 어른스러운 말에 임향정은 고개를 끄덕였다.

“그래, 너의 생각이 그러하다면 내 아버님과 우문 어르신께 그대로 말씀드리겠다.”

임향정은 아들을 돌려보내고 창밖의 만월을 쳐다보았다.

‘상공, 우리 아기가 벌써 저렇게 컸답니다······.’

진조현에 이어 임향정과 진고영이 우문현의 제안을 받아들이자, 우문현은 다음날 거처를 아예 진고영의 방으로 옮겨 버렸다.

그리고 구배와 함께 스승에 대한 제자의 예를 취하자마자, 그날 밤부터 진고영에게 자신의 여행담을 이야기하느라 날 새는 줄을 몰랐다.

십이월의 차가운 바람이 온통 세상을 얼릴 듯이 세차게 휩쓸던 날, 진조현은 철방의 문을 닫고 들어온 진고영을 앉히고, 맥문을 잡고 내력을 밀어넣어 진고영의 내력을 측정해 보았다.

일각의 시간이 지난 후, 진조현은 놀란 얼굴로 진고영의 손을 놓고 가만히 손자의 얼굴을 쳐다보았다.

"짐작은 했었다만…… 흠. 대연일기공은 언제부터 수련했더냐?"

할아버지로부터 처음으로 무공에 대한 질문을 받은 진고영은 가볍게 어깨를 떨었다.

"다섯 살 되던 해부터 하루도 빠짐없이 해왔습니다."

"흠… 그럼 사 년이 조금 넘겠구나. 어린 나이에 하루도 빠짐없이 수련을 했다니 참으로 장하구나. 한데, 그렇다 해도 너의 몸에는 이십 년에 달하는 내력이 경락에 깃들어 있으니, 이 할아비는 이해할 수가 없구나. 혹여… 어떤 기연이라도 있었단 말이냐?"

할아버지의 의문에 찬 물음에 진고영은 가만히 생각을 해보았다.

"어머니 말씀에 의하면 아버님이 집에 들르셨을 때마다 저의 온몸을 주물러 혈맥의 탁기를 몰아냈다는 말씀을 하신 적이 있습니다."

"너의 아비가?"

그리고 그제야 이해가 간다는 듯 고개를 끄덕였다.

“그랬었구나… 그랬었어.”

진조현은 자신의 손자를 안쓰러운 눈으로 지그시 바라보았다.

“영아야.”

“네, 할아버지.”

“이 할아비는 본시 너의 나이가 좀 더 되어 대연일기공이 어느 정도 경락에 자리를 잡았을 때 진가의 맥을 잇도록 할 생각이었단다. 한데 너의 몸은 이미 모든 준비가 다 되어 있는 상태로구나. 허… 참. 할아비가 되어서 그것도 모르고 있었으니 참으로 미안하구나.”

“아닙니다, 할아버지. 소손은 아직 나이가 어려…….”

“아니다. 우문현 저 친구가 아니었으면 아직까지도 모를 뻔했으니 이 할아비가 너무도 무관심했던 거 같구나. 내일부터 오전에는 나에게 배우고 오후에는 너의 사부에게 가르침받도록 해라. 내 우문 늙은이에게는 따로 말해 두겠다.”

“예… 할아버지.”

“너는 우선 이 할아비에 대한 것부터 알아야 할 것이다.”

진조현의 평소와 다른 위엄있는 한마디에 진고영은 가슴이 뛰었다.

아무도 그에게 할아버지에 대해서 알려주지 않았었다. 시간이 흐르면 할아버지께서 말씀해 주실 것이니 그때까지는 궁금해도 참고 기다리라는 어머니의 말씀과 빙그레 웃기만 하던 사부님의 표정에 의문을 접고 지내왔었다.

그런데 마침내 할아버지로부터 당신에 대한 말이 흘러나오고 있는 것이다.

“이십오 년 전까지 이 할아비는 강호의 친구들로부터 곤왕(棍王)이라 불렸었다.”

쾅!!

곤왕! 곤왕이라니!!이 얼마나 놀라운 이름인가!

곤왕이라는 이름은 결코 이런 자그마한 철방이나 하고 있는 노인네의 입에서 불리워지기에는 너무 무거운 이름이다.

삼십여 년 전, 강호의 호사가들이 수많은 고수들 중에서도 천하를 울리는 자, 삼십삼 인을 꼽아 그 이름을 명명하니, 천하 삼십삼천!!

그중에서도 상위에 속하는 환우오왕 중 하나가 곤왕이니……. 화진촌 자그마한 철방의 주인이 곤왕이라는 것을 천하가 안다면 강호가 놀라고 진동할 일이었다.

진조현은 과거를 회상하는 듯 눈길이 진고영의 어깨 너머로 향한 채 입을 열었다.

"이 할아비는 이십오 년 전, 너의 아비가 떠난 후 강호 생활을 접고 친우 두엇에게만 알린 채 이곳 화진촌에 철방을 세우고 살아왔다. 본디 너의 아비에게 나의 진전을 물려주고 싶었지만, 너의 아비는 할멈이 죽은 것이 나의 탓이라 여겨 나로부터 그 어떤 것도 배우지 않겠다며 나의 곁을 떠나갔다. 그렇게 떠난 너의 아비에게서 너의 어미와 너에 대한 소식이 전해져 온 게 두 해 전이었다. 너의 아비는 할 일이 있어 돌아올 수 없다 했었지. …하나, 너에게 대연일기공을 남긴 것을 보아 하니 이 할아비의 모든 것이 너에게 전해지기를 바라는 듯하구나. 후 우… 모든 게 나의 업보이니 내 무슨 말을 할까마는 어찌 되었든 이제 부터 너에게 이 할아비의 모든 것을 넘겨줄까 한다. 어려움도 많을 것 이고, 힘든 나날이 이어질 것이다. 그 모든 것을 이겨낼 수 있다면 너 는 나의 모든 것을 이을 수 있을 것이야. 그리고… 너의 사부가 되는 우문 늙은이는 비록 세상에 그 이름이 알려지지는 않았지만 결코 이 할아비에 비해 못하지 않은 능력을 지니고 있는 사람이다. 아니, 숨겨진 능력은 나를 능가할지도 모른다. 세상에는 알려지지 않은 기인이사들이 무수히 많이 있다. 우문 늙은이는 그런 기인이사들 중에서도 가히 그 깊이를 측정키 어려운 기인이니, 그저 허명만 얻은 할아비에게보다 더 많은 것을 배울 수 있을 것이다. 모든 것은 네가 얼마나 노력하느냐에 달려 있다 할 수 있겠지. 그만 가서 쉬도록 하거라."

진조현의 말이 조용히 끝을 맺자 진고영은 고개를 깊숙이 숙였다.

"아버지는… 아버지는 할아버지를 원망하지 않는다고… 어머니가 그리 말씀하셨어요……. 편히 쉬세요, 할아버지."

"그래? 그랬었단 말이지……. 허허허."

허허로운 할아버지의 웃음을 뒤로하고 방을 나서는 진고영의 머리 위에는 초승달이 슬픈 모습으로 서서히 떠오르고 있었다.

'아버지… 아버지…….'

우문현은 어깨를 늘어뜨리고 들어오는 진고영이 안쓰러웠다.

이제 겨우 아홉 살 어린아이가 견디기에는, 그 어깨에 드리워진 짐이 너무 무거워 보였던 것이다.

'후우! 녀석, 어린것이 그래도 잘 참는구나. 지 아비에 대해서 궁금한 것이 많을 것이거늘……. 한참 어리광 부리며 뛰어놀 나이에. 쯔쯔쯔…….'

"그래. 할아버지께선 뭐라 하시더냐?"

"내일부터 사부님과 오전과 오후 번갈아가며 가르치신다 하셨습니다."

우문현은 자애로운 눈으로 진고영을 쳐다보았다.

“그래? 반나절씩이라……. 흠… 힘들었을 텐데 그만 쉬도록 해라.”
“네. 사부님도 편히 쉬세요.”

찬 서리가 지붕을 하얗게 뒤덮은 다음날 아침.
철그렁.
“오늘부터 이걸 손목과 발목에 하나씩 차도록 해라. 너의 몸에 무리가 가지 않을 무게이니 항시 차고 있어야 한다.”
진조현의 한마디 말과 함께 진고영에게 주어진 것은, 검은색이 유난히 돋보이는 세 푼 두께에 한 치 넓이의 무게가 한 근 정도 나가는 철환 네 개였다.
“후우욱… 후우욱.”
일정한 간격으로 거친 숨을 몰아쉬는 소리와 함께 철방 안에서는 보기 드문 광경이 연출되고 있었다.
어깨 넓이로 발을 벌리고 무릎은 반쯤 구부린 채 허리를 꼿꼿이 세운 자세는 마보라 불린다. 그 마보를 취한 채 진고영은 풀무질을 하고 진조현은 벌겋게 달궈진 쇠를 일정한 속도로 망치질하고 있었다.
땅! 땅! 땅!!
“무(武)의 기본은 사람의 신체와 자연의 기운을 얼마나 잘 다스려 조화를 이루느냐에 달려 있다. 그 조화를 이루기 위해선 자연의 기를 받아들일 수 있는 신체를 만들어야 한다. 제대로 된 신체를 갖추느냐, 못 갖추느냐는 훗날 상승의 경지에 이르느냐, 그러지 못하느냐로 갈리게 된다. 지금 너의 나이 아홉, 결코 이르다 할 수 없는 나이이나 그간 나름대로 너의 어미가 애를 썼고, 너 역시 게을리 하지 않았기에 늦지도 않았다.”

치이이익…….

두드리던 쇠를 찬물에 집어넣자 진한 수증기가 자욱이 피어오르고, 진고영의 이마에서도 굵은 땀방울이 떨어지자 마치 철방 안은 한여름으로 돌아간 듯했다.

담금질하던 쇠를 잠시 쳐다보던 진조현은 쇠를 다시 불 속으로 던져 넣고 어린 손자를 쳐다보았다.

또래에 비해 서너 치는 커 보이는 키에 조금씩 갖춰지기 시작하는 부드러운 근육의 선은 제 나이에 비해 두서너 살은 더 보이게 했다.

잠시 입을 악다문 채 풀무질을 하는 손자를 바라보던 진조현은 잘 달구어진 쇠를 하나 꺼내 들고 다시 망치질을 시작했다.

진조현의 망치질하는 소리는 묘하게도 진고영의 숨소리와 일치하고 있었다. 아니, 숨소리가 망치질 소리에 맞춰지고 있었다.

"호흡이 흔들리면 그 순간 신체의 조화도 깨어진다. 신체의 조화가 깨어지면 삼류무공도 감당할 수 없다. 그 어느 때라도, 어떤 힘든 일이 있어도 호흡이 흔들리지 않을 때, 그때가 되어야 하련(下鍊)이나마 시작할 수 있을 것이다."

처음 시작할 때 한 근짜리였던 철환이 삼 개월이 지나는 동안 세 근 짜리로 바뀌었다. 여전히 힘들긴 했지만 처음처럼 온몸이 부서지는 듯한 근육통은 일지 않았다.

그렇게 된 것은 사부인 우문현 덕분이었다.

어린 제자인 진고영이 이틀에 한 번씩 고통에 신음하자, 우문현은 진조현이 손자를 잡으려 하는 무식한 영감이라고 구시렁대며, 진고영에게 내기를 이용해 굳은 근육을 부드럽게 풀어주는 서장의 유가비술을 가르쳐 주고, 자신이 직접 내기를 인도해서 진고영으로 하여금 빠른 시일에 유가비술을 익히게 했던 것이다. 그리고 우문현은 진고영에게 그 무공에 대해 충고도 잊지 않았다.

"지금 너에게 이걸 익히게 하는 것이 이익이 될지 해가 될지 모르겠구나. 하지만 네가 몇 가지만 주의한다면 결코 해가 되지는 않을 것이다. 첫째는 사부의 허락이 떨어질 때까지는 단순히 몸을 회복하는 방도로만 사용해야 한다. 두 번째는 언젠가는 이 무공이 내기에 반응해서 두 번째 단계로 진입하려는 때가 있을 것이다. 아마 오 년 정도가 걸리지 않을까 한다만… 그때는 즉시 이 사부에게 알려야 한다. 그것을 너 스스로 느낄 수 있을 것이다. 세 번째는… 음… 혹시라도 느닷없이 이 단계로 진입하거든 결코 당황하지 말고 너의 대연일기공의 테두리에 가둔 후 천천히 시일을 두어 그 기운을 대연일기공 속에 녹여 버리거라. 조금 힘이 들 것이다만, 너의 자질이라면 충분히 가능한 일이니… 그리되면 유가비술은 당분간 더 이상 진전이 없지만 너에게는 적지 않은 내력의 도움이 될 것이다. 알겠느냐?"

"명심하겠습니다, 사부님."

"아! 그 무공의 정식 이름은 양유대력(陽柔大力)이라 한다. 전에 이야기해 준 천축 만유불사(滿柔佛寺) 이야기 생각나지? 바로 그곳의 무공이다."

"그곳은 수십 년 전에 멸사당했다고……."

"물론 그랬지. 나는 우연히 그곳에서 살아남은 한 늙은 스님에게서 자신이 만유불사를 탈출할 때 가지고 나왔다는 양피 족자를 얻었다.

바로 거기에 남겨진 고문을 해석해서 얻은 게 바로 양유대력과 또 다른 한 가지야. 그걸 해석하는 데 오 년도 더 걸렸을걸? 어쨌든 이제 너에게 이어졌으니 나머지도 나중에 너에게 주마."

"아닙니다, 사부님. 여태껏 주신 은혜만 해도 넘치는데……."

"아니다. 그것은 양유대력을 익히지 않은 사람에겐 아무 소용이 없으니 당연히 너 아니면 주인 될 자가 없지 않겠느냐?"

깊숙이 고개를 숙이는 어린 제자를 보며 우문현의 입가에는 부드러운 미소가 걸렸다.

'내 너에게 나의 모든 것을 주기로 했거늘……. 허허허. 무엇이 아까울까.'

그날 이후 우문현은 임향정이 고맙다는 인사로 가끔씩 챙겨주는 여아홍 때문인지, 기분 좋은 웃음이 떠날 날이 없었다.

할아버지로부터 단련을 받기 시작한 지 구 개월이 흘렀을 때 철환은 열 근짜리로 바뀌었다.

그리고…….

"이제 곤을 시작해도 되겠구나."

진조현은 한 자루 곤을 진고영에게 주며 진중한 표정으로 말을 이었다.

"대연일기공(岱淵一氣功)과 더불어 관천뇌곤(貫天雷棍)은 이 할아비의 모든 것이라 할 수 있다. 너는 기본적인 형(型)은 어느 정도 익히고 있으니 형이야 조금만 손보면 될 것이고, 앞으로 내가 주로 가르칠 것은 내기의 운용과 곤과의 조화를 이루는 법이라 할 수 있다. 시작은 쉬울 수도 있지만 경지에 올라 완성한다는 것은 오랜 시간 노력을 해야 할 것이다. 그리고 구절미보(九折迷步)는 관천뇌곤 속에 숨어 있으니 따로 익힐 필요 없이 네가 깨달아야 한다."

어릴 때부터 익혀온 작대기질이 곤법이란 걸 알았다. 그리고 이제부터는 더욱더 힘든 나날이 되리라는 것도 각오했던 일이다.

그렇게 할아버지에겐 무공을, 사부님에겐 문과 세상에 대한 공부를 배우며 나날을 진가철방에 틀어박혀 지내다시피 하던 진고영이 오랜만에 태원부를 나갈 일이 생겼다.

바람도 쐴 겸 책을 구하러 사부와 함께 나들이를 나선 것이다.

3

가난한 농부의 자식들은 열 살이 되면 부모의 농사일을 돕기 위해 아침부터 논으로 나가지만, 먹고살 만한 집안의 아이들은 온갖 말썽을 피우며 놀고 다녀 부모의 속깨나 썩일 때다.

하지만 운오는 다른 아이와는 조금 남달랐다.

남달리 총명한 아이다.

운오의 아비인 운걸의 말에 의하면 세 살 때부터 운걸이 운영하는 낡은 고서점에서 살다시피 하며 다른 아이들과도 어울리지 않고 책을 친구 삼아 놀았다는 것이다. 고서에 싸인 먼지로 인하여 아이에게 해가 될까 싶어 나가서 놀라 해도 울며불며 오직 책만 가지고 놀았다는 것이다.

그러다 보니 네 살이 되던 해 웬만한 글자는 귀동냥으로 다 읽고, 모

43

르는 글자는 책 사러 오는 손님에게 물어서 배웠다는 것이다.

나이 여덟 살부터 아버지의 일을 돕더니 열 살인 지금은 오히려 아버지인 운걸보다 더 많은 단골을 확보한 명실상부한 운가고서점의 실세가 되어버렸다.

그런 운오가 처음으로 비슷한 나이의 친구를 사귀게 된 건 열 살 되던 해, 때늦은 장마가 기세를 죽이던 구월 열이틀 날 점심때쯤이었다.

오랜만에 구름 사이로 내민 뜨거운 햇살에, 비 젖은 기와 지붕이 하늘하늘 아지랑이를 피워 올리던 한낮, 태원부 중문대로 끝자락 구석진 곳에 있는 허름한 서점 앞에서 한 노인과 소년이 물끄러미 서점의 낡은 현판을 올려다보고 있었다.

운가고서점.

붉은 칠이 살짝 벗겨져 낡아 보이는 현판을 잠시 쳐다보던 후덕한 인상의 노인은 서점 안을 잠깐 살피더니 옆의 소년에게 물었다.

"흠… 어떠냐? 이곳이라면 네가 원하는 싸고도 괜찮은 책을 살 수 있을 것도 같다만. 맘에 안 들면 다른 데로 가든지."

소년은 노인의 말에 고개를 저었다.

"아니에요. 이곳이면 제가 원하는 책을 충분히 구할 수 있을 거 같아요."

오전에 새로 들어온 고서들을 정리하던 운오는 이마를 있는 대로 찌푸리고 구시렁구시렁 투덜거렸다.

"으으으… 잘난 아비는 아침부터 술 퍼먹고 자빠져 자고, 나이 어린 아들은 집안의 생계를 위해서 점심 대신 곰팡이 밥에 먼지 반찬이나 먹으면서 생업에 열심이네. 제기랄……."

투덜거리며 헌책의 제목을 살피던 운오는 문득 서점 앞에서 들려오는 소리에 언제 투덜거렸냐는 듯 잽싸게 일어나더니 입구로 달려나갔다.

"어서 오십시오! 잘 오셨습니다. 저희 운가고서점으로 말할 것 같으면 백 년 전통의 서점으로 모든 손님의 취향에 맞는 팔만 사천 권의 책을 갖춘 태원부 제일… 아니, 산서 제일의 서점입니다. 손님께서는 절대 후회를 안 하실 것입니다. 어떤 종류의 책을 찾으시는지요?"

노인의 앞에 서서 입에 참기름이라도 바른 양 줄줄 운가고서점의 역사와 전통을 자랑하던 운오는 들려오는 한마디에 고개를 획 틀었다.

노인과 소년의 대화 내용까지는 들을 수 없었던 운오는 단지 감으로 손님은 노인일 거라 생각하고 노인에게 말했는데 대답은 소년에게서 나왔고, 그 내용이 그가 최근에 와서는 별로 듣지 못했던 말이었기 때문이다.

"저기… 여기 주인 어른은 안 계시니? 안에 책들을 좀 살펴보고 골라봤으면 하는데……."

듣기 싫은 말을 들었으니 운오의 대답이 고울 리가 없었다.

"내가 주인이야! 책을 살펴보는 건 좋은데 고르려면 웬만한 학문으로는 어려울걸?"

뜻밖에 자기 또래로밖에 안 보이는 소년이 자신이 주인이라고 하자 소년과 노인은 눈을 크게 뜨고 운오를 바라보았다.

"네가?"

"왜? 내가 주인 하면 안 된다는 법이라도 있어?"

운오가 톡 쏘며 한마디 하자 소년은 고개를 숙이며 사과했다.

“미안… 미처 몰랐어. 어른이 안 보이길래…….”

소년의 진정으로 미안해하는 듯한 사과의 말에 운오는 큰맘 먹고 용서하기로 했다.

“뭐… 가끔 있는 일이니까 사과까지 할 필요는 없고, 그래, 필요한 책이 뭐지? 말해 봐. 이곳에 있는 책은 내가 다 꿰고 있으니까.”

두 소년이 하는 이야기를 듣고 있던 노인은 흥미롭다는 눈으로 운오를 쳐다보았다.

‘그것참, 잘해야 고영이 또래로밖에 안 보이는데 서점의 주인 역할을 할 수 있다니……. 재미있군. 흠. 게다가 저리 많은 책의 내용을 다 아는 듯하니, 대단한 아이로군.’

그랬다. 노인과 소년은 읽을 책을 사기 위해 태원부로 나온 우문현과 진고영이었다.

평소 때는 임향정이 가끔씩 책을 사다 주었기에 책을 사러 나오지 않았지만, 오늘은 몸이 좋지 않은지 바람도 쐴 겸, 겸사겸사 태원부 구경이나 하라는 어머니의 말에 사부와 같이 태원부로 나온 것이다.

진고영은 서점 안을 한번 둘러보았다.

“내가 직접 둘러보고 필요한 책을 찾아봐도 되겠니?”

“네가 직접? 찾을 수 있겠어?”

조금 놀란 눈으로 진고영을 쳐다보던 운오는 자기 또래나 아니면 잘해야 한두 살 더 먹은 듯한 소년이 이 많은 책들의 내용을 알아볼 수 있다는 듯 말하자 왠지 책을 좋아하는 동지를 만난 것 같아 즐거워졌다.

“좋아! 네 맘대로 찾아봐. 찾다가 잘 모르는 것 있으면 물어보고, 어수선해서 조금 흩뜨려져도 별 태가 안 나니까 맘껏 찾아봐. 의외로 괜찮은 책들도 많거든. 나는 오늘 아침에 들어온 책들을 좀 정리하고 있을 테니까 다 찾으면 말해.”

운오가 웃으면서 서점 안을 손짓으로 가리키자, 진고영도 빙그레 미소를 지으며 서점 안을 둘러보기 시작했다.

서점 안의 책은 운오의 말대로 정말 엄청난 양이었다. 진고영은 진고영대로 우문현은 우문현대로 엄청난 양의 책 사이를 지나다니며 가끔씩 책을 빼어서 내용을 살펴봤다.

근 한 시진 가까이 돌아다니던 두 사람이 빼놓은 책은 근 삼십여 권. 뭉텅이져 있는 고서를 정리하던 운오는 다 골랐다는 진고영의 말에 그들이 골라놓은 책들을 보았다.

“응?”

운오는 놀란 눈으로 책과 진고영을 번갈아 보았다.

“이 책 네가 읽을 거니?”

“응. 대충 골라보았는데 아무래도 다음에 몇 번 더 와야 할 거 같아.”

“그래? 음… 어려운 책도 많은데. 서른두 권이군. 열 냥이야! 원래대로면 열다섯 냥은 받아야 하는데 단골손님이 될 거 같으니까 싸게 주는 거야. 그리고 어… 내 이름은 운오야. 책을 친구처럼, 책을 형제처럼 생각하는 장래에 대학자가 될 사람이지. 험험.”

너스레를 떠는 운오를 바라보던 진고영의 얼굴에 잔잔한 미소가 떠올랐다.

“난 진고영이라고 해. 가끔씩 책 사러 올 거야. 다음에 보자.”

어정쩡하니 자기 이름을 알려주던 진고영은 우문현이 계산을 하고 책을 집어 들자 머뭇거리며 운오를 쳐다봤다.

“그리고… 만나서 즐거웠어. 나 화진촌 진가철방에 살아. 잘 있어!”

우문현을 따라 밖으로 나가던 진고영이 소리치듯 말했다.

철방 안에서만 살다시피 하는 진고영이다.

거의 매일같이 할아버지와 사부의 가르침만을 받으며 밖에라곤 한 달에 두어 번, 그것도 억지로 사부인 우문현이 끌어내야만 따라 나왔던 터라 친구가 있을 리 없었다.

우문현은 옆에서 생각에 잠겨 묵묵히 걷고 있는 어린 제자를 쳐다보았다.

몸은 어린아이라 하기엔 너무 강했고, 하는 행동도 애늙은이라 불릴 정도로 성숙해 보였지만 또래의 아이를 만나서 이야기하며 하는 행동은 절로 웃음이 떠오를 정도로 순진했다.

‘흠, 오늘 얻은 수확이 적지 않은걸?’

4

새벽 안개를 밀어내며 동쪽 산머리 위로 붉은 태양이 수줍게 얼굴을 내밀어 세상을 빛으로 감싸 안는 가을날 아침,

“타앗… 쿵!”

한 소리 기합과 함께 철방 뒷마당을 울리는 진각에 돌담 위에서 놀던 감새 한 마리가 깜짝 놀라 후드득 날아올랐다.

“낙성일격(落星一擊)!!”

떨어지는 별을 일격에 부술 듯 내려쳐지는 일 곤에 허공 가득 먼지

가 피어오르니.

"군마벽파(群馬霹破)!!"

사방으로 내려쳐지는 벼락같은 곤영은 대지를 갈기갈기 찢어버리고.

"관천조양(貫天朝陽)!!"

뇌전 같은 일 곤은 떠오르던 아침 해를 꿰뚫어 버렸다.

진고영은 벼락같이 뻗었던 곤의 끝을 반개한 눈으로 쳐다보았다.

다섯 자 길이 곤의 끝에는 찬란히 떠오르던 태양이 꿰뚫린 채 걸려 있었다.

"후우우… 이제 겨우 관천뇌곤 십팔식 중 전(前) 구식을 대연일기공을 운용해서 펼칠 수 있게 되었군."

전 구식을 대연일기공을 운용해서 펼칠 수 있게 되기까지 삼 년이 걸렸다.

어릴 적 형(型)으로만 익혔던 것이 기(氣)를 운용해서 펼친 것과는 천양지차의 위력이었다. 그리고 그렇게 되기까지 어린 나이로는 감당키 힘들었던 삼 년 세월이 뒤에 있었다.

참으로 지난했던 삼 년이었다. 아니, 어릴 때부터 치면 팔 년인가?

그나마 운가고서점의 운오가 가끔씩 찾아와서 너스레를 떨어대는 바람에 힘들 때마다 많은 위안이 됐었다.

"어떻게 그런 무식한 방법으로 무공을 연마하냐! 나라면 때려죽여도 못한다. 고영아! 만일 정 못하겠거든 나한테 와라. 내가 이래 뵈도 중문대로 유지라고."

운오가 진고영의 팔과 다리에 감긴 삼십 근짜리 철환을 보고 눈이 휘둥그레져 내뱉은 말이었다. 그러다 한쪽에 있던 할아버지의 부릅뜬 눈에 얼버무리며 후다닥 도망가기는 했지만.

하지만 앞으로 가야 할 길은 멀고도 멀었다.

할아버지의 말에 의하면 중(中) 육식을 완성키 위해선 몇 배의 노력과 시간이 필요하다 했었다. 십 년은 되어야 그 맛을 겨우 볼 수 있을 거라 했으니.

'그럼 후(後) 삼식은… 후우……. 사부께선 좀 더 기초가 잡히고 나면 당신이 가지신 것을 전하신다 하셨는데 그때가 언제일지도 모르겠고……. 양유대력은 이제 어느 정도 제자리를 잡은 것 같고, 곧 삼 단계에 들어설 수 있을 거 같군. 가만… 그러고 보니 오늘이나 내일쯤 운오가 오겠는데? 큭큭, 그 녀석 저번에 헛소리하다가 할아버지에게 혼났는데 올지 모르겠네?

이런 저런 생각을 하다 혼자 빙그레 웃던 진고영은 들고 있던 곤을 어깨에 메고 안채로 들어갔다.

진고영이 가졌던 궁금한 일 중 하나는 그날 밤 저녁 행공을 마치고 우문현을 만나며 풀렸다.

조용히 가부좌를 틀고 앞에 앉은 제자를 바라보던 우문현은 감다시피 했던 눈을 천천히 뜨며 진중한 목소리로 입을 열었다.

"오후에 네 할아버지와 상의를 마쳤다. 내일부터는 철방 일을 하지 않아도 된다. 음… 사실 너에게 이 사부의 비전을 전할 시기가 아직 이삼 년은 더 있어야 할 거라 생각했었다. 비록 너의 자질이 대단하다 해도 네 할아버지의 무공은 결코 쉽게 익힐 수 있는 게 아님은 너 역시 잘 알 것이다. 한데 너는 이 사부와 네 할아버지의 예상을 훨씬 앞질러 버렸다. 삼 년 만에 구전격(九電擊)이라 불리는 관천뇌곤의 전 구식을 대연일기공으로 펼칠 수 있을 거라고는 생각지 못했었다. 그 정도라면 이제 이 사부의 공부를 익히는 데 별다른 무리가 없으리라 여기고 내일부터 수련을 시작하겠다. 괜찮겠느냐?"

"네, 사부님."

진고영은 생각지 못했던 의외의 상황에 조금 당황스럽긴 했으나 내일부터 사부의 무공을 익히게 된다는 것에 가볍게 몸이 떨려왔다.

그간 사부는 오랜 세월 천하를 누비며 보고, 듣고, 경험했던 일들을 이야기해 주고, 진고영이 알지 못하는 세상을 가르쳐 왔었다.

할아버지께서는 사부야말로 천하에 알려지지 않은 기인이사 중에서도 능히 으뜸을 다툴 수 있는 분이라 했었다.

그런 분이 무공을 모를 리는 없을 테고, 양유대력이라는 기이한 공부만 해도 짐작할 수 있는 일이었다.

둥근 하관에 항상 웃는 듯한 얼굴의 우문현은 평상시 후덕한 촌 동네 훈장 같은 모습이었지만, 굳은 얼굴에 정광이 어린 눈을 크게 뜨고 허리를 꼿꼿이 편 채 진고영에게 가르침을 내리는 모습은 가히 일대종사의 모습을 보는 듯했다.

"오전에는 관천뇌곤을 익히고 오후에는 사부의 무공을 익히거라. 흠… 보아하니 양유대력은 곧 삼 단계에 다다를 것 같구나. 다행히 이 단계에서 운기의 길을 제대로 잡아놔 같이 익혀도 부작용은 없을 것이다. 삼 단계에 오르면 대연일기공에 영향이 미치지 않을 것이니 양유미가수를 같이 연성하도록 하거라. 영아야, 수련은 고되고 힘들 것이나 그러한 어려움을 헤쳐 나가고 나면 훗날 너의 길을 가는 데 보다 넓은 길이 열리게 될 것이다.”

“명심하겠습니다, 사부님.”

깊숙이 허리를 숙이는 진고영의 두 눈에선 새로운 의지가 불타올랐다.

‘그렇습니다, 사부님. 저에겐 해야 할 일이 있고, 가야 할 길이 있습니다. 그 어떤 어려운 일이 앞을 막아도…….’

안개비가 자욱이 내리고 있었다.

새벽부터 내리기 시작한 비가 조금씩 가늘어지더니, 화진촌 전체를 음울하게 감싸 안았다.

점심이 조금 지난 오후.

진고영은 뒷마루에 앉아 멈추지 않는 안개비를 바라보았다 .

아침 내내 비가 내려 바깥 수련을 포기하고 방으로 들어가자, 사부님은 그간 한 번도 이야기를 하지 않았던 자신의 일을 그저 옛날이야기하듯이 꺼냈다.

“나는 본디 불심을 쫓던 평범한 중에 불과했었다. 장강의 범람으로 부모님을 모두 잃고 거지처럼 떠돌던 다섯 살배기 아이는, 지나던 한 늙은 스님이 구해주지 않았다면 아마도 길가에서 굶어 죽은 다른 아이들과 같이 그렇게 생을 끝냈을 것이다. 노스님의 법명은 우경, 본래 안휘 봉정사에 적을 두고 계시던 그분은 육십이 넘자 따로 암자 하나를 얻어 생활하고 계셨다. 다행히 우경 스님께 구함을 받은 나는 우경 스님을 봉양하며 그분께 여러 가지를 배웠지. 학문도 배우고 무공도 배우고……. 그러다 열아홉이 되어서 정식 제자가 되었고, 그분의 모든 걸 물려받았다. 하지만 나는 전생에 역마살이 끼었는지, 노스님이 돌아가시자마자 불경을 공부해야겠다며 절을 떠났다. 그때부터 나의 여행이 시작됐던 것이다. 오십 년간의 떠돌이 생활이. 서장으로. 서역으로… 천축으로… 다시 돌아오면 이번에는 동쪽으로……. 그러다 네 할아비도 만났지. 살아오면서 만난 수많은 사람 중에서도 네 할아버지는 참으로 특별한 사람이었다.”

우문현의 눈이 아련하게 추억을 더듬어갔다.

“우선 강했지. 그리고 그는 생긴 것과 달리 정이 깊었다. 다른 사람은 어찌 생각할지 몰라도 나처럼 많은 것을 보고, 수십 성상을 돌아다닌 사람들은 우선 사람 보는 눈이 다르단다. 글쎄다… 설명을 어찌해야 할지 모르겠다만 훗날 너도 알게 되겠지.”

두서없이 이런 저런 이야기를 하던 우문현이 진고영을 바라보며 조용히 말을 이었다.

“그렇게 돌아다니던 나는 몇 번의 운이 닿아 일반 사람들은 생각지도 못했던 물건들을 손에 넣게 되었단다. 너에게 전해주었던 만유불사의 물건도 그중에 하나이다. 나 역시 양유대력을 익혀보았지만 칠단계에서 더 이상의 진전이 없어 포기했다. 하나 너라면 마지막 구단계에 도전할 수 있을 거 같구나.”

대견하단 눈으로 진고영을 바라보던 우문현은 굳은 표정으로 입을 열었다.

“그리고 이제부터 너에게 전하려는 것은 결코 양유대력에 비할 바가 아니니, 익히는 데도 많은 고통이 뒤따를 것이고 그 어려움 또한 지금껏 배워온 모든 것을 합한 것보다 더 어려울 것이다. 그래도 할 수 있겠느냐?”

“네, 사부님! 그 어떤 고통, 어려움이 닥쳐도 제자는 굽히지 않고 모든 걸 참아낼 수 있습니다.”

“흐음… 그래, 너라면…….”

잠시 눈을 감고 생각을 가다듬던 우문현이 진고영을 바라보았다.

“사부가 천축을 넘어 서장으로 들어오던 길이었다. 험하고도 험한 길은 짐승조차 외면할 정도로 험로였다. 하지만 그런 험로를 따라 천축에서 이교의 공격을 피해 자신들만의 종교를 지키려 피신해 온 무리들이 상당수 있었다. 그들은 깎아지른 듯한 절벽 위에 자신들의 성전을 짓기도 하고, 짐승조차 들어가기 꺼려하는 오지에 안식처를 마련하기도 했다. 나는 본래 목적이 여행이었으니 남들이 잘 가지 않는 길을 다녔다. 그러다 위험한 일도 많이 만났지만 뜻밖의 광경도 자주 볼 수 있었지…….”

우르르르릉…….

굉음과 함께 뇌극만추산의 동쪽 빙벽이 무너져 내린다.

천지를 뒤흔드는 굉음은 둘째 치고 온 세상이 뒤집어질 듯 흔들렸다.

뇌극만추산 남로를 따라 겨우 사람 한 명 통과할 절벽 길을 걷고 있던 우문현은 엄청난 굉음과 함께 천지가 뒤흔들리는 것 같자, 대경실색하며 절벽에 튀어나온 바위를 붙잡고 매달려 굉음의 진원지를 찾으려 사방을 둘러보았다.

그런 우문현의 눈에 가히 자연의 위대함이라 할 수밖에 없는 엄청난 광경이 들어왔다.

오백 장 높이의 북쪽 빙벽이 갈라지는 것을 본 것이다.

그 갈라진 빙벽이 산 아래 세상을 온통 뒤덮을 것처럼 쏟아져 내렸다.

빙벽에서 쪼개어진 집채만한 얼음덩어리는 태양에 반사되어 찬란한 빛을 뿌리며 떨어져 내리고, 떨어지다 부딪친 얼음 조각은 다른 곳의 빙벽마저 무너뜨렸다.

그야말로 장관도 이런 장관이 없었다.

절벽에 기대어 앉은 채 멍하니 입에서 침이 흐르는 줄도 모르고 그 광경을 쳐다보던 우문현은 문득 고개를 갸웃거렸다.

'뭐지?'

흔들리는 몸을 세우고 빙벽이 무너진 절벽 쪽을 향해 모든 안력을 집중했다.

그런 그의 두 눈은 흐릿하긴 하지만 자연의 절벽 형태와는 다른 무엇인가를 발견할 수 있었다.

그건 절벽의 한쪽에 오래전에 세워졌다 무너져 버린 듯한 건물의 잔해였다.

근 이각에 걸쳐 무너져 내리던 빙벽이 다시 고요를 되찾자 우문현은 궁금증을 참을 수 없어 빙벽 아래로 다가갔다.

온통 얼음덩어리로 가득 찬 계곡은 사람이 도저히 다가갈 수 없는 금지 구역같이 되어버렸다.

피어오른 얼음가루로 인해 사방 천지가 안개에 뒤덮인 듯했고, 아직도 절벽 한쪽에서는 얼음 조각들이 위태롭게 매달려 있다 간간이 떨어져 내렸다.

우문현은 고개를 들어 조금 전에 보았던 건물을 찾으려 두리번거렸다.

보였다. 비록 끝자락 한 귀퉁이였지만 백여 장 높이에 그것이 보인 것이다. 그리고 얼음이 떨어진 절벽 쪽에는 그곳으로 올라가는 길인 듯 계단이 중간중간 부서진 채 건물을 향해 위로 솟아 있었다.

경공을 익힌 무인이라면 올라갈 수 있을 듯하다.

'좋아! 여기서 돌아서면 우문현이라 할 수 없지.'

'후욱후욱……. 제기랄! 장난이 아니군.'

그렇게 거친 숨을 몰아쉬며 힘겹게 계단을 오른 우문현은 천천히 고개를 들어 그가 목적했던 건물의 잔해를 쳐다보았다. 그리고 그의 입이 돼지 한 마리가 통째로 들어갈 만큼 크게 벌어졌다.

"세상에! 굉장하군!"

천천히 고개를 들어 올리던 우문현의 고개가 뒤로 꺾어질 듯이 젖혀졌다. 절벽에 뚫린 동부의 높이는 근 십여 장이 넘어 보인다.

그리고…….

천장과 바닥을 잇는, 그 둘레만도 이 장이 훨씬 넘는 거대한 기둥, 그 기둥에는 세상의 악을 쓸어버리겠다는 듯 무서운 표정의 제석천상이 새겨져 있었다.

우문현은 마음을 진정시키고 주위를 둘러보았다.

그의 간담을 서늘하게 했던 제석천상 주위로 무너진 두 아름 두께의 기둥들이 여기저기 널려 있었다.

"대체… 여기가 어디기에……."

동부의 깊이는 얼마가 되는지 알 수가 없었다. 반 이상이 무너지긴 했지만 남아 있는 빙벽의 잔해에 햇살이 반사되어 동부의 안쪽을 비추고 있었다.

하지만 끝은 보이질 않는다.

보이는 건 무너진 기둥과 벽의 잔해뿐이었다.

우문현은 봇짐을 뒤져 화섭자 하나를 꺼냈다.

"제길… 화섭자도 세 개밖에 안 남았군. 제발 깊지는 않아야 할 텐데……."

이십여 장을 반사광에 의지해 들어갔지만 여전히 건물의 잔해뿐, 관심을 둘 만한 것은 찾을 수 없었다.

공력을 끌어올려 안력에 집중하고 십여 장을 더 들어가 보았다.

무언가 안에 널려 있는 듯했지만 잘 보이질 않는다.

화섭자에 불을 붙이고 안을 비춰보았다. 순간! 우문현의 안색이 창백하게 굳어버렸다.

수십 구, 아니, 족히 백 구 가까이 되어 보이는 백골이 안쪽을 향해 몰려 있었던 것이다.

가사로 짐작되는 갈기갈기 찢어진 황색 천에 감싸인 백여 구의 백골이 흩어져 있는 모습은, 보는 이로 하여금 소름이 오싹 돋을 정도로 공포스런 광경이었다.

단순히 백골이어서가 아니라 무언가에 의해 허리가 잘리고 팔다리가 떨어져 나간 채 안쪽을 향해 쓰러져 있는 광경은 안쪽에서 무언가 무시무시한 일이 벌어졌다는 것을 암시하는 듯했던 것이다.

떨리는 마음을 가다듬은 우문현은 발에 밟히는 백골을 최대한 피해가며 안으로 안으로 발을 들여놓았다.

'설마… 백골과 주위에 새겨진 조각 형식을 보아하니 수백 년은 된 듯한데 살아 있는 악마 같은 것은 없겠지?

입구에서 칠십여 장을 들어갔을 때, 우문현의 발걸음은 멈춰지고 눈은 있는 대로 크게 뜨여졌다.

아홉 명의 황색 가사의 백골이 거대한 석문 앞을 반원형으로 두른 채 포진해 있었고, 그 앞에 핏빛 가사를 걸친 삼십여 명의 백골이 널브러져 있었던 것이다.

그리고 핏빛 가사의 백골 뒤에는 그들에게 당한 듯한 황색 가사의 백골 오십여 구가 사방으로 흩어져 있었다.

무언가 엄청난 싸움이 벌어졌었다.

쳐들어온 자와 막는 자의 처절한 싸움이 벌어졌고, 결국 양패동사… 모두 죽은 듯하다.

무엇을 노리고 저 많은 사람들을 죽이면서 악착같이 여기까지 쳐들어왔을까?

무엇을 지키기 위해서 저 많은 사람들이 목숨을 버렸을까?

우문현은 뛰는 가슴을 쓸어내리며 천천히 석문 쪽으로 다가가 보았다.

한쪽이 무너져 내린 이 장 높이 석문에는 가득히 천왕상이 새겨져 있었다. 그리고 그곳에는 눈을 부릅뜬 천왕상 아래 아홉의 보호를 받았던 듯한 마지막 한 구의 백골이 앉아 있었다. 아마도 지키려는 자들의 수장인 듯 보였다.

그의 손끝이 이르는 곳, 거기에는 검게 물들어 있어 한눈에 핏물을 찍어 썼다는 것을 알 수 있는 글이 있었다.

나 아타르난의 대에 이르러 수천불음사(守天佛茨寺)가 종말을 맞이하는도다.

부타의 성지에서 쫓겨나 이곳에 정착한 지 삼백여 년, 바라문의 악도들에게 발각되어 멸망을 당함은 그다지 마음에 둘 것은 아니나 제석천의 법력을 전하지 못함이 실로 큰 죄로다. 죽어 지옥에 들어도 당연하리라.

연자여… 그대가 선인이라면 제석천의 법력을 이어주길 간절히 바라노라.

부타의 법력으로 막을 수는 있어도 부타가 없으니 막을 수 없고, 오직 제석천의 법력만이 아수라의 마력을 누를 수 있음이니…… 선인이여…….

"아미타불 관세음보살……."

글을 읽어가던 우문현의 입에서 자신도 모르게 불호가 외어졌다.

'제석천의 법력은 뭐고 아수라의 마력은 또 뭔가? 대체 어떤 힘이기에 불타의 법력만으로 누를 수 있다는 말인가?'

우문현의 두 주먹에서 으슬으슬한 추위에도 불과하고 땀방울이 맺혀 떨어졌다.

고개를 들어 석문을 바라보았다.

군데군데 손상된 천왕상이 그를 쳐다보며 말하는 듯했다.

'들어와라.'

천천히 석문을 밀어보았다. 끄떡도 없다.

있는 힘껏 밀었다. 그래도 꿈쩍을 않는다.

"제길… 개구멍은 싫은데……. 할 수 없지."

허리를 숙였다 들어갈 수 있을 거 같다.

우문현은 부서진 석문 틈으로 몸을 밀어 넣었다.

그리고 겨우겨우 석문을 비집고 안으로 들어갈 수 있었다.

석문의 안쪽을 화섭자로 비춰보았다.

우문현의 눈에 들어온 석실은 의외로 단순한 구조였다.

중앙에 검은 오석으로 된 듯한 다섯 자 높이의 좌대, 그리고 그 위에 놓인 은은히 황금색을 발하는 석판 열두 장이 석실을 장식하는 모든 것이었다.

우문현은 마치 홀린 사람마냥 좌대로 다가갔다.

석판이 보였다. 황금색으로 빛나긴 하지만 결코 황금은 아닌 석판이.

석판에는 천축문이 고어로 새겨져 있었다.

글을 읽어보려 석판을 쳐다보던 그의 몸이 이상하게 조금씩 떨리기 시작했다.

그런 그의 눈에는 핏발이 곤두서고, 얼굴이 점점 벌게져 갔다. 되돌아가고 싶어도 발은 떨어지지 않고, 오히려 떨림은 더욱 심해져만 갔다.

"으으으……."

입에서 신음이, 견딜 수 없는 병자의 그것처럼 흘러나왔다.

마침내 요요롭기까지 한 황금빛 석판의 석 자 앞에서 멈춰 섰다.

전신의 떨림은 곧 그의 몸이 부서질 듯 심해지고, 두 눈에는 핏물이 맺혔다.

"끄어어억……."

오오!! 맙소사, 이대로 끝이란 말인가!

전신에 부풀어 오른 혈관이 터질 것만 같다. 얼마나 견딜 수 있을까? 진정 살 방법은 없단 말인가?

송곳으로 찌르는 듯한 고통이 전신 혈맥을 따라 치달렸다. 곧 심장까지 이르고, 결국은 심장조차 터져 버리겠지……. 오오! 하늘이여!

그때였다!!

부들부들 떨리는 몸이 터질듯 부풀어 올라 절망에 빠져 있던 우문현의 전신 세맥 곳곳에서 오랫동안 잠자고 있던, 잊혀졌던 무언가가 일어서고 있었다.

그리고… 일각이나 지났을까, 몸의 떨림이 점점 잦아들기 시작했다.

두 눈에 맺혔던 핏기도 조금씩 사라져 점점 제 색깔을 찾아가고 있었다.

불영제세심법!

십여 년을 잊었던 불영제세심법이 세맥 곳곳에서 기지개를 켜고 있는 것이다.

우경 스님이 돌아가시기 전에 그의 몸에 심어놓은 그 힘이.

"오오… 스승님! 나무아미타불 관세음보살……."

우문현의 감겨진 두 눈에서 핏물이 아닌 눈물이 쏟아졌다.

그간 잊고 있었던 스승님께서 그의 목숨을 구해주신 것이다.

그의 입에서 감격에 겨운 불호가 터져 나왔다.

우문현이 감격에 복받친 마음을 가라앉히고, 천천히 눈을 떠 앞을 바라보자 희미한 글이 안개처럼 허공에 어른거리는 게 보였다.

그대가 사마기(邪魔氣)를 익힌 자라면 그 자리에서 전신이 터져 죽었으리라. 그대가 선인이라면 선공의 도움으로 제석천의 법력을 취할 수 있으리라. 하나 취할 능력이 안 된다면 능력이 되는 이에게 전하라.

우문현은 공손히 삼배를 올린 뒤 석판을 살펴보았다.

그리고 그의 두 눈은 다시 공포에 젖어버렸다.

"맙소사! 이게 진정 제석천의 법력이란 말인가!!"

"나머지 두 개의 화섭자가 다 타버리기 전에 그 모든 것을 옮겨 적고 나와야 했기에 나는 공포심을 억누르고 석판의 글과 그림을 옮겨 적었다. 하지만… 나는 한동안 그게 진정 제석천의 법력인지 확실한 판단이 서질 않았다. 거기에 적힌 그림은 너무도 진저리가 쳐질 만큼 무서웠다. 차라리 아수라의 마력이라 했다면 그 자리에서 믿었을 정도였으니까.”

우문현은 조용히 그의 말을 듣고 있는 제자를 쳐다보았다.

“그 후 나는 그것을 해석하고 확실한 믿음을 갖기 위해서 세상으로부터 벗어난 이인들을 찾기 시작했다. 그러다 십여 년 전 장백에 이르러 한 분 노도인을 만나게 되었다. 그분이 그러더구나. ‘그게 누구의, 어떤 힘이면 어떤가? 때로는 하늘이 모질게도 약한 선민들에게 홍수를 내리고 가뭄을 주어 고통스럽게도 하는데, 그렇다고 하늘을 악이라 할 수 있겠는가? 그걸 남긴 이들이 그걸 선의 힘이라 한다면 그만한 이유가 있을 거라 생각하게나. 누가 뭐라 한다 해서 자네가 그리 생각할 것도 아니지 않는가? 쓸데없는 걸로 마음 고생하지 말고 전할 방도나 생각하게나’. 내가 가지고 있다는 내색도 없었건만 그 노도인은 앞날까지 말하더구나. 십 년 후면 나의 짐을 받을 수 있는 그릇을 만날 수 있을 거라고 말이다.”

긴 이야기를 끝마친 우문현은 진고영의 맑은 눈을 쳐다보았다.

“나는 이제 너에게 나의 짐을 넘기려 한다. 앞서 말했지만 많은 고통과 어려움이 따를 것이다.”

우문현을 바라보던 진고영의 몸이 깊게 숙여졌다.

퍽! 퍽! 퍼퍽! 콩! 퍽!

진고영의 방에서 마치 모래 주머니를 두들기는 듯한 소리가 들렸다.

모르는 사람들이 본다면 이해할 수 없는 광경이 그의 방에서 벌어지고 있었건만 진조현이나 임향정은 거들떠보지도 않았다.

진조현은 오전에 소리를 내는 주인공 중 하나였고, 임향정은 그 소리를 매일 들은 지도 벌써 일 년이 넘었기에 소리가 나지 않는다면 오히려 이상할 지경이었다.

우문현의 장력이 진고영을 향해 뻗을 때마다 석 자 떨어진 진고영의 몸에선 가느다란 경련이 일었다.

한데 괴이한 건, 장력을 뻗는 사람은 이마에 진한 땀방울이 맺혔건만, 두들겨 맞는 사람은 그저 얼굴이 붉어져 있을 뿐 편안해 보였다.

진고영이 걱정스런 표정을 지을라 치면, 곧바로 우문현의 호통이 터졌다.

"정신을 집중하고 받아들여라. 네가 걱정하면 할수록 힘든 건 사부니라. 죽을 때 가져갈 것도 아니고, 그렇다고 모든 공력을 쓰는 것도 아니니라. 네 할아버지나 이 사부가 네게 해줄 수 있는 것은 그저 훗날을 위해 길을 뚫어줄 뿐이니 그 길을 가는 것은 결국 네가 해야 할 일……."

진고영의 얼굴이 다시 편안해지자, 우문현은 다시 그의 몸을 향해 장을 내쳤다. 장과 권이 몸을 칠 때마다 맞는 부위가 한 치 정도 들어갔다 나왔다를 반복했다.

그렇게 한 시진이 더 지나서야 우문현은 조금 피곤한 기색으로 장을 내렸다.

'후우… 갈수록 반탄력이 세지는구나…….'

일 년 전, 처음 시작할 때는 온몸의 경락이 뒤틀려 죽음보다 더한 고통에 시달렸었다. 그렇게 육 개월이 지나자 경락이 넓어지고, 불순했던 기가 정화되자 고통은 사라져 갔다. 그렇게 점차 충격을 흡수하는 게 익숙해져 갔다. 그리고 진고영의 피부는 무두질된 가죽보다도 훨씬 더 탄력이 있어 오히려 우문현이 힘들 지경이었다.

진고영의 붉어졌던 얼굴색이 제 색을 찾아가자 우문현은 밖으로 나갔다.

격체전공(隔體傳功)과 차력미기(借力瀰氣), 우문현과 진조현이 이 두 가지 공부로 진고영을 위한 음모(?)를 꾸민 것은, 삼 년 전 제석천의 법력을 진고영에게 전하기로 결정하고 이 년여를 혼신의 노력으로 수련했지만, 다른 무공과는 다르게 그 성과가 미미하자 방법을 바꿔보기로 하면서였다.

진고영의 나이 열일곱, 늦으면 늦을수록 효과가 그만큼 떨어진다.

말이 격체전공이지 공력을 전한다고 전해 받은 이가 완전히 그 공력을 쓸 수 있는 건 아니다.

전해 받은 공력을 자신의 것으로 받아들이기 위해선 오랜 시간이 필요하고, 그렇게 열심히 노력해도 받은 힘의 반 정도만을 흡수할 수 있는 것이다. 게다가 격체전공을 펼치기 위해선 펼치는 자의 공력이 받는 자의 배 이상이 되어야만 하고 받아들일 수 있는 양도 한정되어 있는 걸로 알려져 있다.

일반적으로 일 갑자 정도를 한계로 잡는다.

그러다 보니 펼치는 자가 타격을 입으면서까지 격체전공을 시전할 필요성을 느끼지 못하고, 근래에 와선 사장되다시피 한 무공이었다.

두 노인이 그런 사장되다시피 한 공부를 펼치려 하는 것은 차력미기라는 기공을 우문현이 알고 있었기에 가능한 계획이었다.

상대의 힘으로 나의 기를 키운다는 희대의 기공이 천축에서 유래된 차력미기였다. 또 다른 차력미기의 특징 중 하나는 근골과 피부를 탄력있고 강하게 만드는 것이다. 익히기 위해선 엄청난 고통이 수반되지만, 그 효과는 능히 모험을 걸 만한 가치가 있는 공부다.

계획은 이단계로 짜여졌다.

일 단계는 진고영의 세맥을 넓히고 경락을 튼튼히 하는 데 주력한다.

이 단계는 진고영이 눈치 못 채게 조금씩 조금씩 기를 전해주며 차력미기로 흡수하게 한다.

우문현이 연구한 바에 따르면 제석천의 법력은 일반적인 무공과 괘를 달리한다. 웬만한 공력으로는 입문조차 하지 못한다.

하나 공력도 공력이지만 그보다 깨달음을 더 중요시하는 고차원의 무공이다. 천축 수천불음사가 이천 년에 걸쳐 발전시킨, 가히 신의 힘을 엿볼 수 있다는 게 제석천의 힘인 것이다.

그중 하나가 수천제마력(守天制魔力). 상단전이라 불리는 뇌에 기단이 생성되는 정신의 무공이다.

이해하기도 어렵지만 익히기는 그보다 수백 배 어려운, 오직 불, 도 등 선기를 지닌 자만이 익힐 수 있다는 불가해의 법력이다. 마기를 몸에 지닌 자는 수천제마력을 접하는 것만으로도 전신 혈맥이 터져 버릴 정도이다.

두 번째는, 우문현이 보는 것만으로도 공포에 질렸다는 제석천의 칼, 구겁전도(九劫電刀)를 말함이다. 구겁전도는 수천제마력이 아니어도 펼칠 수는 있다. 단지 위력 면에서 현저한 차이가 있을 뿐. 하지만 공력 일 갑자 이하로는 일식도 흉내 내기 어렵다. 얕은 공력으로 억지로 펼치려 한다면, 한번 펼치고 기혈이 뒤틀려 무공을 상실해도 괜찮다면 펼쳐도 된다.

그렇다고 해서 공력만 높다고 다 되는 것도 아니다. 제 위력을 내기 위해선 수천제마력의 운용결이 필수적이다.

세 번째는 수천제마력의 운용법인 제석천의 손, 수천제마인(守天制魔刃).

수천제마력의 성취도를 그대로 따라간다 할 수 있으니 실질적으로 두 가지 공부는 하나라 할 수 있을 것이다.

우문현은 두 계획이 완성되면 수천제마력에 입문하는 데 충분한 공력이 갖춰질 것이고, 구겁전도의 구식 중 삼식 정도는 익히고 펼칠 수 있을 거라 생각했다.

그 정도라면 진고영 홀로 수련해도 다음 단계로 올라가는 데 충분할 것이다.

그렇게 진고영의 몸은 서서히 단련되어 갔다.

5

하늘이 잔뜩 찌푸려지더니 어둠이 내릴 무렵부터 하얀 눈이 내리기 시작했다. 올 들어 늦은 첫눈이 내리는 것이다.

거세게 불던 찬바람이 호랑이 앞에 꽁지 내린 강아지마냥 잔잔해지자, 그간 못 내린 걸 한풀이라도 하려는 듯 주먹만한 눈덩이들이 밤새 그렇게 내려 쌓여갔다.

아침이 밝자, 화진촌 사람들은 두 번 놀라야 했다.

한 번은 문을 열자마자 세상이 온통 하얗게 변해 버렸다는 데 놀랐고, 두 번째는 그렇게 눈이 많이 왔는데도 화진촌 한가운데를 가로지르는 대로의 눈이 깨끗하게 치워져 있다는 데 놀랐다.

"아마 관천뇌곤으로 빗자루질을 한 사실을 강호의 사람들이 알면 한동안 술자리에 안주가 없어도 될 거다. 끌끌끌……."

우문현이 웃음을 감추지 못하고 끌탕을 치자 진조현이 곧바로 도끼눈을 치켜떴다.

"흥! 이게 다 네놈이 곤법을 빗자루질에 접목시키면 훨씬 효과적으로 눈 청소를 할 수 있다고 부추겼기 때문이 아니냐! 게다가 어디 내 곤법뿐이냐? 네놈의 그 잘난 양유대력으로 눈사람을 넷이나 뭉쳐 놨더구먼."

진조현이 곧바로 반격을 했지만 우문현의 입가에선 웃음이 떠나지 않았다.

"험! 그래도 내 눈사람이 젤로 품위가 있어 보이던데?"

두 노인네의 말싸움이 점점 더 거세질 무렵, 화진촌으로 넘어오는 와우령 고갯길에 마부도 없이 나귀 한 마리가 끄는 낡은 마차 한 대가 모습을 드러냈다.

"콜록! 콜록! 야, 이놈아! 눈길이 미끄러우니 천천히 좀 가지, 뭐 바쁜 일 있다고 길도 안 좋은데 그리 빨리 가는 게냐!"

마치 나귀가 말귀라도 알아듣는다는 듯 거친 목소리가 마차로부터 흘러나왔다.

하지만 나귀는 저 멀리 보이는 마을에 눈을 고정시킨 채 잽싸게 걸음을 옮길 뿐 주인의 다그침에는 콧방귀도 끼지 않았다.

"젠장, 이번에 진가에게 돈 좀 얻어서 이놈의 나귀를 바꿔 버리든가 해야지 원……."

그렇게 건방진 나귀가 끄는 마차가 화진촌으로 들어와 진가철방 앞에 멈춰 선 것은 진고영이 눈 청소를 마친 후 한 차례 대연일기공과 양유대력의 행공을 마치고 관천뇌곤을 수련하고 있을 때였다.

삐이걱!

마차 문이 떨어질 듯한 비명 소리와 함께 열리며 신선 같은 풍모의 황의노인이 마차에서 내려섰다.

스윽. 황의노인의 눈이 나귀를 한번 째려본 후 진가철방이라 쓰인 깃발을 쳐다봤다.

"쳇! 오 년간 변한 게 아무것도 없군. 하다못해 낡은 깃발이라도 좀 바꾸지 여전히 구두쇠로 사는가 보군."

겉모습과 말투는 상관이 없다는 것을 몸소 실천하던 황의노인은 헛기침을 하며 철방 안으로 들어갔다.

"아무도 없나? 대체 왜 이리 조용한 거야? 이거, 신선께서 왕림하셨는데 마중 나오는 인간이 하나도 없으니, 속세는 갈수록 예의를 저버리는구나. 말세로다……."

혀를 차며 세상 말세를 부르짖던 황의노인의 입이 뒤에서 들려오는 한마디에 조개처럼 다물어졌다.

"미친놈! 네놈이 신선이면 나는 옥황상제다! 이 사기꾼 가짜 신선 놈아!"

황선괴의(徨仙怪醫) 등원신(鄧元信).

생긴 거나 겉모습은 가히 신선 같은 풍모를 지녔지만 하는 짓거리가 사람을 황당하게 하고 그러면서도 의술만큼은 귀신 뺨치는 실력을 지녔다는 중원사괴 중 하나가 바로 황의노인을 지칭하는 말이었다.

진조현의 절친한 세 명의 친우 중 하나이면서 동시에 골칫거리로 분류되는 인물이 등원신이었다. 그런 등원신이 오 년 만에 진가철방을 찾아온 것이다.

"그렇지 않아도 나타날 때가 되었다 했거늘, 역시 양반은 못 되는구먼."

진조현은 골칫거리 아이를 쳐다보는 눈으로 등원신을 바라보다 멈칫하더니 고개를 끄덕였다.

"그러고 보니 자네가 한 가지 해줘야 할 일이 있는데 때맞춰 온 셈이군. 흠."

진조현이 의외로 반기는 듯한 말을 하자 등원신은 어리둥절한 얼굴로 진조현을 흘겨봤다.

"얼씨구? 이거 오래 살고 볼 일이구먼. 천하의 진조현이 이 신선 어른을 반길 때가 있다니, 이제야 이 어른의 진가를 알아보는군. 한데… 왠지 좀 찜찜한 기분이 드는 건 왜지?"

"흥! 자네를 써먹을 데가 어디 다른 게 있던가? 으음… 요즘 며늘아기의 몸이 부쩍 안 좋아졌네. 전에 자네 말대로라면 앞으로 이삼 년 정도인데, 지금 같아선 그 시간마저 어려울 것 같아. 그래서 자네 생각이 났었지."

진조현의 눈가가 근심으로 물들자, 등원신은 어깨를 축 늘어뜨린 채 힐끔 진조현을 쳐다보고 마지못한 듯 말문을 열었다.

"그게… 전에도 말했지만 말이네……. 내가 할 수 있는 데까지는 최선을 다했지만, 결국 생사는 하늘에 달렸으니 어쩌겠나. 내 비록 의술로 이름을 좀 얻긴 했지만 절맥증이라는 것이 그리 만만한 게 아니거든. 더구나 초기엔 알아차릴 수도 없는 게 절맥증이다 보니 초기 치료가 제대로 되지도 않았을 것이고… 나중에 더해진 부상이 가중되었으니… 후우……. 그나마 삼왕 같은 천고영약을 복용했기에 지금껏 버텼던 게지……."

"하긴, 자네가 나귀에게 하수오를 당근처럼 먹인 황당한 사람이라는 것은 나도 잘 알지만, 자네가 고칠 수 없는 병은 천하의 누구도 못 고친다는 것쯤은 아네. 추운데 떨지 말고 안으로 들어가세. 마침 찻물이 끓을 때가 다 됐구먼."

돌아서 방으로 들어가는 진조현의 노구에 근심이 무겁게 내려앉았다.

"등 조부님께 고영이 인사드립니다."

진고영이 뒷마당에서 수련을 마치고 나오다, 등원신이 왔다는 말에 한달음에 조부의 방으로 들어왔다.

어머니의 병을 돌봐주었던 등원신에 대한 마음은 다른 사람이 무어라 해도 고마움으로 가득했던 것이다. 게다가 최근 어머니의 병이 악화되자 마음이 아팠었는데 등원신이 왔다는 것은 그에게 커다란 위안이 되었다.

"오! 우리 영아가 이제 이 신선 할아버지보다 커져 버렸구나. 허허허. 그래, 잘 있었느냐?"

등원신은 자신보다 커버린 진고영을 놀란 눈으로 쳐다보더니 너털웃음을 터뜨렸다.

오 년이면 세상이 반은 변할 시간이다.

등원신이 왔다 간 지가 벌써 오 년이 흘렀으니 어렸던 진고영이 자기보다 능히 한 뼘 이상 커진 건 당연한 일이었다. 전에 어머니인 임향정의 병을 살펴주었을 때 고마움에 소리없이 눈물짓던 어린아이가 이제는 아닌 것이다.

여섯 자가 훌쩍 넘는 진고영을 등원신은 안쓰러운 눈으로 바라보았다.

“영아가 이제 어른이 다 되었구나. 당분간 나도 이곳에서 지낼 것이니 너무 염려 말거라.”

황선괴의 등원신이 도의 고수라는 걸 아는 사람은 거의 없었다.

‘무공은 머리에 든 것 없는 강호의 무뢰배들이나 자랑하는 것이지, 신선은 결코 무력을 뽐내지 않는 법’이라며 사람들 앞에서 도를 펼치지 않았으니, 그가 도의 명인임을 아는 것은 그의 친구 몇몇뿐이었다. 그리고 진조현은 그런 등원신의 친구 중 하나였다.

등원신이 진가철방에서 머무른 지 사흘째 되던 날 진조현은 한마디 말로 등원신으로 하여금 도에 관한 지식을 내놓게 했다.

“자네는 죽으면 신선이 된다면서? 신선이 되면 도법이 무슨 필요가 있겠나? 그냥 영아가 수련하는 데 도움이나 주게나. 아! 물론 의술도 가르쳐 준다면 더 좋겠고.”

별다른 제자도 없는 데다 진고영이 마음에 들었던 등원신은 할 수 없다는 듯 고개를 끄덕였다.

“이건 내 밥값이야! 자네 말이 옳아서가 아닌 건 분명히 하자고! 험험.”

그렇게 등원신은 분명한(?) 선을 긋고 진고영에게 도법을 가르치기 시작했다.

등원신이 도법을 가르치면서부터 진고영의 도에 관한 진도는 빠른 진전을 보이기 시작했다. 진조현이나 우문현이 천하에 보기 드문 고수라 하나 모든 무공에 정통할 수는 없었다. 게다가 구겁전도 같은 희대의 절기는 도에 관한 극고의 깨달음이 없다면 가르치기도, 익히기도 어려운 무공이었다.

첫날, 등원신은 진고영이 펼치는 구겁전도 삼식을 한번 보더니 다시는 보려 하지 않았다. 그리고 진고영으로 하여금 구겁전도의 수련을 중단시켰다.

"인간이 이런 도법을 펼칠 수 있다는 게 나는 아직도 믿기지 않는다. 아니, 보는 것만으로도 공포를 느끼게 하는 도법이 있다는 게 도무지……. 하지만 내가 판단하기에 영아, 네가 이 도법을 익히기엔 아직 깨달음이 부족한 거 같구나. 자칫하면 오히려 몸을 망치는 결과를 가져올 수 있다. 네가 이 도법을 꼭 익히고자 한다면 우선은 이 신선 할아버지의 도법을 익히면서 그 도법을 이해하도록 해야 한다. 그건 그렇고… 이놈의 늙은이들은 대체 생각이 있는 거야! 뭐야? 마음만 급해 가지고 애를 망치려고 작정을 했나? 에잉… 공력만 높이면 다 되는 줄 아는 멍청한 늙은이들 같으니라고."

길길이 날뛰며 화를 내던 등원신은 꼭꼭 숨겨두었던 밑천을 털어놓기로 했다. 바로 두 가지의 도법을.

백린도(百鱗刀), 변화의 극치를 보여주는 도법으로 백 개의 도강비늘이 사방을 휩쓸면 천하에 견딜 수 있는 자가 없다는, 도법 중 내로라하는 절기의 하나였다.

뇌진도(雷振刀), 강력한 중도(重刀)로 벼락의 힘을 그대로 표현했다는 평가를 받는, 천하십대도법 중의 하나로 등원신의 마지막 밑천이라 할 수 있었다.

그 두 가지가 구겁전도를 익히기 위한 기본 도법이 된다는 것에 조금 입맛이 씁쓸했지만 등원신 역시 구겁전도의 가공함을 알기에 별다른 불만을 표시하지는 않았다. 하지만 그전에 선행되어야 할 것이 있었다. 그것은 도에 대한 잘못된 기초를 바꾸는 작업이었다.

진고영은 처음에는 단순하게 진행되는 도법의 연마로 지루하기도 했지만, 시간이 지날수록 칼이 몸에 익숙해져 감을 느낄 수 있었다.

하긴 하루에 천 번 이상을 오십 근 대도로 내려치고 베어가는 연습만 한다면 어느 누가 지루하지 않을 건가. 그나마 진고영이었기에 석 달 열흘을 내려치기만 하면서도 싫다는 소리를 하지 않았던 것이다.

어찌 보면 멍청해 보이기까지 한 연습이었지만 잘못된 구겁전도의 연마로 비틀린 기초를 잡기 위해선 어쩔 수 없다는 등원신의 말에 진조현과 우문현은 아무 말도 못하고 모든 것을 등원신에게 맡겨야만 했다.

내려치고 베어가는 연습이 백 일을 넘길 무렵, 마침내 본격적인 도법의 수련이 시작되었다.

그렇게 등원신에게 도법과 의술을 배우며 지낸 지 일 년 육 개월이 지났을 무렵, 세 노인의 안타까움과 진고영의 오열 속에 임향정이 조용히 숨을 거뒀다.

진고영의 나이 스물이 되는 해였다.

그날 이후 진고영의 얼굴에선 그나마 남아 있던 약간의 미소도 사라졌다.

가끔씩 찾아온 운오가 그런 친구를 보며 안타까워했지만 진고영의
표정은 쉬이 변하지 않았다.

숨을 거두기 달포 전, 임향정이 고영을 조용히 부르더니 자신과 진
창휴에 대한 이야기를 해주었다.

당신의 아버지, 임후명이 우연한 기회에 얻었던 기보가 몰고 온 살
겁으로 인해 평온하던 집안이 풍비박산나고, 가족이 모두 죽었으며, 당
신만 겨우 도망쳤다는 이야기.

그렇게 끝없는 도주 중에 진창휴를 만났고, 사랑했으며, 추적자들의
눈을 피해 과풍곡에 둥지를 틀었다는 이야기.

진창휴는 사랑하는 아내와 어린 아들을 그들에게 노출시키지 않기
위해서 일이 년에 한 번, 그나마도 추적자들의 눈을 피해서 몰래 찾아
와야 했었다는 이야기였다.

"그렇게 과풍곡에 자리를 잡은 지 팔 년이 흐르고, 네 아버지는 그들
의 추적 의지가 약해지자 적들의 수장을 찾아가 비무로 담판을 짓겠다
며 떠나셨다. 다행히 적 수장의 아들과 일 대 일의 비무에서 이기셨고
너와 나는 자유를 얻었지만, 아버지께선 비무의 상처를 안고 돌아오던
중에 복면괴한들의 습격을 받아 쓰러지셨단다. 네 할아버지는 친우인
개방 장로 유운걸개 어른으로부터 은밀한 연락을 받고 네 아버지를 찾
아갔지만 이미 숨이 끊어지기 직전이었고, 너와 나의 존재에 대한 이야
기만을 남긴 채 돌아가셨다고 한다. 아버님께서 유운걸개 어른께 복면
괴한에 대한 조사를 부탁하셨다. 하지만 그들에 대해 정확히 밝혀진
건 아무것도 없다고 하셨다. 그렇게 며칠이 지나고 아버님은 우리를

찾아 나섰다. 과풍곡을 찾아온 아버님께선 나에게 '창휴와 너의 일을 밝히고 해결하는 건 이제 아들인 영아의 몫이니 나는 그저 영아가 그 일을 해낼 힘을 만들어줄 수 있을 뿐이구나' 라고 하셨단다. …으음, 그래… 이제 네 몫이구나. 나 역시 아버님의 말씀에 동감했기에 여태껏 참고 기다렸다. 하아… 참으로 질긴 세월이었어. 네가 있었기에 기다릴 수 있었던 그런……."

거친 숨을 몰아쉬며 말을 흐리는 어머니 눈에선 방울진 눈물이 여윈 볼을 타고 흘러내렸다.

만감이 서린 눈으로 잠든 어머니를 바라보던 진고영은 조용히 방을 나와 하늘을 바라보았다. 그렇게 하지 않으면, 눈물이 쏟아져 가슴속으로 스며들 것만 같았던 것이다.

돌아가신 어머니로 인해 진고영이 슬픔에 잠겨 있자 진조현은 손자에게 지난날 그리해야만 했던 연유를 보다 더 자세히 이야기해 주었다.

"창휴가 찾아간 적 수장은 철검산장의 장주이자 오제(五帝) 중의 한 명인 창천검제(蒼天劍帝) 사마혁성이었다. 지금은 뒤로 물러나 태상장주로서 조용히 살고 있다지만, 이십여 년 전에만 해도 천하를 오시하는 삼십삼천 중 오제의 이름으로 강호를 질타했었지. 곤왕으로 불리며 오왕 중 한 명이었던 나지만, 정당한 비무를 했고 약속까지 지킨 사마혁성에게 책임을 물을 순 없었다. 물론 네 어머니에 대한 책임을 물을 수는 있었다 하나 그건 다른 사람의 몫이었다. 아들인 너의 몫이었던 것이다. 유운걸개를 다그쳐 복면괴한에 대한 조사를 계속했단다. 하지만 십여 년이 지난 지금껏 그저 단편적인 증거만을 모았을 뿐 별다른 성과가 없었다. 이제 모든 것은 네가 해결해야 한다. 그러기 위해선 힘이 필요하다. 힘도 없으면서 의욕만 앞세우는 것은 만용일 뿐, 결코 용기라 할 수 없다는 것은 네가 더 잘 알 것이다."

손자를 쳐다보는 진조현의 노안에는 안타까움만이 가득했다.

"영아야… 이 할아비나 네 사부들의 나이도 팔십이 넘은 지 오래다. 죽기 전에 너의 성취를 볼 수 있다면 그걸로 족하다. 남아의 복수는 십 년이 지나도 결코 늦지 않음이니……. 우린 너를 믿는다."

그날 이후, 진고영은 슬픔을 잊기 위해 미친 듯이 수련에만 매달렸다.

한 달에 두어 번 찾아오던 운오가 사오 일에 한 번씩 찾아왔지만, 제대로 이야기도 나누지 못한 채 돌아서야만 했다.

두 달이 지날 무렵, 등원신이 자신의 터전인 구화산으로 떠나갔다. 도법에 대해선 더 이상 가르칠 것도 없고, 의술이야 짧은 시간에 익힐 수 있는 것도 아닌 데다, 오래 비워둔 집 걱정도 된다는 것이다.

자신의 거처인 구화산 황선곡을 너무 오래 비워둬서 산짐승들의 집이 됐을 거라는 둥, 곧 우화등선해야 하니 준비할 게 많다는 둥 한참을 헛소리를 늘어놓다 못내 아쉬운 표정으로 떠나갔다.

한 사람 한 사람 정들었던 사람들이 진고영의 곁을 떠나갔다.

아마도 세월이 더 흐르면 다른 분들도 떠나게 되리라.

그것이 세상이 흐르는 이치라면 굳이 슬퍼할 것도, 아쉬워할 것도 없으리라. 하나 사람이기에 그러한 이별이 슬프고 아쉬운 것이니, 그것 또한 그대로 두는 게 사람 사는 세상이 아니겠는가.

세월이란 붙잡아도 멈추는 법이 없고, 인연이란 만남과 헤어짐의 연속이거늘, 나 자신조차 알지 못하면서 무엇을 그리 고뇌할 건가…….

오대산 깊은 계곡 안, 십수 장 높이의 석봉 위에 한 사람이 앉아 있었다. 이십사오 세 정도나 됐을까, 길게 자란 머리를 질끈 뒤로 묶은 청년의 모습은 마치 석대와 하나가 되어버린 석상과도 같았다.

"후우……."

길게 숨을 내쉬자 주위의 대기가 사방으로 퍼져 나가고,

"흐읍……."

짧게 끊어 들이키는 들숨에 천지 자연의 맑은 기운이 그의 몸으로 빨려 들어가는 것만 같았다.

시간이 흐르자 지나던 새들이 그의 어깨에 내려앉았다. 그러다 한 번씩 내쉬는 숨에 화들짝 놀라 달아난다.

얼마나 지났을까. 그렇게 한없이 고요할 것만 같던 청년의 몸이 순간적으로 둥실 석 자를 떠오르고, 번쩍 뜨인 눈에서 별빛 안광이 쏟아졌다.

"타앗!!"

떠오른 몸이 기합과 함께 앞으로 주욱, 나아간다.

어느 사이, 손에 들린 한 자루 묵색 곤이 앞으로 뻗고,

콰우우…….

시커먼 묵강이 서린 곤에서 눈에 보이지도 않는 기운이 폭사되어 나간다.

쩌저적!!

휘도는 기세에 대기가 비틀린다.

뻗어나가는 뇌전이 허공을 뚫고 맞은편 거대한 석벽을 향해 부딪쳐 간다. 그러다 어느 순간,

츠스스스······.

석벽 일 장 가까이까지 접근했던 신형이 튕기듯이 물러서고, 한 점 흔들림도 없는 두 눈이 석벽을 바라본다. 그런 그의 두 눈에 석벽의 한쪽이 바람에 스러져 가는 게 보인다.

석벽, 이십 장 높이의 석벽에는 수많은 상처가 새겨져 있었다. 어떤 것은 칼에 그어졌는지 길게 갈라져 있고, 어떤 것은 떡에 송곳으로 구멍이라도 낸 듯 숭숭 구멍이 뚫려 있었다.

하지만 제일 많은 것은 한 자 정도의 넓이로 깎여져 나간 수백 수천 개의 자국이었다. 바로 그의 곤이 만들어놓은 자국들.

그리고… 보는 이로 하여금 절로 살이 떨리게 만드는 것은, 십 장 높이 이상에 새겨져 있는 그물처럼 갈라진 자국들이었다. 인간이 했다고는 믿을 수 없는 그런 칼자국… 구겹전도의 흔적들······.

그랬다. 오대산의 이름 모를 계곡에서 곤을 펼치고 있는 청년은 바로 사부인 우문현과 함께 이 년 전, 할아버지마저 돌아가시자 철방을 떠나온 진고영이었다.

조용히 곤을 갈무리한 진고영은 문득 사부인 우문현의 말이 떠올랐다.

"무공을 익히는 것은 끝없는 자기 자신과의 싸움이다. 끝이란 있지도 않고, 완성이란 그저 자기 만족의 결과물일 뿐이다. 그 다음에는 또다른 것이 기다리고 있거든. 그러니 죽기 전에 끝을 본다는 것 자체가 허상일 뿐이지. 나는 네가 끝을 보려 하기보다 끝조차 잊었으면 싶구나."

아직 무슨 말인지는 정확히 이해할 수 없다. 다만, 자신이 보다 나은

길로 가기를 바라는 사부의 마음일 거라는 생각을 할 뿐이었다.

석벽의 우측으로 돌아가면 나무에 가려진 작은 동굴이 있었다. 자신이 이 년간 머물렀던 석동이다. 안으로 들어가자 썰렁한 기운이 그를 반겼다. 구석에는 이제 못 쓰게 된 칼들이 도병만 남은 채 버려져 있었다. 처음 산을 들어올 때 두 자루의 칼을 만들어 왔다. 하지만 일반 쇠로 만든 칼들은 구겁전도의 힘을 버티지 못했고, 결국 손잡이만 남긴 채 저렇게 구석에 뒹구는 신세가 되어버렸다. 그러다 보니 결국 할아버지가 남긴 관천곤으로 도법을 익혀야 했다. 비록 도의 기세를 제대로 펼칠 수는 없지만, 그나마 부서지지 않았으니 하는 수 없는 일이었다.

"떠나야 할 때가 되었나 보군."

조용히 읊조리는 진고영의 음성이 석동에 울렸다.

관천뇌곤은 이미 어릴 때부터 익혀왔으니 별다를 게 없었다.

수천제마력과 양유대력도 더 이상은 세월과 깨달음만이 해결해 줄 수 있을 뿐이었다.

등 조부의 도법은 이미 구겁전도에 녹아들어 갔다. 다만 아쉽다면 구겁전도를 완성하지 못했다는 것이다. 하지만 그것은 언제 완성될지 모르는 도법, 굳이 미련을 가질 필요는 없었다. 어쩌면 평생을 익혀야 할지 모르니까.

그나마 이만큼이라도 익힐 수 있었던 것은 사부께서 직접 대련을 해주어 실전과 같은 상황에서 무공을 익힐 수 있었기 때문이다. 하나 이제는 그것도 힘들게 되었다.

사부께서 장백으로 떠난 지 삼 개월, 아마도 자신이 곧 떠날 거라는 걸 알고 계셨을 것이다. 떠나는 나의 등을 보기가 싫어, 그래서 먼저 떠나섰는지도…….

6

　삼 년여 세월, 쇠망치 소리가 사라졌던 진가철방에서 다시 쇠 두들기는 소리가 들리기 시작한 것은 긴 가뭄으로 인해 농부들의 시름이 깊어가는 이월 중순경이었다.
　그리고 석 달이 지났을 무렵, 다시 망치 소리가 멈췄다.
　그날 이후, 화진촌 사람들은 다시는 진가철방에서 울리는 망치 소리를 들을 수 없었다.
　오월의 햇살이 황사를 뚫고 진가철방의 문을 두드리던 그날, 진고영은 철방의 문을 걸어 닫고 화진촌을 나섰다.
　십여 장을 걷다 뒤돌아서 철방의 모습을 눈 속에 담은 진고영은, 철방을 알리는 깃발이 내려진 빈 깃대를 쳐다보다 몸을 돌려 뿌연 햇살 속으로 사라져 갔다.

＊　　　＊　　　＊

　산서의 초여름 하늘은 황사로 인해 항상 뿌옇게 흐려져 보였다. 비조차 잘 내리지 않으니 지붕의 기와 색깔조차 검은지, 누런지 분간이 가지 않을 지경이었다.
　누런 하늘을 머리에 진 태원부 중문대로에 키가 일반 사람보다 족히

80

한 뼘은 더 커 보이는 스물대여섯 살의 청년이 들어섰다.

청회색 장삼에 바람으로 약간 흐트러진 머리, 허리에는 넉 자 길이 뭉툭한 시커먼 막대가 꽂혀 있었고, 등에 진 괴나리봇짐엔 한 자루 평범한 협도가 손잡이 끝만 보이게 꽂혀 있었다.

청년은 느린 걸음으로 운가고서점 앞에 멈춰 서서, 고개를 들어 새로 단 듯한 깨끗한 간판을 쳐다보았다. 화진촌을 떠나온 진고영이었다.

입가에 보일 듯 말 듯 웃음이 서린 진고영이 서점 안으로 들어가려 할 때였다.

"아, 글쎄! 호씨 아주머니는 안 된다니까요!"

서점의 안쪽에서 운오의 짜증 섞인 큰 소리가 터져 나왔다.

"아버지도 생각해 보세요. 아버지 나이가 지금 몇인지나 아세요? 내일 모레면 오십이라고요! 오. 십! 호씨 아주머니는 아직 서른도 안 됐고요! 그런데 아버지하고 맞는다고 생각하세요, 지금? 제발 정신 좀 차리시라고요! 정 집 안에 여자를 들이고 싶다면 제 말대로 왕씨 아주머니를 데려오시라고요!!"

"이놈아! 너는 왕씨가 얼마나 사나운지 몰라서 그래! 내가 그 여자하고 살면 아마 제명에 못 죽을 거다. 그런데도 너는 내가 왕씨하고 살아야 된다는 소릴 하냐?"

운오의 아버지인 운걸의 탄식 섞인 목소리에는 하나밖에 없는 아들이 아버지의 마음을 몰라준다는 서러움이 잔뜩 묻어 있었다.

"나참! 아버지! 그 호씨 아줌마가 왜 아버지에게 꼬리를 치겠어요? 그 이유를 아버지만 모르지 태원부 사람이라면 다 안다구요! 좌우간, 왕씨 아줌마라면 몰라도 호씨 여우 아줌씨는 절대! 절대 안 된다는 것만 아세요!”

한 소리 내지른 운오는 밖으로 나오다 문 앞에 키가 자신보다 훨씬 큰 사람이 서 있는 것을 보고 깜짝 놀랐다.

“이게 누구야? 영아 아닌가! 우와, 오랜만이네!”

호들갑을 떠는 운오를 바라보던 진고영의 입가에 가느다란 웃음이 살짝 걸렸다.

“그래, 오랜만이야. 이 년 정도 됐나?”

“정확히는 이 년 일 개월 십이 일 됐네, 이 사람아! 그런데 산에서 이제 내려온 건가?”

“아니. 석 달 정도 됐네. 철방에서 할 일이 좀 있어서…….”

“잉? 아니, 그럼 진작 내려왔는데 이제야 나를 찾아왔다는 게야? 자네, 하나밖에 없는 내 친구 맞어?”

운오와 진고영이 티격태격하는 소리를 듣던 운걸이 고개를 내밀었다.

“고영이 아니냐? 어이구, 이게 얼마 만이야. 할아버지 돌아가시고 이 년은 된 거 같구나.”

“아버지! 쓸데없는 말씀은 왜 하세요? 이제사 맘 좀 가라앉힌 것 같은데…….”

운오의 핀잔에 운걸은 인상을 구겼다.

‘자식놈이라고 하나 있는 게 오냐오냐해 줬더니, 에휴……. 모질지 못한 게 한이다. 으이그…….’

“아, 내가 뭐라 했냐? 안부 인사 좀 한 거 가지고 그렇게 아비 구박하는 거 아니다, 너!”

두 부자의 말싸움에 고개를 내젓던 진고영이 허리를 숙였다.

"그간 평안하셨는지요? 오랜만에 뵙습니다, 아버님."

"어, 그래! 허허허, 역시 어른에게 제대로 배워서인지 싹싹한 게 누구랑 다르구나."

"어이그… 이보게, 식사 안 했지? 내 맛있는 거 살 테니 가세."

"그래, 네가 데리고 가서 맛있는 것 좀 사주거라. 혼자 있으면서 무얼 제대로 먹었을까."

진고영은 운걸에게 인사를 하고 억지로 잡아끄는 운오를 따라갔다.

중문대로를 따라 백여 장을 내려가면 동서대로 중심에 커다란 주루가 자리 잡고 있었다.

산서제일이라는 선향루가 바로 그곳이다.

고관들이나 부호들이 즐겨 찾는 선향루는 음식값도 값이지만, 손님들을 가려 받고 있어서 일반인은 돈이 있어도 들어갈 수가 없었다.

진고영 역시 한 차례 제지를 받았지만, 운오의 손님이라는 이유와 살짝 찔러준 은전의 효력으로 구석진 자리나마 앉을 수 있었다.

선향루 특산주인 선화주는 그 맛과 향에서 가히 산서제일주라는 명성을 지니고 있었다. 운오와 진고영은 선화주 한 병을 주거니 받거니 하며 다 마실 때까지 말 한마디 하지 않았다. 그렇게 두 병이 바닥을 보이자 그제야 운오의 입이 열렸다.

"어찌할 건가? 보아하니 떠날 작정을 한 듯한데."

"음… 그 문제로 자네에게 부탁할 게 있네. 아무래도 당분간 돌아오지 못할 것 같아. 하니 자네가 철방을 처분해 주게. 할아버지와 아버지, 어머니의 위패는 오대산 황정사에 모셨고, 사부님께서도 장백에 가셔서 나오지 않겠다, 하셨으니 굳이 철방을 그냥 놔두기도 뭐하군. 놔

뒤봐야 폐가밖에 더 되겠는가."

진고영의 말을 듣던 운오는 마지막 남은 술 한 잔을 입에 털어 넣었다.

"음. 일단 그 문제는 내가 알아서 하지. 그리고 언제든 내가 필요하면 연락하게. 내가 별 재주는 없지만, 그래도 작은 도움 정도는 줄 수 있다네. 태원부에 친구가 있다는 걸 잊지 말고."

물끄러미 운오를 바라보던 진고영의 입가에 또다시 가는 미소가 서렸다.

"자네는 참으로 좋은 친구야."

운오의 입가에서도 웃음이 떠올랐다.

사실 운오는 진고영의 성취가 얼마나 되는지 확실하게 알지는 못한다.

진고영의 어머니가 돌아가신 그해 수련에 미친 친구를 보며 우문현에게 물어봤을 때 우문현은 빙그레 웃으며 '나도 잘은 모르겠다만 일류의 수준은 될지 싶다' 했었다.

그 후로 삼 년 뒤 할아버지마저 돌아가시자 진고영은 우문 사부를 따라 오대산으로 들어갔었다. 그리고 이 년이 흘렀으니 지금의 성취는 본인 이외에는 아무도 알 수 없었다.

일류고수라면 단순히 강호를 행보하는 데는 큰 어려움이 없을 것이다. 하지만 친구가 가고자 하는 길은 그런 단순한 길이 아님을 운오는 잘 알고 있었다.

"어디로 갈 건가?"

"의창으로 가볼까 하네. 어머니의 고향이 그 부근이었다 하셨네."

어머니를 떠올리던 진고영의 눈 깊은 곳에서 아련한 그리움이 떠오르는 듯하다 사라졌다.

"일단은 그곳부터 시작할 생각이야."

굳은 의지가 담긴 진고영의 말에 운오는 아무런 말도 하지 않고 고개만 무겁게 끄덕였다.

1

두두두두두…….

이십여 필의 준마가 누런 먼지구름을 일으키며 고성평원을 내달리고 있었다. 말들은 상당한 거리를 달렸는지 땀방울이 송골송골 맺혀 목을 타고 떨어져 내리고, 무사로 보이는 기수들은 무언가 다급한 표정으로 말들을 재촉하고 있었다.

선두에서 치달리던 우형욱은 조금 더 빨리 달릴 수 없는 게 한이었다. 앞으로 목적지까지의 거리는 오십여 리, 이각 정도는 더 가야 했다. 말들에게 더 빨리 달리기를 주문하는 것이 무리라는 건 알지만 조급한 마음은 어쩔 수가 없었다.

백산창(百傘槍) 우형욱(宇亨旭), 나이 스물여덟 살로 한번 창을 펼치면 백 개의 우산살이 한번에 몰아치는 것 같다는 환영창의 고수.

악가창, 양가창과 더불어 중원 삼대창술 중 하나로 불리는 은형창(隱

形槍)으로 산서 남동부의 패자를 자처하는 은창보(隱槍堡)의 철기비호 대주이자, 은창보주의 둘째 제자가 바로 그였다. 그런 우형욱이 반쯤 정신 나간 것 같은 다급한 신색으로 수하들을 몰아치고 있었다.

이각 후, 형고산 허리쯤에 위치한 산신각에 우형욱이 이끌고 온 철 기비호대가 산신각을 둘러싸며 멈추었다.

히히히힝……. 휘리리릭.

내리는 시간조차 아까운지 우형욱은 몸을 날려 산신각 앞에 내려섰 다.

대원들이 산신각을 감싸는 것을 묵묵히 지켜보던 그는 몸을 돌렸다.

산신각 앞에 있던 초초한 기색의 황의 경장인이 우형욱 앞에 무릎을 꿇고 떨리는 입을 열었다.

"은환대 삼조 조원 기철고가 삼가 대주를 뵙습니다."

우형욱은 가늘게 떨리는 눈을 안정시키려 입술을 지그시 깨물었다.

"말… 해봐라. 상황은?"

"속하가 이곳을 발견한 것은 네 시진 전이었습니다. 발견 즉시 비연 을 띄웠습니다. 안쪽에는… 여인의 찢어진 옷이 있었습니다."

기철고는 우형욱이 흘리는 기세에 온몸이 떨려왔지만 말을 끊을 수 는 없었다.

"속하는 그분의 옷자락으로 의심되는 것을 보고, 전각 안에 그분이 있을지 모른다는 생각이 들어 조심스럽게 조사를 했습니다. 그리고… 산신상 뒤에서 그분으로 보이는……."

"그만! 음. 내가 직접… 직접 보겠다. 안내하도록."

우형욱은 수하의 말을 끊고 산신각을 뚫어질 듯 쳐다보다 천천히 전 각으로 걸음을 옮겼다.

‘제발! 희매 네가 아니기를 빈다. 제발. 크윽.’

우형욱의 두 주먹이 어찌 세게 쥐어졌는지 손톱이 손바닥을 파고들어 피가 뚝뚝 떨어져 내렸다.

산신각 안의 구조는 그리 복잡하지 않았다.

문을 열자 정면에 산신을 그린 토벽이 들어오는 이를 가로막았다.

긴장한 채 오른쪽으로 돌아 들어가던 우형욱의 발걸음이 발바닥에 아교가 달라붙은 것처럼 딱 멈추고,

“으으으……”

극도의 분노가 담긴 신음이 그의 입에서 흘러나왔다.

토벽 뒤에는 다섯 자가 조금 넘을 듯한 산신상이 서 있었다.

그리고 그 산신상에는 여인의 옷이 걸쳐져 있었다. 온통 피로 범벅이 된 채.

우형욱의 눈꼬리가 떨리고 두 발은 무의식적으로 신상을 향해 다가섰다.

‘희매의 옷이다.’

스물여덟 살 먹는 동안 사랑했던 오직 단 한 여인.

그가 가진 모든 것을 다 주어도 행복을 느낄 수 있었던 여인. 그래서 청혼을 했고, 이제는 함께할 그날만을 기다리게 한 그런 사랑하는 여인의 옷이 피에 전 채 있어서는 안 될 곳에 걸쳐져 있는 것이다.

한 걸음 한 걸음.

신상을 쳐다보며 떨어지지 않는 발걸음을 옮기던 우형욱의 시선이 신상 우측 뒤쪽으로 돌아갔다.

‘헉!’

하얀 발 하나가 보인다.

군데군데 붉은 피가 굳어 있는 여인의 발이다.

발 위쪽은 신상에 가려 보이지 않는다.

우형욱의 뇌리는 벼락을 맞은 듯 사고를 멈추었다.

"대주!"

뒤에서 누군가 부르더니 앞으로 나섰다.

철기비호대의 부대주 장평이었다. 개인적으론 어릴 때 친형과 같이 대했던 사람으로 항상 우형욱의 주위를 지켜주는 자였다.

"대주! 제가 확인하겠습니다. 물러서십시오!"

장평은 굳은 얼굴로 우형욱의 넋 나간 눈을 마주 보았다.

"희매는 대주의 약혼녀이기도 하지만 제 동생이기도 합니다. 그리고… 대주가 여기서 흔들리던 우리는 아무것도 할 수 없습니다. 제발, 저에게 맡기십시오."

장평의 떨리는 말에 우형욱이 부르르 진저리를 쳤다.

"장 형이… 장 형이… 확인한다고요? 아닙니다. 아니에요. 제가 직접 보겠습니다. 다만 장 형은 옆에서 도와주시기만 하면 됩니다."

숨을 크게 두어 번 들이켜 어느 정도 마음을 안정시킨 우형욱은 신상을 돌아갔다.

"으으… 으아아아아!!"

비감에 찬 울부짖음이 형고산을 진저리치게 만들었다.

장평은 재빨리 산신상에 걸쳐진 피 묻은 옷을 벗겨 여인의 몸을 가렸다. 그런 그의 두 눈은 핏발이 곤두서 있었고, 입을 어찌나 악다물었는지 입술이 터져 피가 흘러내리고 있었다.

여인의 공포에 찬 두 눈은 화등잔만하게 뜨여져 있고, 볼을 타고 피눈물이 흘러 있었다. 예리한 흉기에 도려진 젖가슴은 어디에 버려졌는지 어디에서도 찾을 수 없었다.

그리고… 잘려져 나간 열 개의 손가락은 하체에 빼곡하니 박혀 있어 보는 이의 넋을 빼앗아 버렸다.

"크으윽!"

장평의 입에서 억눌린 분노가 새어 나왔다.

"놈입니다! 음혼색살마(陰魂色殺魔)! 찢어 죽여도 시원치 않을 그놈의 짓이 분명합니다. 크흑!"

"악마 같은 놈! 이놈! 사람이 어찌 이리도 잔인할 수가 있단 말인가. 희매가 무슨 죄가 있어 이리도 비참하게 당해야 한단 말인가! 죽이리라! 하늘 끝까지라도 찾아가 찢어 죽이리라!"

비통에 젖은 피눈물이 우형욱의 가슴을 타고 적셔 내렸다.

그때였다.

"모두 하던 행동을 멈추고 뒤로 물러나라!"

느닷없는 일갈에 장소희의 싸늘한 시신을 보고 있던 우형욱과 장평은 고개를 획 돌려 산신각의 문 쪽을 바라보았다.

"누구냐? 누구길래 우 모에게 명령을 하는 거냐?"

누가, 그 누가 감히 이곳에서 자신들에게 어이없는 명령을 내린단 말인가. 밖에 수하들은?

토벽을 돌아 들어오는 자는 사십대 초반으로 보이는 사내였다. 머리에 관모를 쓰고 청색 관포를 걸쳤다. 손에는 은색 검집에 포(捕) 자가 붉은 옥으로 새겨진 석 자 길이 장검이 들려 있었다.

"본관은 낙양의 비찰포두(秘察捕頭) 양만효라 한다."

일갈과 함께 안으로 들어서는 양만효의 뒤쪽으로 세 명의 관포를 입은 자들이 주욱 늘어섰다.

“지금부터 이곳은 사건의 증거 보전을 위해 본관의 지휘 아래 머리카락 한 올도 움직일 수 없음을 알린다.”

텁수룩한 수염의 양만효가 우형욱과 장평을 보며 한 자 한 자 끊듯이 말했다.

우형욱은 분노가 치솟아올랐지만 상대는 관의 인물, 그것도 비찰포두다. 생각 같아선 단숨에 쳐 버리고 싶지만 단순히 감정적으로 대하기에는 뒤탈이 발생할 소지가 많은 자다.

“대체 귀하들이 어떻게 알고…….”

분노를 억지로 누른 우형욱은 놀라움도 놀라움이지만 의문이 앞섰다.

은환대의 연락을 받고 전력으로 달려왔다. 도착하고서 길어야 이각. 게다가 밖에는 이십여 명의 수하가 둘러싸고 있거늘. 도저히 이해할 수 없는 상황이다.

극도의 분노심조차 의문이 막아버렸다. 차라리 우형욱에겐 잘된 일일 수도 있다. 조금만 더 시간을 끌었다면 그의 기와 정신은 상당한 타격을 받았을 것이다.

양만효는 우형욱의 두 자 앞에 똑바로 서서 우형욱의 분노에 찬 두 눈을 직시했다.

“본래 관리에게 대드는 것 자체가 큰 죄라 할 수 있으나 이번 사건의 피해자 일행이라는 점을 참작해 용서하겠다.”

양만효는 눈도 깜박이지 않고 마주 보는 우형욱의 표정이 맘에 들지 않았지만 그에게도 강력하게 나가지 못할 이유가 있었기에, 더 이상의 별다른 질책은 하지 않았다.

“나진영!”

“옛!”

“작업을 시작해라! 그리고 그대들 둘은 잠시 내가 물어볼 게 있으니 따라오도록.”

우형욱과 장평의 대답도 듣지 않고 양만효는 좌측으로 갔다. 잠시 마주 보던 두 사람은 냉랭히 굳은 얼굴로 양만효의 뒤를 따라갔다.

양만효는 잠시 침묵하더니 우형욱을 돌아봤다.

“본관이 은창보에 도착했을 때 그대들이 이미 떠나고 없더군. 보주에게서 그대들이 형고산으로 갔다는 것을 듣고 즉시 따라왔다. 이번 사건은 단순한 간살 사건이 아니다. 그대들도 들어 알고 있을 것이다.”

양만효는 둘의 표정을 둘러보았다. 이들은 이미 이 사건에 대해 알고 있다.

음혼색살마의 연쇄 간살은 알려진 것만 다섯 건, 열흘에서 보름 간격으로 하남 낙양과 정주 일대에서 네 건. 산서 서부 중앙에서 한 건이 신고되었다. 알려지지 않은 건도 있을 터였다. 특히나 무림과 관련된 사건이라면 더욱더 감춰져 있을 터였다.

양만효가 관할인 낙양을 떠나 산서까지 들어온 것은, 하남과 천 리 이상 떨어진 중앙 사건에 대해 조사하기 위해서였다.

산서 태원부의 포청에서 알면 기분 나빠할 일이지만 양만효로선 하나라도 더 조사하고 싶었다.

중앙 사건을 조사하고 하남 사건의 의문점을 재조사하기 위해 낙양으로 돌아가던 중 은창보에서 일어난 실종 사건을 듣게 된 건 우연이었다.

식사를 하기 위해 주루에 들렀다가 은창보의 무사들이 사방으로 퍼져 누군가를 찾고 있다는 말을 들은 것이다.

그 말을 점소이에게 듣자마자 식사도 팽개치고 은창보로 달려가 보주인 환영신창 사연추를 만나 상황을 물어봤던 것이다. 조금 망설이긴 했지만 사연추는 자신이 이 사건을 제일 잘 아는 사람이라는 양만효의 말에 우형욱이 간 곳을 알려주었다.

음혼색살마의 무공이 알려진 대로라면 자신의 제자가 위험해질 수도 있었기에.

양만효의 간단한 설명을 들은 우형욱과 장평은 작금의 상황이 조금은 이해가 되었다. 더구나 양만효의 숨겨진 기세는 결코 자신들의 밑이 아닌 듯했다.

우형욱이 그렇다고 양만효에게 모든 주도권을 넘겨주고 손을 뗄 수는 없었다. 자신의 약혼녀이자 의형의 동생이 죽은 것이다. 그것도 지극히 처참하게.

우형욱은 불길이 이는 눈으로 양만효를 쳐다보았다.

"그렇다 해서 나더러 손을 떼라는 말은 하지 마시오. 그 누가 말려도 나는 이 일에서 물러날 생각이 없소. 일단 귀하가 이번 사건에 대해 가장 많은 것을 아는 것 같으니 증거 수집을 위한 조사는 귀하의 손에 맡기겠소. 단 우리 측에 귀하가 알아낸 사실을 알려줘야 하오. 만일 그렇게 할 수 없다면 나 역시 협조할 마음이 없다는 걸 분명히 말하겠소."

"관의 행사를 방해하겠다는 건가?"

우형욱이 완강한 표정으로 양만효를 노려보자 옆에 묵묵히 서 있던 장평이 한 걸음 앞으로 나섰다.

"우 대주께선 약혼자를 잃었고 나는 동생을 잃었소. 게다가 이곳은 산서요. 무슨 말인지는 양 포두께서 잘 아실게요."

양만효의 미간이 살짝 찡그려졌다 다시 펴졌다.

물론 그는 장평이 의도하는 바를 잘 안다. 자신의 관할 구역에서 타지의 관리가 설치는 걸 좋아할 관리는 없는 것이다.

양만효의 고개가 흔쾌히 끄덕여졌다.

"좋아, 좋아. 그대들의 참여를 허락하지. 단! 나의 일을 방해해서도 안 되며 일에 관여된 모든 행동은 나의 허락을 받아야 한다."

어쩔 수 없는가? 사랑하는 사람의 복수를 하기 위해서 저자와 손을 잡아야 하는가? 그래. 조금이라도 빨리 범인을 잡을 수 있는 길이라면 내 무엇을 못할까.

우형욱과 장평은 마지못해 고개를 끄덕였다.

2

형고산의 서쪽 관도는 황폐한 황무지와 십리림이라는 숲이 만나는 접경지를 따라 이어져 있었다. 바람이 불면 황사가 피어올라 온통 숲을 덮어버려서 숲이 누렇게 변하기 때문에 사람들은 십리림을 황림이라 부르기도 했다.

황림이 끝나가는 형고산 남서쪽 구하령 관도에 한 청회색 장삼을 입은 청년이 나타난 것은, 해가 서쪽으로 기울어가는 신시 무렵이었다.

오랜 시간을 걸었는지 청년의 청회색 장삼은 누렇게 변색되어 눈 나쁜 사람에겐 황의라 해도 믿을 지경이었다.

멈출 것 같지 않던 청년의 걸음이 멈춘 것은 느닷없이 들려온 괴성

97

에 의해서였다.

"으으으아아아!!"

무언가 울분에 찬 분노의 울부짖음은 온 숲을 부르르 떨게 만들었다.

숲 속 백여 장 안쪽에서 들리는 소리였다.

고개를 돌려 숲 속을 바라보던 청년의 눈이 가볍게 찌푸려졌다.

누군가 다가오고 있었다. 제법 민첩하고 은밀하게 움직이고 있었지만 그의 이목을 속일 정도는 아니었다.

고요히 가라앉은 눈으로 다가오는 자들을 쳐다보았다. 십여 장 떨어진 곳에서 모습을 드러낸 자들은 모두 다섯이었다.

휙 휘… 익!

휘파람 소리가 숲 속을 울리고 다섯 명이 더 나타났다.

나타난 자들은 순식간에 청회색 장삼의 청년을 에워쌌다.

"우리는 은창보의 무사들이다. 그대는 누구인가?"

나타난 자들 중 서른 살 정도 보이는 자가 한 자루 창을 청년에게 겨눈 채 질문을 던졌다.

창두를 지그시 응시하고 있던 청년의 시선이 창신을 따라 옮겨가더니 종내에는 말을 건 자의 눈과 마주쳤다.

'헉!'

철기비호대 이조 조장 백상휘는 마치 무저의 공동으로 한없이 빨려들어가는 듯한 착각에 사로잡혔다.

"나는 진고영이라 하오. 무슨 일인지 모르나 당신들에게 이런 대접을 받을 만한 일을 한 적은 없는 것 같소만."

진고영. 청회색 장삼의 청년은 태원부를 떠나 의창으로 가던 진고영이었다.

"이 부근에서 살인 사건이 났다. 그대는 잠시 우리와 동행해서 조사를 받아야만 한다."

이미 눈이 마주치면서 기세가 죽어버린 백상휘는 이를 악물고 본연의 임무에 충실하려 했다. 하지만 그것은 그의 희망 사항일 뿐, 진고영은 그들로부터 조사받고 싶은 마음이 조금도 없었다.

"진 모는 아무런 잘못이 없으니 조사를 받을 이유가 없소. 별다른 일이 없다면 계속 가던 길을 가겠소."

진고영이 앞을 가로막은 이들을 안중에도 없는 양 지나치려 하자, 백상휘의 좌우에 있던 두 사람이 창을 뻗어 진고영을 제지하려 했다.

하나의 창은 자신의 앞을 가로막고, 다른 하나가 어깨를 찔러오자 진고영은 걸음을 멈추지 않은 채 가볍게 어깨만 비틀었다.

스슥. 슉……

두 자루의 창이 스스로 진고영의 몸을 비켜가는 듯 보였다. 그리고 미처 창이 빗나갔다는 것을 느끼기도 전에 진고영의 몸은 그들의 영향권 밖으로 나가 있었다.

철기비호대 이조 조원들은 자신들의 눈을 속이고 포위망을 빠져나간 진고영을 어이없는 눈으로 쳐다보았다. 조금 흔들리는 듯하더니 그의 신형은 느끼지도 못한 사이에 두 사람 사이로 빠져나가 버린 것이다.

그리고 돌아선 그의 손에는 어느새 빼 들었는지 허리에 매달려 있던, 아무도 눈여겨보지 않았던 뭉툭한 곤 하나가 들려 있었다.

육 척 두 치의 키에 무표정한 얼굴, 조금 마른 듯 보이지만 그의 드러난 목 선을 보면 근육이 잘 발달되어 있으리란 걸 알 수 있었다.

백상휘는 무언가 묵직한 것이 가슴을 짓누르는 듯했다.

"나는 남의 일에 관여하는 것을 그다지 좋아하지 않소. 그런 만큼, 남이 나를 강제하는 것도 마찬가지로 좋아하지 않소."

진고영은 또다시 자신을 에워싸는 자들을 보며 한 자 한 자 끊어 말했다.

"굳이 싸우겠다면 마다하지 않겠소."

"그대는 뭔가 오해를 한 듯싶소. 나는 그대와 싸우자는 게 아니오."

백상휘는 이마를 찌푸리며 자신이 이런 말까지 해야 하나, 회의가 들었지만 왠지 저자와는 싸우고 싶은 마음이 들지 않았다. 아니, 무언지 알 수 없는 두려움이 저 깊은 곳에서 스멀스멀 피어올랐다.

'기껏해야 눈 한번 마주쳤을 뿐인데.'

"조금 전에 말했다시피 잠깐 조사만 받고 아무 잘못도 없다면 그대는 그대의 길을 가면 되는 것이오."

백상휘는 눈으로 숲 안쪽을 가리켰다.

"저 숲 속에서 큰 사건이 벌어졌소. 그대라면 현장 근처를 지나는 사람을 그냥 보내겠소?"

백상휘는 최대한 참으며 진고영을 이해시키려 했다.

무표정하던 진고영의 이마가 살짝 찌푸려졌다.

진고영은 은창보에 대한 이야기를 들은 적이 있다. 하긴 산서에 살면서 은창보를 모른다는 게 이상하긴 하지만, 어쨌든 우문 사부의 말에 의하면 산서에서는 그럭저럭 행세깨나 하는 산서오파 중 하나이며 보주인 환영신창 사연추는 입지전적인 인물로 사귀어볼 만한 사람이라 했었다.

지금 앞에 있는 자도 최선을 다하고 있다는 것은 안다. 비록 창으로 위협하기는 했지만 그 정도는 강호의 험난함에 비교하면 그다지 신경 쓸 일은 아닌 것이다.

'응해줘야 하나? 무언가 심상치 않은 사건이 난 건 알겠는데……'

진고영이 잠시 고심할 때였다.

어디든 끼어들 데, 안 끼어들 데 분간 못하고 나서길 좋아하는 사람이 있게 마련이다. 철기비호대 이조 조원인 풍삼길이 바로 그런 사람이었다.

"흥! 조장님께서 같이 가자고 하면 같이 갈 것이지 뭔 생각을 그렇게 하느냐? 죽은 부모라도 생각하는 거냐?"

진고영의 무저동 같은 눈이 풍삼길을 향했다.

백상휘는 저 말 많은 풍삼길이 같이 있었다는 것을 그제야 깨달았다.

'아차!'

막 풍삼길을 향해 호통을 치려던 백상휘의 눈이 휘둥그레지고, 그의 입에서 다급한 명령이 터졌다.

"막아!"

마치 안개처럼 흩어진다 싶던 진고영의 신형이 풍삼길을 덮치고, 손 하나가 얼이 빠진 풍삼길의 목을 움켜쥔 채 허공으로 들어 올린 건 '막아' 라는 소리의 여운이 사라지기도 전이었다.

'맙소사. 설마…… 이형환위?'

창백하게 질린 백상휘는 진고영의 손에 잡혀 대롱거리고 있는 풍삼길을 화난 얼굴로 쳐다보았다.

"풍삼길! 네놈이 감히 조장을 우습게 본단 말이냐? 저 소협께서 본 조장의 말에 따를지 어찌할지 생각하고 있었거늘 네놈이 주제도 모르고 끼어들어서 그런 실수를 하다니, 보로 돌아가면 그에 대한 죄를 물을 것이다!"

급히 풍삼길에게 호통을 친 백상휘는 진고영을 향해 고개를 숙였다.

"죄송하오. 내 수하를 잘못 다스려 그만 소협에게 실수를 한 것 같소. 그 사람 역시 자신의 잘못을 느낀 것 같으니 놓아주면 안 되겠소?"

진고영은 백상휘를 지그시 쳐다보더니 풍삼길을 한쪽으로 던져 버렸다.

"놓아주었으니 이제 가도 되겠소?"

백상휘는 삼 장 밖으로 던져진 풍삼길을 흘깃 쳐다보았다.

"죄송하오만 간단한 조사 정도는 협조해 줘도 그리 해가 되지 않을 듯싶소이다."

"조사를 받고 싶은 마음은 없다 했소. 나는 이만 가보겠으니 막고 싶으면 막아보시오."

진고영이 더 이상 볼일이 없다는 듯 가려 하자 백상휘는 갈등을 느끼지 않을 수 없었다.

비록 두려움을 느꼈다지만 그 역시 그냥은 보낼 수 없는 입장.

"귀하가 우리를 모두 이긴다면 보내 드리겠소."

어찌 보면 이기적이랄 수 있는 조건이었지만 그냥 보낼 수는 없는 상황이다.

진고영은 손에 들린 곤을 하단으로 내렸다.

"굳이 원한다면."

이조 조원들이 진고영을 감싸고 진세를 갖추자 곤이 중단으로 들어 올려졌다.

창을 들고 허름해 보이는 진고영을 포위하던 이조 조원들은 사실 조장의 행동에 불만이 있었다. 자신들이 누구인가. 대은창보의 정예 무사들인 철기비호대원들이 아니던가. 그런데 조장은 이름도 들어보지 못한 별 볼일 없어 보이는 청년에게 사정조로 말하고 있으니, 불만이 쌓이지 않을 리 없었다.

하지만 그들은 진고영이 그다지 위력도 없어 보이는 곤을 중단으로 들어 올려 자신들을 겨누자, 왜 백상휘가 그리 저자세일 수밖에 없었는가를 절실히 깨달았다.

단순히 곤을 겨눌 뿐인데 온몸이 마치 동아줄에 묶인 것마냥 움직일 수가 없었고, 곧 곤으로 머리를 내려칠 것 같은 압박감이 전신을 짓눌렀다.

'맙소사. 저자가 대체 누구이기에.'

그들이 미처 생각을 가다듬기도 전에 진고영의 신형이 움직였다.

한 마리 나비가 꽃을 차오르고 날 듯, 가볍게 일 장을 치솟아오른 신형에서 일곱 개의 곤영이 사방을 내리 쓸었다.

관천뇌곤의 두 번째 초식 '칠성귀혼(七星鬼魂)'이었다.

"헉. 피해!"

마주쳐 창을 찔러가던 한 사람이 곤영과 부딪치며 일 장 밖으로 날아갔다.

백상휘는 자신들이 감당할 수 없는 역도가 사방으로 몰아쳐 오자 대경실색하며 급히 수하들에게 소리쳤다. 그리고 급히 호적을 불었다. 동료들이 그리 멀지 않은 곳에 있으니 충분히 들을 수 있으리라.

"컥! 크윽!"

순식간에 마주쳐 가던 세 명이 피분수를 뿜으며 나가떨어지고, 허공에 그대로 떠 있던 진고영의 몸이 한 바퀴 돈다 싶더니 또다시 곤이 변화를 일으켰다.

'관풍망일(貫風網日)', 관천뇌곤의 네 번째 초식이었다.

바람이 떨어지는 해를 뚫어버리는 것처럼 진고영의 곤이 경악에 잠겨 급급히 창을 곤두세우는 비호대원들을 쓸어갔다.

광풍이 장내를 마저 쓸어버리고 진고영이 조용히 내려섰을 때, 서 있는 자는 얼이 빠진 백상휘 혼자뿐이었다.

"이제는 가도 되겠소?"

진고영의 냉담한 한마디에 백상휘는 정신을 차리고 주위를 둘러보았다.

자신의 조원들이 모두 나뒹굴고 있었다. 다행인 것은 그다지 큰 부상은 입지 않은 것 같다는 것이다. 아마도 저자가 손속에 사정을 뒀으리라.

"으음. 약속은 약속이니 보내 드리겠소만 한 가지 물어도 되겠소?"

"내가 알고 있는 거라면."

"귀하는 세 시진 이전에 어디에 있었소?"

사건이 일어난 건 대략 네 시진에서 다섯 시진 정도 전이다.

"세 시진이라……. 그때라면 장호평원을 지나고 있었을 때군."

"후우……. 혹시라도 오는 중에 수상한 자를 본 적이 없는지."

이미 이자는 자신들이 어찌할 수 없는 자이다. 그나마 사정을 봐주었기에 이 정도이지 그렇지 않았다면 아마도 몇은 죽었으리라. 아니, 모두 죽었을지도.

쓰러졌던 비호대원들이 신음 소리를 내며 몸을 추슬렀다.

어이없이 한순간에 당한 것이 분하기는 했지만 그나마 큰 상처를 입지 않았다는 것에 위안을 삼아야 했다.

"수상해 보이던 자는 못 본 거 같소만. 이만 가도 되겠소?"

그때였다.

돌아서려던 진고영 앞에 숲을 뚫고 몇몇 인영이 다시 나타났다.

"무슨 일인가?"

양만효에게 주도권을 빼앗긴 우형욱이 멀리서 들리는 신호음을 들은 것은 양만효의 수하들이 장소희의 시신을 검사하려 옷을 들출 때였다.

삐이익!

"잠깐! 옷을 들추지 않고 하면 안 되겠소? …응?"

"대주! 주위를 수색하던 수하들의 신호인 거 같습니다."

우형욱의 물음에 눈살을 찌푸리던 양만효 역시 그 소리를 들었지만 못 들은 척 고개를 저었다.

"옷을 벗기지 않고 어찌 조사를 할 수 있겠나?"

"그래도……."

"대주! 제가 가보겠습니다. 그럼."

장평은 산신각을 나서자마자 소리가 들려온 쪽으로 몸을 날리는 수하들을 볼 수 있었다. 장평도 경공을 펼쳐 수하들의 뒤를 쫓았다.

장내에는 한 명의 키가 큰 청년을 에워싼 수하들이 보였다. 무언가 큰 낭패를 당한 꼴이다.

장평이 도착하자 백상휘가 즉시 앞으로 나서 장평을 맞이했다.

"상휘, 무슨 일인가?"

"부대주께 심려를 끼쳤습니다. 지나가던 사람을 조사하는 중이었습니다. 미처 능력을 몰라봐서 대들던 수하들이 조금 다쳤을 뿐입니다."

장평은 백상휘가 일개 조장이라지만 신중한 일처리 능력은 그 직위 이상이란 걸 알 수 있었다. 간단치 않은 상황인 걸 저리 말하는 것이다.

탐색하는 눈으로 진고영을 바라보았다.

기이한 느낌이다. 평범해 보이는데 알 수 없는 무언가가 자꾸 경고를 보내온다. 더더구나 백상휘도 조심스럽게 말하고 있다.

능력을 몰랐다? 보이는 것과 다르다는 뜻이다.

"나는 은창보 철기비호대 부대주 장평이라 하오. 근처에 살인 사건이 벌어져 아마도 수하가 조사를 하려는 중에 사소한 다툼이 벌어진 듯하오만."

포권을 취하며 예의를 갖춰 물어오자, 복잡한 상황을 피하려던 진고영으로선 난감해졌다.

"진고영이라 합니다. 그냥 지나던 길이었을 뿐이오. 괜찮다면 가던 길을 마저 갔으면 할 뿐입니다."

"흠, 수하들이 저리된 걸 보면 적잖은 무예를 익히신 듯한데 혹 사문이 어디신지?"

"그저 가문의 무예를 조금 익혔을 뿐이오. 그다지 마음에 둘 정도는 아닙니다."

"바쁘지 않으시다면 도움을 청하고 싶습니다만……."

장평의 말에 복선이 깔려 있다는 것을 깨달은 진고영으로선 거절하기도 애매한 상황이 됐다는 걸 느꼈다. 거절한다면 명분이 있어야 하는데 딱히 내세울 명분이 없다.

청에 응한다면 그들은 시간을 두고 자신에 대해 조사를 할 수 있을 것이다. 나올 것이 있든 없든 장평으로선 화살 하나로 두 마리 토끼를

다 잡겠다는 생각이 깃들어 있는 물음인 것이다.

쓸쓸한 얼굴로 진고영이 입을 열었다.

"무슨 일인지 먼저 알고 싶습니다만."

"여인이 죽었소. 음혼색살마에게."

말을 하는 장평의 얼굴은 차갑게 굳어갔다. 그리고 진고영의 얼굴을 뚫어지게 쳐다보았다.

진고영의 얼굴이 놀라움에 가득 찼다. 오던 길에 수없이 들었던 이야기다. 여인을 잔인하게 간살한다는 악마. 이미 그 악마에게 당한 여인이 열은 될 거라 했다. 무공도 강한 데다 증거를 남기지 않아 꼬리조차 잡지 못하고 있다 했다.

진고영의 표정을 예리하게 살피는 장평의 눈에 암울한 슬픔이 스며 있었다.

"살해당한 여인은 내 여동생이자 내가 모시고 있는 분의 약혼녀요."

장평의 딱딱하게 굳은 말에 진고영은 놀라움을 금할 수 없었다.

'자신의 여동생? 약혼녀라고?'

"참으로 뭐라 할 말이 없소. 그 악마에 대한 이야기는 오던 길에 귀동냥으로 들을 수 있었소. 능력도 없는 내가 도움이 될 수 있을지 모르겠소만 원한다면 기꺼이 돕겠소."

몸을 추스르며 진고영을 무슨 귀신 보듯 하는 수하들을 보던 장평은 고개를 흔들었다.

"내 수하들이 비록 일류고수들은 아니지만 나름대로 수련을 열심히 한 사람들이오. 귀하의 능력은 충분하오."

산신각으로 돌아온 장평의 말을 전해 들은 우형욱은 놀라움을 금할 수 없었다.

"이 초? 이조 조원 열 명을 단 이 초 만에 항거불능으로 만들었다고
요? 그걸 지금 제게 믿으라 말하시는 겁니까?"

"저도 직접 보지는 못했습니다만 백상휘가 그리 허황된 사람은 아니
지 않습니까."

"그래도 그렇지, 장 형은 조원 열 명을 이 초 만에 물리칠 수 있는
사람이 본 보에 얼마나 있을 거라 생각하십니까? 아마 사부님을 비롯
해서 서너 명 정도일 겁니다."

자신도 믿기 힘든 판에 우형욱을 이해시키기가 난감해진 장평은 고
개를 밖으로 돌리고 턱을 내밀었다.

"직접 만나보시지요."

밖으로 나가자 수하들에 둘러싸여 있는 진고영이 보였다. 그에게 다
가가는 우형욱의 시선에는 생기가 말라 버린 듯 무감정만이 남아 있었
다. 사랑했었던, 죽을 때까지 오직 그대만을 사랑하겠다고 맹세했었던
사람은 이제 처참한 시신으로 변한 채 산신각 한쪽에 놓여 있을 뿐이
다.

눈물조차 말라 버렸다. 남은 건 복수, 복수뿐이다.

복수를 위해서라면 무슨 짓이라도 할 것이거늘 도움을 주겠다면 그
가 누구라도 환영할 일이다.

앞에 서 있는 자도 그리 생각하면 될 뿐.

"은창보의 우형욱이오. 강호의 친구들은 백산창이라 부르고 있소."

"진고영이라 합니다. 삼가 애도를 표합니다."

처음 들어보는 이름이다.

백상휘의 말을 반만 믿는다 해도 결코 자신의 아래가 아닌 고수일 게다.

강호는 늘 그렇다. 도산검림의 강호에 뛰어든 지 팔 년 만에 자그마한 이름을 얻었다지만 신진고수는 항상 예고없이 나타난다.

"도와주시겠다는 말을 들었소. 고맙게 받아들이겠소."

"별말씀을. 강호 경험이 없어 오히려 방해가 되지 않을까 걱정입니다. 그저 작은 도움이라도 될 수 있다면 다행이겠지요."

표정의 변화가 없는 묵직한 진고영의 답이 오히려 우형욱은 마음에 들었다.

"그대도 알아두어야 하겠지."

우형욱의 뒤에 따라 나온 양만효가 날카로운 눈초리로 진고영을 쓸어 봤다.

"이 사건 조사를 책임지고 있는 포두 양만효라 한다. 모든 일은 나와의 상의를 거친 후 행하도록."

척 보아도 관의 관리라는 티가 물씬 풍기는 양만효의 말에 진고영은 그저 한번 쳐다봤을 뿐 시선을 우형욱에게 돌렸다.

우형욱은 진고영의 태도를 의외라는 눈으로 쳐다보다 양만효에게로 돌아섰다.

"양 포두께선 무언가 알아내신 사실이라도 있으신지."

"흠, 글쎄. 알아냈다면 알아냈다 할 수도 있겠고, 아닐 수도 있으니 확답은 하기 힘들군."

"양 포두께선 좀 전의 약속을 잊지 않았기만을 바랍니다."

양만효의 능글능글한 면상을 한 대 치고 싶은 마음이 굴뚝같이 일었지만 참을 수밖에 없었다.

　양만효는 그런 우형욱을 이채 서린 눈으로 일견하곤 고민이 섞인 듯한 음성으로 입을 열었다.

　"중요한 단서를 이런 곳에서 말하라는 건 조금 성급한 것 같지 않은가? 앞으로도 계속 그럴 거면 처음의 약속을 다시 생각할 수밖에."

　"대주! 우선은 보로 돌아가시지요. 그리고 양 포두께서도 일단은 본보로 함께 가셔서 차후를 상의하시는 게 좋을 듯합니다만."

　장평의 적절한 말에 두 사람은 고개를 끄덕였다.

　"그렇게 하지."

　"진 소협도 함께 가십시다."

　"알겠습니다. 한데 아무것도 모르는 것보단 조금이라도 아는 게 나을 것 같으니 현장을 좀 보면 안 되겠습니까?"

　진고영의 뜻밖의 말에 장평은 고개를 끄덕였다.

　다시는 보고 싶지 않은, 생각하기조차 싫은 곳이지만 사건 해결을 위해선 반드시 볼 필요가 있었다. 물론 본다 해서 도움이 될지, 어떨지는 모르지만.

　"아! 그것도 그렇군요. 상휘! 자네가 진 소협을 모시고 현장을 보여주도록. 우리는 먼저 보로 돌아갈 것이니 조사를 마치거든 뒤따라와라. 그럼 진 소협, 보에서 뵙도록 하겠소."

　현장은 크게 달라진 것은 없었다. 단지 피 묻은 옷과 시신이 없다는 것뿐. 하지만 그 두 가지가 없다는 것은 거의 모든 것이 없다는 거나 마찬가지였다.

　무엇을 찾자는 걸까. 백상휘는 주위를 둘러보는 진고영을 기이한 감정이 섞인 눈으로 쳐다보았다. 비록 두어 수 봤을 뿐이지만 진고영의 무공은 그에게 또 다른 세상이었던 것이다.

진고영은 피로 얼룩진 신상과 시신이 있던 곳을 보며 이곳에서 있었던 일을 생각해 보려 애썼다.

여인을 납치해서 끌고 들어와 간음하곤 살해한다.

피 묻은 옷을 벗겨 신상에 걸쳐 놓고, 시신을 훼손하고, 자신의 표기를 남긴다. 실로 간악하기 짝이 없는 자이다.

하늘은 대체 어쩌자고 이런 자를 세상에 내놨단 말인가.

보는 것만으로도 소름이 돋을 지경이니 당하는 당사자는 어떠했겠는가.

분노가 치솟아오르자 주위의 대기가 진고영을 중심으로 말려 올라갔다. 바닥에 있던 부서진 나뭇가지나 마른풀들이 회오리치며 딸려서 올라간다. 그때였다.

"음?"

무언가 이질적인 물체가 눈에 띄었다. 찰나간이었지만 진고영의 예리한 눈을 벗어날 순 없었다.

백상휘는 진고영의 뒤에 있다가 진고영에게서 엄청난 기세가 뿜어져 나와 사위를 감싸기 시작하자, 대경실색하며 몸을 뒤로 물리려 했지만 꼼짝도 할 수 없었다.

분노의 기운이었다. 온몸을 난도질당할 것만 같은 기운은 백상휘의 정신마저 갈기갈기 찢어버릴 듯했다.

"크윽… 지독한."

그러던 기운이 기음과 함께 순식간에 가라앉았다.

진고영의 주위를 회오리치며 따라 오르던 물건들도 바닥으로 조용히 내려앉았다.

입가로 흘러나오는 선혈도 아랑곳하지 않고 백상휘는 질린 얼굴로 진고영을 바라보았다.

'강할 거라 생각은 했었지만 이건…….'

진고영은 마른풀과 얽혀 있던 나뭇조각을 들춰냈다.

청옥 조각이었다. 용 문양이 정교히 새겨진 반 치 크기의 청옥 조각은 머리 쪽이 떨어져 나가 있었다.

누구의 것일까. 피해자의 것일까? 아니면 범인의 것?

나중에 밝혀질 일이다.

모든 일은 하나에서부터 시작된다 했다.

별것 아니어 보이는 것도 중요해질 때가 있는 법, 결코 서두르지 말라 했다. 우문 사부의 가르침은 항상 그러했다. 오묘한 진리도 알고 보면 평범한 데서 출발한다는 지극히 평범한 가르침이었다.

벽과 바닥, 천장 등을 살펴봤다.

이미 앞선 자들이 모두 세세하게 살펴봤을 것이다. 하지만 사람인 이상 모두를 볼 수는 없었을 것이다.

바닥에 새겨진 긁힌 자국도 그러한 것 중 하나이다.

손톱으로 긁힌 그저 평범한 자국이다.

하지만 진고영의 눈에는 결코 평범하게 보이지 않았다.

첫째 이유는 너무 예리하다는 것이다. 마치 잘 드는 보도로 긁은 듯하다. 하나 결코 보도로 긁은 건 아니다.

둘째는 시신의 손이 있었던 곳이라는 점이다. 피가 긁힌 자국 주위로 뭉쳐 있다. 그럼에도 긁힌 자국이 너무 선명하게 남아 있었다.

세상의 온갖 무공에 대해 이런 저런 이야기를 해주던 우문 사부는, 손날을 칼처럼 쓰는 수공에 대해서 이야기해 준 적이 있었다. 물론 손을 쓰는 무공은 그 가짓수를 헤아리기조차 힘들 정도로 많다.

하지만 보도에 못지않을 정도로 날카롭게 기를 조절할 수 있는 수공은 생각보다 그리 많지 않다. 그러한 수공은 능히 절기라 불릴 수 있으리라.

한 가지 확인해야 할 일이 늘었다. 내가 생각하고 있는 수공이 맞는다면…….

바닥을 내려다보며 생각에 잠겼던 진고영이 고개를 드는가 싶더니 곧바로 밖으로 나갔다.

백상휘는 어리둥절한 표정으로 바닥과 진고영을 쳐다보다 고개를 절레절레 흔들더니 따라 나갔다.

'대체 뭐 볼 게 있다고…….'

진고영과 백상휘가 산신각을 떠나고 일각의 시간이 지났을 때였다.

부서진 담 밖에 서 있던 나뭇가지의 그림자가 산신각 안을 지날 때, 하나의 인영이 그림자 속에 섞여 들어온 것마냥 은밀히 산신각 안으로 들어왔다.

진한 감색 경장의 괴인영은 가만히 서서 천천히 고개만 돌려 주위를 훑어봤다. 먼저 왔던 자들이 흩뜨려 놓은 흔적들이 보였다.

그들이 먼저 찾았을지도 모른다.

한쪽에서부터 세밀하게 훑어봤다. 하나하나 부서진 파편들을 제치고 마른풀들을 들어내며 주인이 즐겼던 장소를 손바닥만큼도 남기지 않고.

“없군.”

낮으면서도 암울한 음성에 실망감이 묻어 나왔다.

“양만효인가?”

눈가로 진한 살기가 스쳐 지나갔다.

3

진고영과 백상휘가 고평 은창보에 도착한 것은 석양이 진하게 붉어진 얼굴로 서편 문향산을 넘어가려 할 때였다.

오만여 평의 부지에 삼십여 개의 전각군이 문향산 동쪽 구릉지를 가득 채우고 세워져 있었다. 그리고 최근의 성세를 말해 주는 듯 새로운 전각이 남쪽 공터에 세 채나 새로 지어지고 있었다.

정문을 지나자 안쪽에서 무사 한 명이 뛰어나왔다.

“백 조장을 뵙습니다. 오시는 대로 광무전으로 모시라는 전언입니다.”

의외라는 듯 백상휘는 앞에 있는 무사를 바라보았다. 언젠가 본 적이 있는 자다. 아마도 광무전에 속해 있을 것이다. 한데 말투로 보아 자신도 오라는 듯하지 않은가.

중요한 사안을 논의하는 자리에 자신 같은 일개 조장은 감히 낄 수 없거늘.

‘아! 그렇군. 내가 아니라 이자를 말하는 거겠지.’

진고영을 쳐다본 백상휘는 고개를 끄덕였다.

114

"가시지요. 아마도 논의를 위해 자리가 마련된 듯합니다."

광무전(廣武殿)은 은창보의 세 개 기둥이랄 수 있는 삼당 중의 광무당 본전이었다. 본래 이러한 사건에 대한 논의는 은형전에서 하는 게 합당했지만 이번만큼은 광무당주 장석청의 강력한 요청으로 광무전에서 하게 된 것이다.

죽은 장소희가 바로 장석청의 딸이었던 것이다.

광무전 내 별실에 마련된 회의장에는 슬픈 침묵만이 감돌고 있었다.

상석에 앉아 있는 장석청은 할 말을 잊은 듯 눈을 감고 있었고, 막 실내에 들어선 사람들도 감염이나 된 듯 애도를 표한 후 입을 다물고 자리에 앉을 뿐이었다.

장석청의 옆으로 우형욱과 장평이 앉고, 건너편으로 양만효와 세 명의 삼십대 장년인이 앉았다.

바로 뒤이어 들어온 중년인이 장석청을 향해 인사를 하자 그제야 장석청이 몸을 바로 했다.

"장 당주님, 삼가 애도를 표하는 바입니다. 따님의 일이 결코 남의 일이 아닌 듯해서 이렇게 왔습니다."

"황보 대협, 이렇게 와주셔서 감사합니다. 이미 벌어진 일, 누굴 원망하겠습니까. 그저 악마 같은 놈을 잡아 죽이는 것만이 그나마 해결책이겠지요."

황보명, 당금 천하 오대세가 중 하나이며 십대거부 중 하나인 곳의 주인인 황보숙의 삼제. 절명권이라는 별호가 말해 주듯 그의 성격도 냉철하기 짝이 없어 세가의 뒷일을 도맡아 처리한다는 황보숙의 오른팔이었다.

황보명의 방문은 은창보로서도 뜻밖이었다.

사연추가 직접 맞이했지만, 황보명은 단지 음마의 일로 왔을 뿐이니 너무 마음 쓰지 말라 하고 음마에 대한 논의가 있을 거라는 말에 곧장 이곳으로 온 것이었다.

그리고 먼저 와 있던 사람들은 자신처럼 음마를 쫓던 중 은창보의 여인이 음마에게 납치당했다는 소식을 접하고 급히 달려온 사람들이었다.

자리에 앉아 있던 사람들도 그제야 황보명의 정체를 알고 분분히 일어나 인사를 건넸다.

"낙양이가의 이세청입니다. 황보 대협을 뵙게 되어 반갑습니다."

"원양의 단구양이라 합니다. 대형으로부터 말씀 많이 들었습니다."

"오랜만이오. 양 모가 이곳에 오길 잘했다는 걸 이제야 실감하겠구려."

"낙양제일 이가장의 대공자를 이곳에서 뵙다니 반갑소이다. 단구심 형을 본 지도 벌써 삼 년이 지났군요. 언제 한번 세가를 지나칠 일이 있으면 꼭 들러주십사 전해주시오. 흠, 양 포두께서도 이곳에 있을 줄은 몰랐구려."

인사를 나누던 황보명은 문득 한 사람이 더 있다는 데 생각이 미쳤다. 있는 듯 없는 듯 조용히 앉아 있는 삼십대 후반쯤으로 보이는 백의인. 왠지 신경에 자꾸 걸리는 자다.

비어 있는 의자에 앉으려던 황보명의 머리 속에 무언가가 번개처럼 스쳐 지나갔다.

멈칫.

엉덩이를 의자에 반쯤 걸치던 황보명의 고개가 백의인을 향해 꺾였다. 그리고 그의 두 눈은 놀라움으로 부르르 떨렸다.

"됐다. 아는 체하지 말아라. 공연히 시끄럽게 만들고 싶지 않으니까."

귓전을 파고드는 날카로운 전음성에 황보명은 재빨리 고개를 되돌렸다.

'맙소사. 저 늙지도 않는 괴물이 이곳에는 왜 왔단 말인가.'

놀라움을 가라앉히려 애써 노력하고 있을 때, 문이 열리고 한 사람이 더 들어왔다.

"진고영입니다. 좀 늦었습니다."

조금 키가 크다는 걸 빼곤 별 볼일 없어 보이는 자가 들어오며 인사를 건네자, 대부분의 사람들은 그저 건성으로 고개를 끄덕였다.

우형욱과 장평만이 일어서서 맞이했다.

"어서 오시오, 진 소협. 이렇게 도와주시려 이곳까지 오시다니 그 마음 고맙게 받겠소."

우형욱의 말에 이미 장평과 우형욱으로부터 이야기를 들었던 장석청이 이채 서린 눈으로 진고영을 바라보았다.

진고영은 비어 있는 자리에 앉기 위해 탁자를 돌아가다, 문득 자신을 흥미로운 눈초리로 쳐다보고 있는 자가 있다는 사실을 깨달았다.

백의의 장년인이었다. 재미있는 장난감이라도 발견한 듯한 야릇한 표정이었다.

"현고라 하네. 만나서 반갑군."

"진고영입니다."

짧게 대답하는 진고영의 눈에도 기이한 빛이 서렸다 사라졌다.

황보명은 속으로 대경하며 진고영을 다시 쳐다보았다.

'대체 저 청년이 누구길래 저 노괴물이 먼저 말을 붙인단 말인가?'

의문이 일었지만 누구도 황보명의 궁금증을 풀어줄 사람은 없었다. 그것만으로 황보명에게 진고영은 함부로 대할 수 없는 사람이 되어버렸다.

장평이 일어나서 주위를 돌아보았다.

"이렇게 와주신 데 대해 우선 감사의 인사를 먼저 드립니다. 아시다시피 여기 계신 분들은 이런 저런 사유로 음혼색살마를 잡기 위해 오신 분들입니다. 아마도 전부터 그 악마를 잡기 위해 나름대로 추적을 하던 중 저희 은창보를 찾게 되신 듯합니다. 부디 좋은 결과가 나와서 그 악마를 처단할 수 있었으면 하는 게 우리 모두의 마음일 거라 생각합니다. 가지고 계신 정보들을 취합한다면 결코 불가능한 일은 아닐 것입니다. 모두가 합심하여 꼭 악마를 잡았으면 합니다. 좋은 의견 있으신 분은 그 무엇이라도 좋으니 말씀하시기 바랍니다."

장평이 자리에 앉자 양만효가 뒤이어 일어났다.

"내가 음마의 뒤를 쫓은 지 삼 개월째요. 그간 가장 어려웠던 점은 피해자 가족들이 사건을 은폐하려 한다는 점이었소. 이곳에 모인 분들만 봐도 이러한 나의 마음을 이해할 수 있을 것이오. 이 자리에서는 결코 숨기는 것이 있어서는 안 될 것이오."

각자의 입장을 이야기하던 사람들이 자기 말을 마치고 나자 장내는 침묵에 잠겼다. 그렇게 답답한 침묵이 일 다경을 흘렀을 때였다.

"시신에서 확인할 게 있소만… 장 당주께선 허락해 주실 수 있으신지……."

황보명의 무거운 음성이 침묵을 가르자 사람들은 그제야 숨통이 트였다는 듯 말문을 열었다.

"시신을? 이미 양 포두를 비롯해서 여러 사람들이 검시를 했소만."

장석청은 딸의 시신을 다시 검사하겠다는 황보명의 말에 눈살을 찌푸렸다.

"음. 물론 검사를 하셨겠지요. 게다가 양 포두는 결코 대충 하시는 분이 아니니. 하나 양 포두나 다른 사람이 미처 모르는 점이 있을 수도 있지 않겠습니까?"

"흡기(吸氣)에 대한 걸 알아보려 하느냐?"

현고의 전음에 황보명은 흠칫했지만 동요하지 않은 채 말을 이었다.

"저희 황보가에서도 처음에는 간과했다 나중에야 알아낸 것들이 있었습니다."

"그렇습니다, 노선배."

"그거라면 다시 하지 않아도 된다. 내가 확인했으니. 네 생각대로다."

"하면 어떤 무공이 관련되었는지도 알아내셨습니까?"

"그것까진 알아내지 못했다."

"하는 수 없군요."

황보명은 결심을 굳힌 듯 굳은 표정으로 사람들을 둘러보았다.

"이미 알고 계실지 모르지만 피해 여인들의 선천음기가 죽기 전에 모두 빠져나간 사실이 발견됐습니다. 죽기 전에 말이지요. 다시 말해 음기를 흡취당했다는 말입니다."

황보명의 말에 장내의 사람들이 경악에 찬 탄성을 발했다.

"세상에! 금지된 흡기대법을 익혔다니!"

"그런 천인공노할!"

"진정 악마 같은 자로군."

"역시!"

　분노에 찬 놀라움을 토하는 음성 사이로 그리 크지 않은 음성이었지만 뜻이 조금은 다른 소리가 튀어나왔다.

　다른 사람들은 미처 느끼지 못했지만 황보명이나 현고는 금방 알아채고 시선을 한쪽으로 돌렸다.

　'저자가?'

　진고영이었다. 그의 깊은 눈 저 안쪽에선 확신에 찬 무언가가 있어 보였다.

　"진 소협께선 혹 무언가 떠오른 게 있으신지."

　허름해 보이는 청년에게 황보명이 의외로 예의를 갖춰 신중한 물음을 던지자 모두의 시선이 진고영을 향했다.

　시선이 자신에게 집중되자 진고영은 조금 난감했지만 황보명이 묻는 뜻을 짐작할 수는 있었다.

　진고영은 황보명을 한번 쳐다보고 고개를 돌려 현고의 눈에 시선을 맞췄다.

　"이곳에 오기 전 현장을 한번 둘러보았습니다. 무얼 딱히 찾으려 한 건 아니었습니다만 우연히 본 게 있었습니다. 어찌 보면 사소한 것일 수도 있습니다만."

　진고영은 현고를 쳐다보며 확인하듯 말을 이었다.

　"마치 보도로 바닥의 청석을 그은 듯한 자국이었습니다. 세 줄로 그어져 있었지요."

　"아! 그 자국."

　양만효가 탄성을 발하며 자기도 봤다는 듯 말하자, 사람들은 방정맞은 짓 하지 말고 조용하라는 듯 그를 쏘아보았다.

　"보도로 그은 듯했지만 그건 결코 보도로 그은 게 아니었습니다. 제가 아는 한은."

의아한 눈으로 또다시 양만효가 방정맞은 입을 열었다.

"자네가 그걸 어찌 아나?"

"보도로 그으면 주위에 긁혀 나온 돌가루가 있어야 합니다. 한데 깨
끗했지요, 마치 원래부터 긁혀 있었다는 듯. 그래서 확신할 수 없었던
겁니다."

진고영의 눈은 말을 하면서도 여전히 현고만을 응시하고 있었다.

"청석은 수공의 기에 의해서 긁힌 거였습니다. 손가락을 자르기 위
해. 흥분한 상태에서였기에 기의 조절이 안 돼 바닥에 흔적이 남은 거
같습니다."

"하나 그것만으론 아무것도 알 수 없지 않은가? 별것도 아닌 걸로
깜짝 놀랐군."

이세청이 눈을 찌푸리며 반문했다. 다른 사람들도 별거 아니라는 듯
고개를 저었다. 하지만 현고만큼은 신중한 표정으로 자신만을 쳐다보
며 말하는 진고영에게 되물었다.

"하면 자네는 그 수법이 뭔지 알 수 있겠나?"

진고영의 눈이 현고를 떠나 황보명에게로 옮겨갔다.

"황보 대협께선 음마가 흡기대법을 펼쳐 음기를 흡취했다 했습니
다."

황보명이 맞다는 듯 고개를 끄덕이자 진고영은 다시 현고를 봤다.

"흡기대법, 청석을 가를 정도의 기를 발출하는 수공, 흐른 피가 긁힌
자국을 침범하지 못하고 주위로만 뭉쳤다는 것."

현고의 이마에 주름이 생기고 무언가 깊은 생각에 잠겼다.

"전에 사부님으로부터 한 가지 무공에 대해 들은 적이 있습니다. 지

금은 잊혀졌지만, 한때 무림을 공포로 몰아넣었다는 말을 들었습니다. 단순히 자연의 음기만으론 완성할 수 없어 극음지보를 얻던가, 아니면 음기가 강한 여인의 음기를 섭취해야 완성할 수 있다는 무공에 대해서."

진고영의 말이 이어지자 현고의 눈이 점점 커져 갔다. 경악과 두려움을 담고서.

"서, 설마… 자네가 말하는 게."

"귀하라면 알지 모른다 생각했지요."

진고영이 그 말을 끝으로 입을 다물자 사람들의 시선이 현고에게로 쏠렸다.

그리고 황보명이 다급하게 현고에게 물었다.

"노… 현 대협, 그 무공이 대체 뭡니까?"

황보명의 말실수는 신경 쓸 것이 아니라는 듯 현고는 진고영을 뚫어지게 쳐다보았다.

모두의 눈이 현고의 입을 바라보고 있었다.

"천음마령공(天陰魔靈功)… 천음마수……. 맞나? 자네가 생각했다는 게 그 악마지공인가?"

장내가 놀라움과 공포로 침묵에 잠겼다.

모르는 자는 모르는 대로, 아는 자들은 아는 대로.

"대체 그게 무슨 무공입니까?"

여전히 방정맞은 양만효의 질문만이 장내를 울릴 뿐이었다.

천음마령공.

백오십여 년 전 섬서 남부 일대에서 불같이 일어나 한때 섬서 호북

사천 감숙 일대에 수십만 신도를 거느렸던 천음신교(天陰神敎)의 호교법신체(護敎法身體)인 천음마인(天陰魔人)을 만드는 마공.

완성을 이루기 위해선 천고의 음령지보가 필요했지만 그런 기물이 계속 나올 리가 없었다. 없는 음령지보를 대신할 방도를 구하니, 바로 음기가 강한 여인의 선천음기였다.

천음신교에서는 비밀리에 그러한 여인을 물색하고 보화로써 유혹하고 강제로 교도로 만들어 음기를 취했지만 그러한 방법도 한계에 부딪치자 마침내는 극단적인 방법을 서슴지 않았다.

다섯 명의 천음마인을 보유하던 천음신교가 세월이 지나며 하나둘 천음마인의 숫자가 줄어 두 명만을 보유하게 되자 음기가 강하고 음한 무공을 익힌 여인을 납치하게 된 것이다.

하나 쥐 꼬리가 길면 소 걸음에도 밟히는 법. 무림에 몸담은 여인들의 실종이 빈번해지자 여인들이 속했던 문파들이 비밀리에 회합을 갖고 납치자를 추적하기에 이르렀다.

삼 년간, 실종자가 알려진 것만 삼십여 명, 화산, 종남, 청성, 아미 등 구대문파의 사람도 적지 않았다.

워낙 철저히 계획한 납치여서인지 주범이 천음신교라는 것을 밝히는 데만도 오 년이라는 긴 시간이 걸렸다.

그리고 그 이후부터는 전쟁이었다. 칠 년에 걸친 처절한 전쟁.

천음신교와 천음신교를 말살하려는 구파연합과 중소문파들이 모여 만들어진 무림련과의 전쟁은 피가 강이 되고 시체가 산을 이루어 국가 간의 전쟁에 못지않았다.

워낙 싸움의 규모가 급작스럽게 커지자 부패한 황실은 겁에 질려 나서기를 포기하고 그저 상황만 쳐다볼 뿐이었다. 하남과 안휘, 호북 쪽으로만 싸움이 번지지 않으면 관계치 않겠다는 포고를 할 지경이었다.

천음신교의 수십만 교도 중 무공을 익힌 자는 삼천여 명이었지만 무공을 익히지 않은 일반 교도 역시 무림련에 적지 않은 피해를 입혔다.

하나 무엇보다도 가장 피해를 많이 입히고 무림련의 고수들에게 공포감을 심어준 것은 호교법신체를 이룬 네 명의 천음마인이었다.

변칙적인 방법으로 연성되어 이지를 상실한 천음마인의 온몸에서 뿜어 나오는 가공할 음한지기는, 스치고 부딪치는 사람들을 죽음으로 몰아갔다.

단지 네 명의 천음마인을 죽이기 위해 무림련의 내로라하는 고수 사백여 명이 희생됐다. 그리고 천음마인들이 쓰러지자, 마침내 천음신교는 터진 제방마냥 무너져 버렸다.

그렇게 일반 교도들까지 십수만 명이 죽고 다쳐 네 개 성에서는 시체를 태우는 연기가 하늘의 해를 가렸고, 가족을 잃은 슬픔의 통곡 소리가 땅을 울릴 지경이었다.

"아시겠소? 천음마령공은 그 이름조차 다시는 불리워져선 안 되는 마공이오."

무겁게 말을 끝맺는 황보명의 얼굴에는 어두운 그늘이 드리워져 있었다.

"하나 음마가 그 악마지공을 익힌 것은 아직 확인된 사실이 아니지 않습니까."

이세청이 머뭇거리며 말을 하자 한쪽에서 침이 흐르는 줄도 모르고 열심히 듣고만 있던 양만효가 벌떡 일어섰다.

후루룩!

모두 한심하다는 눈초리로 자신을 바라보았지만 양만효는 별거 아
니라는 표정으로 일행을 쓰윽 한번 훑어봤다.

"본관이! 좀 전에도 말했소만 이 자리에서는 결코 숨기는 것이 있어
선 안 될 것이오. 이 대공자! 단 대협! 황보 대협! 모두 해당되오. 여기
에 득달같이 쫓아온 것이 그저 의협심의 발로라곤 하지 마시오. 자! 어
느 분이 먼저 말씀하시겠소?"

장내가 눈 돌아가는 소리도 들릴 정도로 조용해졌다.

양만효를 비웃는 눈으로 쳐다보던 이세청의 낯빛이 굳어졌다.

단구양은 의외라는 눈으로 양만효를 올려다봤다.

황보명이 천천히 일어났다.

"역시… 양 포두의 눈은 속일 수 없군. 좋소. 내 먼저 말하겠소."

시선이 황보명에게 집중됐다.

"본 가의 둘째 가주이자 본인의 이형이신 황보량 형에겐 아들인 황
보걸과 두 명의 딸이 있소. 큰 아이는 황보수연, 작은 아이는 황보수향,
한 달 이십 일 전, 둘째인 황보수향이 백마사의 관음상 봉안식을 구경
하기 위해 집을 나섰소. 열 명의 무사와 본 가 암밀당의 수하 셋이 호
위를 맡았고…… 본 가에서 백마사까지의 거리는 이틀 거리, 한데 삼
일이 지나도록 도착했다는 전서구가 오지 않았소. 다음날, 본 가가 운
영하는 상단의 낙양지부에서 초긴급 전문이 도착했소. 호위들의 시신
이 낙양에서 이십 리 떨어진 초자하 강변의 숲 속에서 발견됐다는 전
문이."

담담히 말을 하던 음성이 가늘게 떨려가고 있었지만, 황보명은 느끼
지 못하는 듯 공허한 시선을 어둠이 내린 창밖에 두고 말을 이었다.

"즉시 수색대가 조직되었고, 열 명씩 십 개 조가 투입되었소. 그리고

이틀 만에 종가산 중턱 다 쓰러져 가는 암자에서 그 아이를 찾을 수 있었소. 나에게는 자식이 없소. 그 아이는 내 조카이기 이전에 내 딸이라 생각하고 어릴 적부터 키워온 아이였소. 나는 악마를 내 손으로 꼭 잡고 싶소."

황보명이 말을 마치고 장내가 어색한 침묵으로 이어지자 이세청이 가만히 몸을 일으켰다.

"황보 대협께 애도를 표하는 바입니다. 두 달 전이었습니다……."

"대형의 막내딸 시신이 발견된 곳은……."

이세청과 단구양의 이야기가 끝났다.

남은 자는 현고라는 장년인뿐, 의문을 담은 시선들이 현고를 바라보았다.

"뭐 그런 눈으로 쳐다볼 건 없소. 나는 살인 사건 때문이라는 이유는 맞는데 여자가 아니고 남자니까. 삼 년 전에 죽은 친구 때문에 결국 여기까지 온 거외다."

의아한 눈으로 현고를 보던 황보명이 무슨 생각이 들었는지 흠칫했다.

"삼 년 전이라면, 혹 귀면신수 강 노선배?"

현고의 눈이 책망의 빛을 담고 황보명을 쳐다보자, 황보명은 그제야 자신의 실수를 깨닫고 입을 다물었다.

광무전의 주인인 장석청의 눈이 번뜩였다.

귀면신수(鬼面神手) 강규산, 십여 년 전부터 강호에의 발길을 끊은 노기인. 기문진학과 건축술의 대가. 살아 있다면 육십대 중반은 될 것이다.

한데 황보명은 현고라는 자의 친구로 그 이름을 말한다.

'대체, 현고 저자가 누구기에…….'

"흠흠……. 좌우간 내 친구가 죽기 전에 나에게 한 통의 편지를 남겼소."

친구여, 나는 해서는 안 될 일을 해버렸네.

하나 있는 아들을 위한 일념으로 그 일을 했지만 이제 와 생각해 보면 절대 해서는 안 될 일이었던 듯하네. 들어가서는 안 되는 유적을 파헤치고 들어가 한 가지 물건을 놈들에게 넘겼건만, 아들은 돌아오지 않고 놈들은 또 다른 것을 요구하고 있네.

이제는 알 것 같네. 아니, 이제사 제정신이 들었다고 봐야겠지.

놈들의 요구를 들어줘도 아들은 돌아오지 않는다는걸.

간단한 것을 이제야 깨닫다니 참으로 살아온 세월이 우스울 뿐이네. 나는 저들이 원하는 것을 들어주지 않을 생각이네.

그렇다면 한 가지 방법뿐이겠지.

훗날 아들놈을 보기라도 한다면 자네 손으로 처리해 주게.

아들을 홀려 아비의 입에서 못할 말을 하게 한 악녀도.

혹시라도 강호를 돌아다니다 극악한 방법으로 음기를 흡취해 여자를 죽이는 자가 나타나거든 한 번쯤 의심해 보게.

어쩌면 그놈들일지도 모르니까.

살아오는 동안 자네 같은 친구를 만나 즐거웠었네.

잘 있게.

"급히 그 친구의 집을 찾아갔을 땐 불타 버린 잔해만이 남아 있었소. 그러니 내가 이런 사건을 쫓아다닐 수밖에."

"장석청이 미처 장절 위 선배를 몰라뵙고 실수를 했습니다. 부디 용서해 주시길."

장석청이 일어나 정중히 포권하며 말하자 황보명과 진고영을 제외한 모든 사람이 대경실색하며 분분히 몸을 일으켜 허리를 숙였다.

장절(掌絶) 위경리.

당금 천하의 칠절 중 한 사람.

과거의 우내 삼십삼천이 전설로 화한 채 역사의 뒤안길로 대부분 물러난 지금, 새롭게 불리워지는 절정의 고수들이 있으니 강호의 재담가들은 그들을 구분지어 명명을 하였다.

칠절도 그러한 이름 중 하나였다.

"황보가에서 그래도 셋째가 입이 무겁다 하더만 다 헛소리였던 게야……. 큼."

위경리의 조금 불만인 듯한 농담에 무겁던 공기가 아래로 내려앉았다.

그리고 방정맞은 양만효의 한마디에 바닥이 땅으로 꺼져 버렸다.

"그건 그렇고…… 저녁밥은 안 먹을 겁니까?"

모두의 날 서린 눈빛이 양만효를 조각조각 잘라가고 있을 때 진고영이 물음을 던졌다.

"한 가지만 더 확인할 것이 있습니다만."

"말해 보시게! 내 아는 건 다 말해 주지."

양만효는 진고영이 참으로 고마웠다.

'내가 뭐, 못할 말 했나?'

"혹 피해자가 당한 상황이 처음과 달라진 점은 없습니까?"

"달라진 점? 달라진 점이라…… 아! 있네. 있어."

이번에는 관심이 서린 눈으로 쳐다보자 양만효는 어깨를 펴고 무게 있게 입을 열었다.

"진 소협이 말 안 했으면 깜빡 그냥 넘어갈 뻔했군. 그것은 손가락에 대한 거네. 내가 알고 있는 세 번째 피해자까지는 손가락을 잘라 표식을 남기는 그런 악마 같은 짓은 안 했었네. 한데, 네 번째부터인가 그 악마 같은 놈이 손가락 표식을 남기기 시작했네. 어때? 뭔가 생각나는 게 있나?"

진고영이 신중한 표정으로 고개를 끄덕였다.

"우선 한 가지 먼저 말씀드릴 게 있습니다. 좀 전에 이 대공자께서 천음마령공이 확인된 건 아니라고 하셨습니다만, 제가 사부님께 들은 말과 양 포두님의 말씀을 종합해 보면 보다 더 확증이 가는 듯합니다."

양만효는 언제 밥 먹자고 했냐는 듯 숨소리도 내지 않고 진고영의 입만 쳐다봤다.

"첫 번째 이유는, 놈이 피해자의 가슴을 도려냈다는 점입니다. 천음마령공으로 음기를 흡기하는 것은 유근혈을 통해서라 들었습니다. 그리고 그곳에는 특유의 손가락 자욱이 남습니다. 음마는 그 자욱을 없애기 위해서 그곳을 손상했을 겁니다."

"으음…… 진정 악마 같은 놈… 찢어 죽일……."

신음과 욕설들이 뒤섞여 나왔다.

"두번째는 손가락 표식입니다. 처음에는 안 하던 짓을 나중에는 했다는 것입니다."

"그거야 갈수록 심성이 더욱 사악해져서 그런 거 아니겠소?"

단구양이 이를 갈며 되묻자 진고영은 조심스레 고개를 가로저었다.

사람들은 당연히 끄덕일 줄 알았던 고개가 가로저어지자 의문 섞인 표정으로 진고영의 다음 말을 기다렸다.

"확인해 봐야 알 일입니다만, 어쩌면 네 번째부터는 처참하게 죽임은 당했지만 간음은 당하지 않았을 수도 있습니다."

"억!"

"무어라고요!"

"대체 그게 무슨 말씀이오?"

제각각의 반응이 나오고 우형욱은 벌떡 일어서기까지 했다.

"조용! 아직 진 소협의 말이 끝나지 않았네. 다 듣고 나서 의문을 가지게들."

위경리의 일갈에 소란이 잦아들자, 진고영은 다시 입을 열었다.

"천음마령공이 팔성에 접어들면 하체에서조차 양기가 사라진다고 합니다. 결국 여자를 범하고 싶어도 할 수 없다는 말이 되지요. 아마도… 모르고 있다가 자기 뜻대로 여자를 범할 수 없게 되자, 놈은 광분해서 손가락을 잘라 표기를 시작한 거 같습니다."

장내가 조용해졌다.

좋아해야 할지, 슬퍼해야 할지, 모두가 침묵의 바다에 빠진 양 말을 잊었다.

"후우……. 아무래도 오늘은 쉬고 내일 더 이야기를 나누는 게 나을 듯하네만."

위경리의 말에 모두가 침울하게 고개를 끄덕였다.

양만효가 슬쩍 눈치를 보더니 장평에게 귓속말을 건넸다.

"저기… 장 소협, 밤이 늦었는데…… 그래도 밥은 주겠지?"

하늘은 오랜만에 황사가 걷혀서인지 별들이 그 밝음을 뽐내고, 중천에 걸린 하현달은 그리운 사람의 눈처럼 밝게 빛났다.

객사의 방 하나를 배정받은 진고영은 창밖의 하현달을 바라보다 씁쓸한 웃음이 나왔다.

'훗… 이제 강호에 나온 지 얼마 되지도 않은 놈이, 수십 년 강호의 찬바람을 맞고 산 사람들 앞에서 무슨 말을 한 것인지……'

새삼 사부의 가르침이 얼마나 대단한가를 깨닫게 되는 계기가 되기도 했지만, 왠지 너무 가볍게 행동한 거 같아 씁쓸해졌다.

"있나?"

위경리의 음성이었다.

"들어오시지요."

"아닐세. 잠깐 바람이나 쐬지 않겠나?"

"알겠습니다. 곧 나가지요."

밖으로 나서던 진고영은 문득 자신의 허리에 아직도 곤이 끼워져 있다는 것을 깨달았지만 개의치 않고 위경리를 따라 객사 뒷마당으로 나갔다. 위경리는 마당 끝 쪽의 숲으로 들어갔다.

객사의 끝 쪽 숲에 있는 공터는 풀벌레 소리가 크게 들릴 정도로 조용한 곳이었다.

위경리는 고개를 들어 하늘을 쳐다보다 진고영 쪽으로 몸을 돌리곤 빙긋 장난기가 섞인 웃음을 흘렸다.

"남자는 말일세, 때론 입보다 행동으로 말하는 게 빠를 때가 있다네."

말을 마치자마자 일 장 정도의 거리를 두었던 위경리가 손을 들어 진고영 쪽을 향해 흔들었다.

순간, 웅혼한 기세가 위경리로부터 쏟아져 나왔다.

그러자 진고영의 신형이 한 걸음 물러날 듯 흔들리더니 다시 앞으로 나서고 그런 그의 손에는 어느새 허리의 곤이 들려 있었다.

"못 받아줄 것도 없지요."

"좋아!"

위경리는 힘있는 외침과 함께 손을 펼치고 허공을 짓누르듯 장을 펼쳐 왔다.

순식간에 허공을 격하고 칠 장을 때렸다.

일곱 개의 손 그림자가 일 장의 간격을 우롱하듯 유령처럼 진고영을 덮쳐 갔다.

장절이라는 별호가 말해 주듯 그 기세는 은밀하면서도 산악과도 같았다.

무거운 힘을 담은 장력이 밀려오자 진고영은 들고 있던 곤을 중단으로 올리며 천천히 자그마한 원을 그렸다. 하나, 둘, 셋…….

줄줄이 이어지는 원이 일곱 개가 그려지고, 밀려오던 위경리의 장세가 원 속으로 빨려들 듯이 사라졌다.

그렇게 제자리에 서서 눈 몇 번 깜박일 사이에 십여 번의 공방이 오갔다.

"호오! 정말 좋구나! 어디 제대로 해볼까?"

탄성과 함께 위경리의 몸이 반 자는 낮아졌다. 그리고 한 걸음 내딛는다 싶은 순간, 그의 몸은 진고영의 다섯 자 앞에서 장을 휘두르고 있었다.

그러자 허공을 찢어내듯 휘둘러지는 쌍장에선 가공할 경력이 회오리치고, 밀려가는 경력은 곤이라도 진고영을 짓누를 듯했다. 그것은 그를 장절이라 불리우게 만든 현고팔장(玄孤八掌) 중의 '현유회참(玄柔

回斬)’ 이었다.

“마다하지 않겠습니다!”

홍미가 동한 듯 진고영은 일갈과 함께 곤으로 장세의 중심을 찔러 갔다. 관천뇌곤의 전 구식 중 세 번째 초식 ‘낙일망휴(落日網休)’ 였다.

대연일기공을 창끝에 모아 찰나간에 아홉 번을 찌른다.

떨어지는 해조차 쉬어갈 수밖에 없도록 빠르게!

오리 알 정도의 곤 끝이 점점 커지고, 종내에는 곤 끝에 진고영의 신형이 가려지자 위경리의 가슴이 서늘해졌다.

이미 자신의 강력한 회선장력은 늪에 빠진 것마냥 사라져 버리고, 보이는 건 오직 쟁반만한 곤 끝만이 보이는 것이다.

위경리의 신형이 누가 잡아당기기라도 한 듯 뒤로 쭈욱 밀려갔다. 독문신법인 수류보였다.

한데 곤은 여전히 코앞에 있는 듯하다.

‘제길.’

구절미보로 전진하며 전 육식 ‘관풍뇌동’ 을 펼친 것이다.

관천뇌곤 전 구식 중 가장 빠른 반응을 할 수 있는 공격 초식이었다.

바람조차 쫓아가 뚫어버리는 뇌전이었으니 오죽하랴.

위경리의 몸이 뒤로 뉘어지는가 싶더니 빙글 돌며 두 자 옆에서 솟 아올랐다.

“핫!”

그리고 기합과 함께 이를 악문 그의 손에서 묵빛 아지랑이가 어린 장력이 솟아 나오더니 미끄러지듯 자신을 쳐오는 곤과 부딪쳐 갔다.

콰콰콰콰쾅!!

굉과 사람의 손이 부딪친 소리라 믿을 수 없는 굉음과 함께 두 사람은 각기 일 장씩 뒤로 물러났다.

놀라움에 크게 뜨여진 눈을 한 위경리.

조금은 흥분된 표정으로 그런 위경리를 쳐다보는 진고영.

잠시간 말이 없던 두 사람 중 먼저 입을 뗀 건 위경리였다.

"볼 만큼 봤으면 나와라."

진고영을 향하던 시선을 돌려 숲을 바라보았다.

"죄송합니다. 볼려고 했던 건 아닌데… 그만."

황보명이었다.

심란한 마음에 잠을 설치다 바람 좀 쐬려고 나왔었다.

은창보의 무사들이 수련을 하는가 해서 별 신경을 안 쓰고 다가갔는데, 그 기세가 장난이 아니었다. 아니, 자신조차 감당키 힘든 기세가 숲 안쪽에서 부딪치고 있었던 것이다.

그러다 본의 아니게 두 사람의 비무를 잠깐이나마 보게 된 것이었다.

참으로 놀라운 광경이었다.

장절 위경리가 누구던가. 한데, 저 이름도 없는 젊은이는…….

"후우… 너의 실수라 할 수만은 없겠지. 남의 집 뒷마당서 시끄럽게 굴었으니."

"죄송하게 됐습니다."

"됐다!"

조금은 심통맞은 목소리로 답하고 진고영을 쳐다보던 위경리의 눈가에 의미심장한 주름이 하나 잡혔다.

“험… 진 소제, 들어가세.”

“예, 그러죠. 예?”

“아, 뭐 하나? 우형을 고생시켰으면 식은 차라도 한잔 줘야 도리지 않겠나?”

“저… 그게…….”

위경리는 진고영의 대답을 들을 생각도 하지 않고 숲을 빠져나갔다. 씨익 웃으면서.

‘새카만 후배에게 진 거보다는 그래도 동생이 낫겠지. 뭐, 맘에도 들고.’

슬픔이 가득 찬 술잔을 한 입에 털어 넣었다.

남들 앞에선 애써 마음을 가라앉혔지만 혼자 있는 지금은 굳이 슬픔을 감출 필요를 느끼지 못했다.

우형욱은 술잔 안에 그녀의 모습이 보이는 것만 같아 한없이 술만을 들이켰다.

벌써 세 주담자. 마셔도 마셔도 취하지 않고 오히려 정신은 또렷해지기만 했다.

얼마나 무서웠을까. 얼마나 아팠을까. 내가 구해주기를 얼마나 기다렸을까.

끝없는 상념은 머리를 가득 채우고, 악마 같은 자에 대한 분노만이 가슴을 태우고 있었다.

문득 진고영이 떠올랐다. 처음 만났을 때부터 묘한 기분을 들게 한 자. 도움 줄 능력이나 있을지 모르겠다고 했던가?

그자로 인해 원수에 대해 많은 걸 알아냈다.

“풋!”

헛웃음이 나온다.

나는 아무것도 하지 못하고 있는데 그자는 아무도 모르던 음마의 실체를 밝혀냈다. 능력은 누가 없는 것이지? 나는 단지 대책없는 분노만 하고 있을 뿐, 사랑했던 사람을 위해 뭐 하나 한 일도 없거늘.

“크크크큭…… 미안하오. 정말 미안하오, 희매…….”

가보자, 그자를 만나 고맙다고는 해야겠지. 뭐 술 한잔 같이 하면 더 좋겠고.

“곤을 아우 정도로 쓸 수 있는 고수가 당금 강호에 몇이나 있다고 생각하나? 아마 다섯도 채 안 될걸? 그러니 속 시원히 말해 보게. 우형 속 타게 하지 말고. 응?”

차 한잔 먹고 가겠다며 진고영의 방으로 들어온 위경리는 벌써 일각 이상을 닦달하고 있었다.

아니, 반 강압에 반 애원하다시피 졸라대고 있었다.

이제 이십대 중반밖에 안 되는 나이에 장절이라 불리는 자신을 곤혹스럽게 만들 정도의 무위.

게다가 머리 속에는 얼마나 되는지 모르는 무공에 대한 상식.

그저 이름없는 집안에서 가전의 무공을 익히고, 할 일이 있어 강호에 나온 지 열흘이 조금 넘는 강호초출이란 게 말이나 되는가 말이다.

만일 그게 사실이라면 자신은 좋은 자리 찾아서 땅 파고 드러누워 서러움이나 토하다 인생 종쳐야 할 것이다.

이게 위경리의 생각이었다.

한쪽에서 기묘한 표정을 지으며 위경리를 쳐다보는 황보명의 눈에도 궁금함이 가득 차 있었다.

사실을 그대로 말하기도 그렇고, 그렇다고 지어내서 말할 수도 없고, 진고영은 난감하기 짝이 없었다.

겉모습은 삼십 후반 정도이지만, 실제 나이 육십 중반밖에―마음은 젊다나?―안 된다는 위경리가 형 동생 하자는 것도 아직 마음의 정리가 안 됐거늘, 사부가 누구냐며 꼬치꼬치 캐묻는 건 과묵한 진고영조차 견디기 어려운 고문이었다.

진고영이 고민에 머리를 싸매고 있자 위경리는 마침내 결심을 했다는 듯 비장한 어조로 입을 열었다.

"좋네! 아우가 정말 이름없는 집안과 사부에게 배워서 말할 만한 게 없다면, 내가 알아내는 수밖에. 음… 우선 내가 생각했던 곤의 고수들 이름을 말할 것이네. 그리고 그들을 까뭉갤 거야. 아우는 그들과는 상관없을 테니 그래도 괜찮겠지 뭐. 안 그런가?"

"……."

진고영은 좋은 생각이라는 듯 고개를 끄덕이는 황보명이 원망스러웠다.

"탁월한 생각이십니다. 아마 진 소협과는 상관이 없을 테니까요."

한술 더 뜨는 황보명의 아혈을 점해놓지 않은 자신이 한심스럽다는 생각이 들었다.

"으음… 됐습니다, 됐어요. 후우… 도대체 그게 왜 그렇게 궁금하신 겁니까?"

위경리의 입에서 결국 조부의 이름도 튀어나올 것은 불문가지, 돌아가신 조부께 죄를 지을 순 없다.

진고영이 백기를 들자 위경리의 입이 함지박만하게 벌어졌다.

“쿠하하하! 이제야 입을 여는군. 진작 이 방법을 쓰는 것인데 괜히 시간 낭비했구만. 큼!”

“역시. 위 선배님의 생떼신공은 여전하시군요.”

황보명의 말장난을 받아줄 정도로 위경리는 기분이 좋았다. 그렇다고 무작정 다 받아줄 수는 없는 일.

“근데… 너는 왜 네 방에 안 건너가고 여기 있는 게냐? 혹시 너 때문에 진 아우가 말을 안 했던 거 아녀?”

“헉! …그럴 리가요.”

진고영은 두 사람의 작태가 웃기지도 않는다는 듯 쓴웃음을 지으며 바라보다 입을 열었다.

“선조부님의 함자가 진가 성에 조 자 현 자를 쓰셨습니다.”

“……”

두 사람이 멍하니 바라보자 진고영은 쓴 표정으로 고개를 저었다.

“진… 조… 현?”

황보명은 고개를 갸웃거리고, 위경리의 두 눈은 더할 수 없이 커졌다.

“맙소사! 지금 자네가, 그러니까 사십여 년 전의 곤왕 진 선배의 손자라 이 말이지?”

“한때 그리 불리셨다 들었습니다.”

“딸꾹!”

황보명은 진조현이라는 이름을 생각하다 곤왕이라는 위경리의 말에 마시던 찻물이 목에 걸려 버렸다.

“그러니까… 딸꾹! 진조현이라는 이름이 사십여 년 전, 십 년 비무행으로 유명했던 곤왕 노선배의… 딸꾹… 이름자라는 말씀입니까? 위

선… 딸… 배… 꾹… 님?"

"정신 헷갈린다. 딸꾹질이나 멈추고 말해라!"

아마 황보가의 식구들이 봤으면 기절할 일이었다. 세상에 셋째 가주가 저리 망가지다니…….

진고영은 할아버지의 이름에 놀라는 두 사람을 보며 새삼 돌아가신 할아버지의 냉막한 얼굴이 그리워졌다.

"아직까지 할아버지의 이름을 기억하시는 분이 있을 줄은 몰랐군요."

"응? 흠. 그렇긴 하네. 사실 곤왕이라는 별호는 알아도 그분의 실명을 아는 사람은 그리 많지 않지."

"하긴 저도 곤왕이라는 이름만 알았으니… 한데 위 선배님은 어떻게 그분의 함자를 알고 계셨습니까?"

황보명의 의아해하는 물음에 위경리는 많지도 않은 수염을 쓸어내렸다.

"그게, 내 어릴 적 그분을 한번 뵌 적이 있었네. 오십 년이… 좀 넘었나? 내 사부님과 친분이 있던 유운걸개 선배님이 술자리를 같이 한 적이 있었지. 그 자리서 유운걸개 선배가 아주 멋진 친구가 생겼다며 사부님께 소개를 하시더군. 성격은 대쪽 같고 진정한 무인의 피가 살아 있는, 그런 친구라 하시면서 아마 앞으로 이 사람의 이름이 강호를 진동할 거니 알아두라고. 진.조.현.이라는 이름을. 옆에서 듣던 나는 어린 나이에 그 이름을 가슴속 깊숙이 새겨두었지. 그리고 육칠 년 후, 곤왕이라는 이름은 오왕 중 하나로 불리웠지."

감회가 새로운지 지그시 반개한 두 눈엔 추억이 서려 있었다.

진고영은 위경리가 오래전 조부님을 봤다는 말에 왠지 위경리가 가까워지는 것 같았다.

"혹 사부님의 함자가 반천장이라 불리시던 고계 어른이 아니신지."

"맞네! 허허허! 조부님께서 기억을 하고 계셨던가?"

"조부께서 말씀해 주신 몇 안 되는 이름 중 하나인지라."

"우허허허… 역시 아우와 나의 인연은 보통이 아니란 말이야. 안 그런가?"

"저… 그건 그런 거 같습니다만 그래도 형 아우 하자시는 건……."

"아니! 내가 좋아서 그런다는데 누가 뭐라겠나? 자네가 불만이야?"

휙, 고개를 돌려 황보명에게 묻자, 난데없는 벼락을 맞은 황보명은 급히 고개를 저었다.

그는 위경리의 성격을 그 누구보다 잘 알고 있었던 것이다.

"제가 어찌… 선배님께서 좋다는 대야… 누가 뭐라 하겠습니까."

냉철한 성격이라는 황보명마저 위경리에게 쩔쩔매며 그의 비위 맞추기에 급급하자 진고영은 머리가 지끈거렸다.

'후… 하긴, 내가 손해 볼 거야 없지.'

"진 소협, 내일 보세. 위 선배님도 그만 가서 쉬시지요. 아무래도 내일은 좀 바쁘게 움직여야 할지 모르는데."

진고영은 일어서며 위경리까지 잡아끄는 황보명에게 이날 저녁 처음으로 고마움을 느꼈다.

"계시오?"

두 사람이 돌아가고 일각도 되지 않아 우형욱이 들이닥쳤다.

"우 형께서 어인 일이십니까?"

"괜찮다면 술이나 한잔 나눌까 해서 들렀습니다."

"아! 예. 들어오시지요."

주섬주섬 손에 들린 술병과 안주를 탁자에 내려놓은 우형욱이 진고영에게 술 한 잔을 따르곤 머뭇거리다 말문을 열었다.

"오늘 진 형의 도움에 감사를 드립니다."

"별말씀을."

"아닙니다. 저는 마음만 있을 뿐 아무것도 하지를 못했습니다. 사랑했던, 아니, 지금도 사랑하고 있는 사람을 위해서……. 크흑."

진고영은 이성 간의 사랑은 잘 모른다. 하지만 한 가지는 알 것 같았다. 그 역시 아픔이 스며든다는걸.

우형욱은 맺힌 눈물을 차마 쏟아내지는 못하고 술 한 잔을 입에 털어 넣었다.

내가 왜 여기에 왔을까. 이 사람은 오늘 처음 만난 사인데. 우형욱아, 우형욱아… 참으로 한심하구나.

"그러잖아도 내일 아침에 우 형을 따로 한번 뵙고 싶었습니다."

뜻밖의 말에 우형욱은 고개를 들어 진고영을 쳐다보았다.

"무슨 일로……?"

"이걸 한번 봐주시겠습니까?"

진고영은 품속에서 자그마한 주머니를 꺼냈다. 그리고 그 속에서 한 조각 부서진 청옥을 끄집어냈다.

"혹 이걸 보신 적 있으신지."

"…처음 보는 옥 조각이군요."

언제 슬픔에 젖어 눈물을 흘렸냐는 듯 우형욱의 눈은 예리하게 빛났다.

"어디서 나신 겁니까?"

“그곳에서 우연히 발견한 것입니다.”

옥 자체도 상품이지만 용으로 추정되는 조각은 최고의 실력있는 장인이 깎은 것이다.

결코 돈 있다고 아무나 살 수 있는 그런 물건이 아니다.

아마 온전했다면 능히 귀족들이 탐낼 작품일 것이다.

우형욱이 떨리는 목소리로 물었다.

“그게 희매의 것이 아니라는 건 제가 알 수 있습니다만, 진 형께선 어찌 생각하시는지.”

“그보다 먼저 우 형께서 말해 주셔야 할 게 있습니다. 백상휘 조장이 보고 온 것을 말해 주십시오.”

“아! 제가 그만… 백 조장 말로는 어질러져 있던 것들이 한쪽으로 쓸려가 모여 있다고… 설마? 그걸 알아보려고?”

우형욱의 눈이 놀라움으로 가득 찼다.

“아직 확정적으로 말을 할 수는 없습니다만 그걸로 범인의 것일 확률이 높아졌습니다. 해서 우 형께 먼저 보여 드리고 어찌할 건지 의논을 해보고 싶었습니다.”

우형욱의 주먹에 힘이 들어갔다. 범인의 것일지 모른다니……. 놈에게 한 걸음 더 다가갈 수 있을지 모른다.

새삼 진고영이 커다랗게 다가왔다.

“진정… 고맙소! 진 형.”

“아무래도 이런 물건은 상단을 운영하는 황보 대협께서 잘 아실 거라 생각합니다. 허락하신다면 내일 황보 대협께 은밀히 부탁할 생각입니다.”

아직은 드러낼 상황은 아니라는 말이다.

“내 어찌 진 형의 뜻에 따르지 않겠소. 그렇게 하십시다.”

우형욱의 두 눈에 의지가 조금씩 불길을 되살리고 있었다.

다음날, 진고영은 황보명을 아침 일찍 만나 청옥에 대해 설명하고 그에 대한 조사를 부탁했다.

그리고 아침 식사를 마친 사람들이 다시 광무전으로 모여들었다.

양만효는 하나의 표를 한쪽 벽에 걸어놓고 사람들이 다 모이자 표에 대해 설명하기 시작했다.

밤새 만든 것인 듯 먹물이 윤기를 발하고 있었다.

“음적이 움직였던 행적이외다. 낙양 쪽에서 정주 쪽으로, 다시 낙양으로, 그 후에는 산서 동쪽으로 갔다가 다시 남하하여 이곳을 지났소.”

양만효의 손이 천천히 아래로 내려갔다. 사람들의 눈동자도 따라 내려갔다.

“그리고 다시 낙양으로 향하고 있소. 물론 내려가다 옆으로 샐 수도 있지만, 지금으로선 낙양을 향한다 봐야 할 것 같소. 놈을 잡을 방도를 얼마나 빨리 구하느냐에 따라 희생이 줄어들 것이오.”

새삼스럽다는 표정으로 모두가 양만효를 쳐다보았다.

“내 얼굴에 뭐 묻었소?”

얼굴 더듬는 걸 보면 어제 그 양만효가 맞는데…….

모두의 생각이었다.

단구양이 일어났다.

“무공이 일류 이상이면서 양 포두가 말한 곳을 지나간 자, 범위가 넓긴 하지만 하나부터 시작해야겠지요.”

이세청이 일어났다.

"음적은 범행을 했던 곳의 지리를 잘 아는 자라 봐야 할 겁니다. 은밀하게 움직이면서 구석진 곳의 폐찰이나 사용하지 않는 사당들을 찾는다는 것은 지리를 모르고는 불가능합니다."

회의가 활기를 띠어갔다.

위경리가 앉은 채 입을 열었다.

"그렇다면 혼자가 아닐 수도 있겠지."

모두 놀란 얼굴로 위경리를 바라보았다.

그렇다. 음적만 생각했지 일행은 생각도 하지 않았다.

"지리를 안다 해도 사람을 납치해서 들키지 않고 움직인다는 게 그리 쉬운 일은 아닐 테니까."

모두가 진저리를 쳤다. 하나도 아니고 여럿일 수도 있다니…….

"제 생각도 같습니다."

조용히 듣고만 있던 진고영이 입을 열자 모두 기대감이 깃든 눈으로 진고영을 보았다.

"호오……. 아우도 우형과 같은 생각이라고? 그래, 어디 아우의 생각을 말해 보게."

아우? 우형? 장절 위경리의?

위경리의 폭탄 같은 말에 황보명을 제외한 모두가 벙찐 표정으로 두 사람을 번갈아 봤다.

하지만 진고영은 별거 아니라는 듯 그들의 놀란 눈길을 무시하고 말을 이을 뿐이었다.

"단순하게 생각해 봤습니다. 과연 혼자서 그렇게 은밀하게 납치하고 아무도 접근하지 않을 곳을 골라, 멀리는 수십 리를 들키지 않고 옮겨서 여러 차례나 범행을 할 수 있을까……. 제 생각은 불가능하다는 것

144

입니다. 거의. 일단은 불가능하다는 데서 생각해 봤습니다. 불가능하다? 그렇다면 당연히 다른 누군가가 있겠지요. 하나든 둘이든. 절대적으로 따르는 수하나 친구가. 또 다른 이유가 한 가지 있습니다만 그건 좀 더 알아보고 말씀드리지요.”

진고영은 침묵하고 있는 사람들을 돌아보았다.

“어쩌면, 그래서 방법이 있을지 모르겠습니다.”

침묵의 바다에서 허덕이던 사람들의 눈이 커졌다.

“방법이?”

“있을 거 같다고요?”

“뭔데?”

“어떻게?”

갖가지 의문이 쏟아졌다.

모두의 시선이 진고영에게 쏠려 있는 가운데 진고영의 입이 천천히 열렸다.

“가능한 한 모든 방법을 동원해서 음마가 지나갔던 곳을 지나간 무림고수의 명단을 작성해야 합니다. 예외는 없습니다. 놈이 누구인지를 모르는 이상은. 그리고 화공이 필요할 듯합니다.”

두 가지만을 말하고 입을 닫자 사람들은 어리둥절한 표정으로 진고영을 쳐다보았다.

처음 이유는 알겠는데 화공은 왜?

“당나라 시절 황궁에 소 귀비라는 비가 있었습니다. 그녀는 황제의 관심이 자신에게서 멀어지자 그 이유를 알아보았지요. 황제의 곁에 머물던 내관이 몰래 그녀에게 그 이유를 말해 주었습니다. ‘귀비께서 머리의 모양을 바꾸고 주름을 가리기 위해 분의 색깔을 바꾼 후부터 황

제께선 예전의 소 귀비를 닮은 유 귀비의 침소에서 밤을 보내는 일이
잦아지셨다' 고 말이지요."

진고영의 뜬금없는 옛날이야기에 어리둥절하던 사람들의 얼굴이 아
예 멍청하게 변해 버렸다.

"아! 그래서 화공이 필요한 겐가?"

황보명이 탄성을 발하자 위경리가 눈을 부라렸다.

'대체 뭐야?'

"진 소협은 음마의 취향을 알아보고자 하는 겁니다. 분명 놈에게 당
한 피해자들에겐 공통점이 있을지 모른다는 거지요. 저 역시 진 소협
의 의견에 공감을 합니다. 한데, 진 소협. 그것만으로는 놈을 추적하기
가 어려울 것 같소만."

"지금까지 그래 왔다면 앞으로도 그러하겠지요. 미칠 정도로 좋아하
는 것은 쉽게 변하지 않으니까요. 그리고… 추적하기가 힘들다면 끌어
들일 수도……."

때론 단순해 보이는 것에서 실마리가 풀린다.

4

점심 무렵 은창보의 정문이 열리고 열 필의 말이 남쪽으로 치달렸
다.

고평에서 낙양까지는 육백 리 길, 말을 타고 달린다 해도 이틀은 걸
리는 거리다.

은창보를 떠난 일행이 진성을 거쳐 제원으로 넘어가는 구선령에 도착한 것은 다음날 붉게 물든 석양이 구선령을 핏빛으로 감싸 안을 때쯤이었다.

"일단 이곳에서 쉬고 내일 아침 일찍 출발하십시다."

황보명의 제의에 모두가 고개를 끄덕였다.

길을 오던 도중 사람들은 위경리에게 일행의 수장을 맡기려 했지만 위경리는 한마디로 거절해 버렸다.

"내가 왜 그런 귀찮은 일을 떠맡는단 말이냐. 네가 해라!"

그래서 결국 황보명이 수장으로 모두를 이끌게 된 것이다.

구선령(九仙嶺)은 그 이름만큼이나 전설이 많은 곳이다.

진나라 때, 아홉 선녀가 내려와 백성들의 힘든 모습을 보고 슬퍼서 눈물을 흘려 제원으로 내려가는 길이 구십 굽이로 패였다는 이야기는 제원 쪽에서 이곳으로 올라오는 사람들이 힘들 때마다 하는 단골 이야기였다.

그리고 선녀들이 눈물 흘리며 백성을 위로하기 위해 춤을 추었다는 선녀평에는 사람들이 쉬었다 가는 객잔들이 들어섰다.

일행이 구선평에서 제일 큰 구선객잔에 들어서자 많은 눈들이 일행에게로 향했다가 대부분이 검이나 도, 창 등 무기를 소지하고 있는 걸 보고 고개를 돌려 버렸다. 무인들에게 관심을 둬서 좋을 게 없으니까.

하지만 개중에 간간이 무인으로 보이는 자들은 흥미가 동한 눈길로 일행을 염탐하듯이 쳐다봤다.

구선객잔의 점소이 조삼오는 열 명이나 되는 손님이 들어오자 후다닥 그들을 맞이했다.

"어서 옵서! 저희 구선객잔으로 말할 것 같으면……."

"시끄럽게 굴지 말고 자리나 마련해라."

한창 자신의 말솜씨를 자랑하려던 조삼오는 샐쭉한 얼굴로 자신의 말을 끊은 단구양을 바라보았다.

'인상도 드럽게 생겼네.'

"아이고, 그럽죠. 손님들, 이층에 자리가 빈 곳이 있으니 올라가시지요."

이층은 반 이상이 비어 있었다.

왁자지껄한 일층과 이층은 확연히 구분이 되었다.

승려가 있었고 도사 복장을 한 이도 있었다. 그리고 창 쪽에는 한 노인과 두 소녀가 조용히 식사를 하고 있었다.

일행이 올라가자 몇몇 일반 상인으로 보이는 자들이 시선을 주었지만 곧 고개를 돌렸다.

황보명은 승려와 도인으로 보이는 사람들을 슬쩍 쳐다보다 흠칫했다.

'청인자! 종남에서 쉬이 나오지 않는다는 인물이 웬일로…….'

나이 오십 정도로 보이는 청색 도복인은 종남오검 중의 한 사람으로 종남제자들조차 얼굴을 보기 힘들다는 청인자였다. 십삼 년 전, 종남일수와 함께 황보명의 부친이자 칠절의 한 사람인 권절 황보인군의 칠순 때 왔었다.

황보명은 당시 강한 호승심을 느끼며 청인자의 얼굴을 각인해 두었기에 십삼 년이 흐른 지금도 그를 기억할 수가 있었던 것이다.

사부인 종남일수 명우 도인이 선계에 들은 이후 바깥출입을 하지 않아 종남오검 중에서도 가장 알려지지 않은 인물이었다. 그런 청인자가 뜻밖에도 구선령에 모습을 드러낸 것이다.

게다가 승려들 역시 일반 승려가 아님이 분명했다. 드러나지는 않았지만 안으로 갈무리된 기가 결코 자신의 아래가 아닌 듯했다.

'흠. 무슨 일이 있나?'

황보수향이 변을 당한 뒤, 그 일을 쫓느라 강호의 일에는 전혀 신경을 쓰지 않았다는 사실이 떠올랐다.

황보명이 혼자 생각에 빠져 깨어날 줄을 모르자 위경리가 버럭 소리쳤다.

"밥 안 시킬 거냐?"

식사를 하면서도 계속 구시렁대는 위경리가 신경이 쓰였지만 황보명은 그보다 주위의 인물들이 신경이 쓰였다.

"혹시 요즘 강호에 무슨 큰일이라도 있는지 아십니까?"

한껏 구운 오리 고기를 씹고 있던 위경리가 뚱한 얼굴로 황보명을 꼬나봤다.

"너 정말 몰라서 묻는 거냐? 아님 알면서 그런 거냐."

"네?"

"소림에서 열린다는 십정총회가 보름 남았다는 것은 알지? 몰라?"

"아! 그렇군요."

이제야 이해가 간다는 말에 위경리는 혀를 찼다.

"이거 아무래도 사람을 잘못 선택한 거 같다. 큼!"

연리예는 옆 자리에 앉은 사람들의 이야기를 듣다 고개를 갸웃거렸다.

아무리 봐도 황의를 입은 중년인이 청의인보다 나이가 더 되어 보이는데 존대는 황의인이 하고 청의인은 황의인을 아랫사람 대하듯 한다.
강호에는 별의별 일이 다 있다 했는데 정말 그런가 보다.

동생 연리예의 하는 모습을 보던 연리화가 동생의 옆구리를 살짝 찔렀다.

"왜 그러니? 예의없이."

"그게 아니라, 언니……."

연리예의 말을 들은 연리화는 흘깃 옆 자릴 보더니,

"이유가 있으니 그러겠지, 괜한 곳에 신경 쓰지 말고 식사나 해."

"피이……."

두 손녀의 이야기를 듣던 연부경은 빙긋 미소를 지었다.

"그래, 언니의 말이 맞다. 갈 길이 머니 식사하고 일찍 쉬어라."

"네, 할아버지."

할아버지와 언니가 뭐라 했지만 연리예의 신경은 자꾸 옆 자리로 향하고 있었다.

그곳에는 중년인들이 대부분이었지만 젊은 사람도 두어 명 있었고, 그중 한 명의 눈빛이 왠지 슬퍼 보였던 것이다.

진고영은 다른 좌석의 사람들 중에 상당한 수준의 무인들이 있다는 것을 알았지만 위경리의 말을 듣고 별반 신경을 쓰지 않았다.

십정총회, 말로만 들었던 구파일방의 회합이었지만 자신에게는 상관없는 일이었다.

그때였다.

이층으로 오르는 계단을 한 오십대의 갈의인이 올라오고 있었다.

쳐다보지 않지만 저자의 기세는 온통 이쪽을 향하고 있다.

더구나 저자의 온몸으로 흐르는 기는 불순한, 왠지 꺼림칙한 기운이
다. 마기인가? 아니면 사기? 수천제마력이 절로 반응하고 있다.

"위 노형님, 혹시 지금 계단을 오르는 자를 아십니까?"

오리 고기와 함께 막 술 한 잔을 마시려던 위경리는 진고영의 전음
에 눈을 살짝 돌려 계단 쪽을 바라보았다.

"잉? 저 무식한 백정이 웬일이다냐? 이곳까지. 아우, 저런 무식한 놈
은 웬만하면 상대하지 말게."

"누군데 그러십니까?"

"사인도(邪刃刀) 악대헌이라는 놈인데 상대하기 지랄 같은 놈이네.
지닌바 무공만 따진다면 내 상대라 할 수 없지. 하지만… 어찌나 무식
하게 끈질긴지 모두가 기피하는 인물이네. 그렇다고 악하거나 그렇다
는 건 아니네만."

위경리의 설명에 진고영은 고개를 끄덕였다.

그의 기운에 마기나 사기가 스며 있는 듯했지만 악기는 그리 느껴지
지 않았던 것이다.

사인도 악대헌이 이층으로 완전히 올라오자 갑자기 주위가 조용해
졌다.

특히 두 손녀와 즐겁게 식사에 열중하던 연부경의 얼굴이 딱딱하니
굳었다.

악대헌은 주위를 천천히 둘러보다 위경리를 보고 흠칫했지만 곧바
로 연부경 쪽으로 발걸음을 옮겼다.

'놈이 나를 알아봤군. 오 년이나 지났는데. 쩝.'

위경리가 찜찜하다는 듯 입맛을 다셨다.

"맙소사! 사인도 악대헌."

단구양이 악대헌을 알아보고 놀라 자신도 모르게 입을 열다 악대헌이 발걸음을 멈추자 속으로 대경했다. 하지만 다행히도 악대헌은 단구양에게는 볼일이 없었다.

황보명도 악대헌에 대한 이야기는 들었다.

들었던 만큼 강해 보이지만 전력을 다한다면 그리 뒤지지 않을 거 같다는 생각이 들었다.

호승심을 저절로 끓게 하는 자다.

연부경의 뒤쪽 일 장 거리에 멈춰 선 악대헌은 연부경의 등판을 쏘아보았다.

"연 선배! 대답을 해주셔야겠소. 언제까지고 피한다 해서 내가 포기할 거라 생각은 마시오."

악대헌의 뜬금없는 말에 연부경이 한숨을 내쉬며 몸을 일으켜 돌아섰다.

"후우… 이보게, 난 이미 십 년 전에 강호와 인연을 끊기로 작정한 사람이네. 굳이 내가 아니어도 대답해 줄 사람은 있지 않은가?"

"그는… 죽었소. 나는 그에게서 한마디도 듣지 못했소."

"죽었다고? 감 아우가 죽었다고?"

그저 인자한 할아버지처럼 보이던 연부경이 놀라며 분노한 듯 말을 하자 주위로 싸늘한 냉기가 흘렀다.

앞에 있던 연씨 자매는 놀란 눈으로 연부경을 쳐다보았다.

"자넨가? 자네가 죽였나?"

"나는 감천기를 죽일 이유가 없소. 들어야 할 말이 있으니."

"그럼 누군가? 누가 감 아우를 죽였단 말인가? 자네가 그 사실을 알려준다면 나도 자네가 알고 싶은 걸 말해 주겠네."

연부경의 눈에서 불길이 나올 듯했다.

"내가 아는 한… 그는……."

악대헌의 입술이 달싹거렸다.

악대헌의 전음을 듣던 연부경의 얼굴이 창백하게 변했다.

"그럴 리가… 그럴 리가……. 그들이 왜?!"

"이제는 연 선배가 말해 줄 차례요."

멍한 얼굴로 천장을 쳐다보던 연부경이 천천히 고개를 끄덕였다.

"……."

연부경의 전음을 듣던 악대헌의 눈이 새파랗게 빛났다.

"역시! 그들이었군. 인면수심의 더러운 놈들. 으드득……."

분노로 이를 갈던 악대헌이 갑자기 창밖으로 몸을 날려 사라져 버렸다.

힘없이 자리에 주저앉은 연부경이 아직도 믿을 수 없다는 듯 고개를 저으며 침묵하자 연씨 자매는 왠지 불안한 마음이 들었다.

"할아버지."

"으음. 괜찮다. 식사 다 했으면 들어가 쉬자꾸나."

"예……."

두 사람의 대화 소리가 그리 크지는 않았지만 주위의 사람들이 들을 수 없을 정도는 아니었다.

위경리는 놀란 표정으로 객실 쪽으로 들어가는 세 노소를 보았다.

"놀랍군, 놀라워. 거참……."

"그러게요. 사인도 악대헌이 저리 조용히 물러나다니."

"흥! 조용히 물러나지 않으면."

이세청이 아는 체하며 한마디 하자 위경리가 코웃음을 쳤다.

“악대헌이 아무리 무식하다 하지만 천중일기에게 대들 정도로 바보
는 아니야.”

“헛!”

“좀 전의 노인이 천중일기 연부경이라고요?”

장내에 가벼운 소란이 일었다.

천중일기(天中一奇) 연부경.

당금 천하의 절정고수를 총칭하는 이름 중 육기(六奇) 중 한 사람.

강호의 일에 잘 관여를 하지 않고 천중산에만 틀어박혀 있어 사람들
은 천중선이라고도 불렀다.

천중산의 신선.

그런 만큼 연부경이 이런 외딴 곳에 손녀들과 모습을 보인 것은 대
단한 사건이었다.

“게다가 한상검 감천기가 죽었다니……. 대체 요즘 왜 이런 거야?
한바탕 피바람이라도 불려고 그런 건지 원…….”

침묵이 깔렸다. 연부경으로 인해 놀람을 토하던 사람들도 입을 다물
었다.

어깨를 스쳐 가는 바람에 피 냄새가 흘러가는 거 같았다.

“위 선배님, 우리도 들어가 좀 쉬지요.”

황보명은 가라앉은 분위기가 마음에 들지 않았다.

내일부터 바쁘게 움직여야 할 터인데 분위기가 이렇게 가라앉아서
야 될 일도 안 될 터였다.

한 마리 갈가마귀가 피를 토하는 듯한 울음소리를 내며 서쪽 밤하늘
로 날아가고, 객잔 밖 앞뜰에서 들리던 취객들의 고함 소리와 웃음소리

도 점차 사라져, 정적만이 세상을 감싸고 있었다.

사람 산다는 게 이런 걸까?

진고영은 처음으로 사람들과 어울려 다니는 자신이 새삼스러웠다. 이틀 전만 해도 혼자였는데…….

한쪽 침상에서 늘어지게 자고 있는 위경리를 쳐다보다 다시 창밖으로 눈을 돌렸다. 서쪽으로 치우쳐진 달을 보니 자시가 지나가고 축시가 다 되었다.

"후우……. 이런 일에 휘말릴 줄은 생각도 못했거늘. 사부님 말씀대로 세상사라는 게 정해진 대로 흐르는 건 아닌가 보군."

어머니의 고향을 가고자 했던 계획이 틀어지긴 했지만 기분이 그리 나쁘진 않았다.

강호 행보에 경험이란 게 얼마나 중요한지 사부님께 귀에 못이 박히게 들었다.

이것도 경험이라면 경험이겠지.

"응?"

한번 접해봤던 기운이다. 가까워지고 있다.

'사인도 악대헌이라 했던가?'

휘익……. 스슥.

"크윽……."

정적을 뚫고 한 소리 억눌린 신음이 담장을 넘었다.

악대헌은 연부경을 만나기 전 혹시나 해서 점소이에게 물었던 연부경의 거처를 떠올렸다.

'안채 네 번째 방이라 했던가?'

몸을 날렸다.

시간이 촉박하다. 곧 놈들의 추적이 있을 것이다.

놈들이 벌써부터 자신을 주목하고 있을 거라 생각은 했었다.

하지만 이토록 근접해서 있을 줄은 생각지 못했다.

혼자서는 벗어나기 힘들다.

그렇다면…….

놈들의 표적은 자신만이 아니다. 아마 연부경 역시 노릴 것이다.

자신들의 치부를 감추기 위해서라면 무슨 짓이든 할 테니까.

악대헌의 기가 안채 쪽으로 빠르게 움직인다. 연부경에게 가는가?

진고영은 악대헌의 기가 저녁에 보았던 것보다 많이 흐트러진 것 같다는 생각을 했다.

'부상을 당했나?'

아무래도 객잔에 바람이 불 것 같다. 진한 피바람이…….

진고영이 혼잣말을 하듯 중얼거렸다.

"악대헌이 저리 다급하게 쫓긴다는 건 그의 이름을 생각한다면 의외군요."

"어? 깬 걸 알고 있었군."

위경리가 무안한 얼굴로 부스스 자리에서 일어났다.

"악대헌이 쫓긴다……. 대체 어떤 자들인지 궁금하구먼."

궁금하단 얼굴로 대답하던 위경리는 속으로 상당히 놀라고 있었다.

자신 역시 누군가 쫓기고 있다는 것은 감지했다. 하지만 그게 악대헌이라곤 생각을 못했었다.

사인도 악대헌이 누군가. 자신에 비해 그리 모자라지 않은 내로라하는 고수다. 게다가 그 성깔은 강호에서 알아주는 악바리가 아닌가. 한데 그런 악대헌이 누군가에게 쫓긴다? 쉽게 상상이 안 되는 상황이다.

그런데 진고영은 마치 보기라도 한 것처럼 악대헌이라 단정하고 있었다.

"악대헌이… 확실한가?"

"저녁 식사 때 느꼈던 기운이 흔한 것이 아니라면 맞을 겁니다. 게다가 연 노선배의 방으로 가고 있습니다."

"으음……."

위경리의 미간이 찌푸려졌다.

뭔지 몰라도 반갑지 않은 일이 생길 거 같다.

사람의 예감이 나쁜 일에는 잘 들어맞는다고 한다.

"연 선배…… 으음……."

가슴의 통증이 심해지고 있었다.

아무래도 적들의 포위망을 뚫기 위해 가슴을 내어준 것이 조금 무리였던 듯하다.

악대헌의 신음 섞인 음성에 방문이 열리고 연부경이 급히 나왔다.

"어찌 된 일인가? 누가 자네를 이리 만들 수 있단 말인가?"

"놈… 놈들이…… 미리 감시를 하고 있었소. 으으."

"무엇이? 어떻게……."

"시간이 없소. 곧 놈들이…… 쿨룩."

악대헌의 입에서 선홍색 피가 흘러나오고 눈동자가 커지자 그를 바라보던 연부경이 느닷없이 악대헌의 가슴에 일장을 후려쳤다.

픽!

"커억!"

악대헌의 입에서 시커먼 피가 덩어리져 나왔다.

"할아버지! 무슨 일이에요?"

옆방의 문이 열리며 연리예가 놀란 얼굴로 뛰어나왔다.

"어맛! 이 사람은……."

"호들갑 떨 거 없다. 어서 떠날 준비를 차리고 나와라."

"예? 대체 무슨 일이길래……."

"빨리 할아버지 말대로 짐이나 챙겨. 시간이 없어."

아무래도 두 살 더 먹은 연리화가 작금의 상황이 심상치 않음을 직감하고 재빨리 방으로 뛰어들어 갈 때였다.

"미안하지만 그대들은 여길 떠날 수 없다!"

나지막하면서도 고막을 울리는 냉랭한 음성과 함께 검은 인영들이 지붕으로부터 내려왔다.

"누구냐! 누가 감히 노부의 발길을 막겠다는 게냐?"

연부경이 노호성을 터뜨리며 손녀들이 들어간 방문을 막고 서서 내려온 자들을 쓸어 보았다.

"흥! 기껏 추령검위(追靈劍衛) 정도로 노부의 걸음을 막겠다는 게냐?"

"하하하하! 어찌 추령의 아이들로 선배를 대접하려 하겠습니까?"

낭랑한 웃음소리가 사방으로 퍼지며 한 명의 백색 유삼인과 두 청의인이 담장 위로 유령과 같이 나타났다.

그리고 뒤따라서 십여 명의 흑의인이 좌우로 넘어와 처음의 삼 인과 함께 연부경을 에워쌌다.

또 다른 추령검위들이었다.

포위 상황을 가만히 서서 보고 있던 백색 유삼인이 담장에서 내려왔다. 마치 구름이 흐르듯 유려한 신법은 그가 어느 정도의 고수인지를 단적으로 보여주고 있었다.

언뜻 보면 삼십대로 보이기도 하고 자세히 보면 오십 정도로도 보인다. 백의 유삼인이 뒷짐을 지고 천천히 걸어 흑의인들의 삼 장 뒤에서 멈춰 섰다.

"과연……. 과연 천은산장(天隱山莊)이 왜 강호삼장 중 첫째로 불리는지 그대를 보니 이해가 가는군."

순수한 감탄성이 연부경에게서 터져 나왔다. 단순해 보이는 신법 한 수였지만 연부경 정도의 고수가 상대를 짐작케 하는 데 부족함이 없었다.

백의 유삼인이 정중히 포권을 취하며 말문을 열었다.

"사공도라 합니다. 직접 뵌 적은 없지만 말씀은 많이 들었습니다."

"사공도!? 풍운벽선(風雲碧扇) 사공도?"

연부경의 진정 놀라지 않을 수 없었다.

포권을 취하는 사공도의 손에 두 자 길이의 벽옥색 섭선이 들려 있었다.

비록 육기니 칠절이니 하는 이름에는 안 들어 있지만 그건 사공도가 이십 년 전에 이미 천은산장에 몸담고 강호 출입을 자주 하지 않았기 때문이다.

하지만 노강호인들은 그의 이름이 결코 가볍지 않다는 것을 잘 안다.

천은산장의 십은(十隱) 중 하나라는 것만으로도.

"천은산장에 용호가 가득히 어우러져 있어 능히 천하제일을 다툴 만하다는 말을 듣고 설마 했거늘, 결코 잘못된 소문이 아니었구나. 으음…….”

“과찬의 말씀, 장주님께서 들으시면 그다지 좋아하시지 않을 말씀이십니다.”

가볍게 고개를 숙이는 사공도의 눈에는 겸양의 말과는 다르게 자부심이 가득 차 있었다.

“연 선배께선 석년에 장주님과 한 가지 약조를 하셨다 들었습니다. 맞으신지…….”

“으음, 맞네. 분명 그런 약조를 한 적이 있지.”

“한데 어제저녁 그 약조를 어기셨습니다. 그것도 맞습니까?”

사공도의 어조가 점점 신랄해져 갔다.

“그건 그대가 잘못 알고 있군. 나는 그대에게 그 같은 말을 들을 이유가 없네. 나는 결코 혁련 노형과의 약조를 어긴 일이 없거든.”

“어긴 일이 없다? 흥! 선배께선 스스로의 마음에 거짓이 없어 천중선이라 불리운다 들었습니다만, 직접 뵈니 소문이란 역시 믿을 게 못 되는 것 같군요.”

“그대가 믿고 안 믿고는 나 역시 신경 쓸 일이 없다. 나만 떳떳하면 될 뿐.”

연부경의 목소리에서도 싸늘함이 묻어 나왔다.

“요 근래 천은산장의 선의지심이 변질되는가를 강호의 친구들이 걱정하기에 공연한 걱정을 다 한다 생각했거늘, 그대의 말을 듣다 보니 그저 공연한 일이 아닌 듯하구나.”

사공도가 싸늘한 얼굴로 한 걸음 앞으로 나섰다.

“선배께서 천의를 마다하고 악도의 편을 들었으니 오늘의 일을 후회하게 될 게요. 마지막 기회를 줄 테니 잘 생각해 보시오.”

사공도가 한 걸음 나서자 그 뜻을 짐작한 연부경은 급히 악대헌에게 전음을 보냈다.

“악대헌, 몸을 움직일 수 있겠는가?”

“다행히 선배 덕에 칠성 정도의 내력을 찾았습니다만.”

“일단 뒤쪽의 내 손녀들을 보호해 주게. 그러다 기회가 되거든 손녀들을 데리고 이곳을 빠져나가게. 아이들도 제법 한 수를 익혔으니 큰 짐은 되지 않을 거네.”

“알겠습니다.”

“여의치 않거든 별채…….”

“흥! 쓸데없는 짓! 악도를 잡아라!”

미처 전음을 끝마치기도 전에 사공도의 명령이 떨어지고 포위하고 있던 추령검위들이 검을 뽑아 들고 두 사람을 덮쳐 갔다.

“어디서! 감히!”

연부경이 몰아쳐 오는 흑의인들을 향해 허공을 격하고 삼 장을 쏟아 냈다.

“하앗!”

웅명기(雄明氣)를 바탕으로 한 명산구심장(明山求心掌)이었다.

특별한 변식이 없이 웅혼한 기가 장력을 타고 삼방(三方)에 강력한 막을 형성했다.

“지금!”

연부경의 전음에 악대헌이 소리없이 방 안으로 몸을 날렸다.

이미 연씨 자매에겐 전음으로 상황을 알렸으니 준비를 하고 있으리라. 시간이 관건이다.

"우웃!"

추령검위들은 강력한 기막에 막혀 검이 나아가지를 않고 오히려 자신들의 힘이 반탄되어 돌아오자 대경실색했다.

"한 곳으로 힘을 집중해라!"

사공도는 눈살을 찌푸리며 소리치곤 양 옆에 그림자처럼 서 있던 청의인을 쳐다보았다.

"놓쳐선 안 되네."

"알겠습니다."

두 청의인은 오 장 거리를 단숨에 좁히며 방문으로 쇄도해 들어갔다.

"어딜!"

연부경이 청의인들을 향해 다섯 손가락을 튕겼다.

구심지, 웅명진기를 화살처럼 쏘아내 부딪친 물체의 내부를 휘저어 부숴 버리는 강력한 격공지였다.

하지만 전력을 다할 수 없는지라 그 위력이 반으로 줄어버려 청의인들을 멈추게 할 수 있을 뿐이었다.

"선배는 갈 수 없소!"

그사이를 틈타 추령검위의 양쪽 공격에 이어 사공도의 벽선이 연부경의 전방의 기막을 찔러갔다.

파파파팡!! 쾅!

'웃! 과연 사공도. 십은의 무위가 일문의 종사와 결할 수 있다 하더니……'

주르륵.

충격을 줄이고 청의인들을 견제하기 위해 삼 보를 물러났다.

하나 충격이 전혀 없는 것도 아니었다.

연부경은 약점을 보이지 않기 위해, 또다시 짓쳐들어오는 세 명의 추령검위의 사이로 웅풍보를 펼치며 파고들었다.

청의인들이 주춤하는 그 찰나의 순간이면 악대헌 같은 고수에겐 생사를 가를 수 있을 정도의 시간이다. 이제는 눈앞의 일을 처리하는 게 먼저다.

'좋다! 왜 강호인들이 육기의 하나로 불러주는지를 알려주마.'

추령검위 중 물러서는 연부경을 향해 검을 찔러가던 추령팔위 오정록은 전면에서 강한 기세와 함께 연부경의 모습이 코앞에 나타나자 대경하며 급히 팔검을 휘둘러 연부경을 쳐갔다.

하지만 그것은 상대를 몰라도 너무 모르는 처신이었다.

오정록이 검을 휘둘러 오자 연부경의 신형이 팽이처럼 휘돌고 그에 따라 검세가 사방으로 흩어져 버렸다.

그리고 웅명진기로 감싸인 우수가 흩어진 검세 사이로 비집고 들어가 그의 가슴에 살짝 대었다 떨어졌다.

"쿠억!"

오정록이 피를 분수처럼 뿜으며 일 장 밖으로 나가떨어지고, 연부경의 쌍장이 다른 두 사람의 검면을 때렸다.

"크읍!"

검을 타고 전해진 웅명진기의 힘이 내부를 뒤흔들자 답답한 신음과 함께 두 사람은 뒤로 주르륵 물러섰다.

"내가 바로 연부경이다."

빙글 몸을 돌리는 연부경의 쌍장이 다시 일곱 자 허공을 격하고 웅명진기를 쏟아냈다.

콰쾅!

두 명의 추령검위가 훌훌 날아 떨어져 버렸다.

순식간에 벌어진 일이었다.

세 명의 추령검위가 손쓸 새도 없이 나가떨어지자 사공도는 대노한 외침을 토하며 몸을 날렸다.

"연. 부. 경!!"

파라라락!!

벽선이 취옥신공을 가득 머금고 취벽선이 된 채 연부경의 전신을 덮어갔다.

풍운변색, 가히 허공 가득 취옥색 부채가 펼쳐져 있는 광경은 보는 이로 하여금 눈이 부시게 만들었다.

하나 보기 좋다고 구경만 하다간 귀신도 모르게 목숨을 잃는다.

"과연 풍운취옥선법! 대단하구나."

감탄은 감탄이고 가만히 구경만 하고 있을 순 없다.

이미 눈앞에 다가온 선풍은 스치기만 해도 부상을 면키 어려운 기의 덩어리였다.

연부경의 쌍장이 조금 전과는 다르게 천천히 허공을 눌러간다. 한 번, 두 번… 마치 세게 누르면 터질 걸 걱정하는 사람처럼.

으르르릉…….

콰과과과…….

기와 기가 충돌하며 일어난 기의 회오리가 사방을 휩쓸어가자 추령 검위들은 분분히 뒤로 물러났다.

"물러서라! 회오리에 휩쓸리면 안 된다. 빨리 물러서!"

추령검위 중 수장으로 보이는 자가 급히 소리치며 삼 장 밖으로 물러섰다.

절정고수들의 싸움은 조용한 듯하면서도 내부적으론 번천지복을 동반한다.

거기에서 발생하는 탄기의 힘은 제어가 안 되기에 사방을 휩쓸다, 멋모르고 있다가는 황천 가기 십상이다.

숨 두어 번 내쉴 사이에 두 사람의 공방이 십여 수를 넘어갔다.

추령검위들은 끼어들 틈은커녕 물러나기에 급급한 자신들이 부끄러워졌지만 눈앞의 사람들은 강호의 절정고수들, 자신들과는 격이 다른 고수들이다.

그러나 언제고 틈이 보일지 몰랐기에 그들은 신경을 곤두세우고 두 사람의 접전을 지켜보았다. 그리고 그 틈은 의외로 빨리 보였다.

이미 떠났을 거라 생각해 신경을 쓰지 않았던 방 안에서 연씨 자매가 뛰쳐나온 것이다.

연부경이 벌어들인 찰나의 순간은 악대헌에겐 기회였다. 창문을 타고 나가 상황을 보고 두 자매를 밖으로 불러냈다. 그리고 몸을 날리려 했다. 그런데⋯⋯.

연리예가 갑자기 도주하는 것을 거부해 버린 것이다.

"난 할아버지만 남겨두고 도망갈 수는 없어요. 가려거든 아저씨만 가세요."

"이, 이봐, 아가씨! 시간이 없소. 지금 가지 않으면 놈들이 몰려올 거요!"

"그래도⋯ 갈 수 없어요."

이를 악물고 창 쪽으로 돌아서는 연리예를 연리화가 붙잡았다.

"너… 그건 오히려 할아버지를 힘들게 하는 거야, 이 바보야!"

"바보라도 좋아! 언니도 가려면 가! 나는 안 갈 거니까!"

"할아버지가 쉽게 당할 분이니? 우리가 없으면 언제라도 빠져나올 수 있는……."

연리화가 동생을 설득하고 있을 때였다.

"흥! 도망간다는 게 겨우 여긴가?"

두 청의인이 창문을 통해 악대헌과 두 자매 앞으로 떨어져 내렸다. 그리고 곧바로 네 명의 추령검위가 바깥쪽을 막고 내려섰다.

"묵검쌍교! 네놈들이……."

악대헌이 대도를 빼 들고 두 자매의 앞을 막아섰다.

"너희들이 상대할 수 없는 자들이다. 속히 물러나라."

연리화는 악대헌의 말이 결코 그르지 않다는 걸 잘 알고 있었다.

잘해야 혼자서 추령검위 한 명 정도를 상대할 수 있을 뿐이다.

동생도 마찬가지. 한데 추령검위가 네 명, 절대불리의 상황이다.

악대헌의 지금 상황은 묵검쌍교 둘을 상대하기도 벅차다.

상황을 재빨리 판단한 연리화는 속으로 한숨을 지었다.

'동생이 지체하는 바람에 악 아저씨마저 위험해졌다. 방법은 하나뿐인가?'

"리예야, 날 따라와. 할아버지에게로 가자!"

두 자매가 몸을 날려 다시 방으로 들어갔지만 악대헌은 쳐다보지도 않고 묵검쌍교만을 노려보았다.

"흐흐흐…… 좋아, 좋아! 한번 해보자고. 내가 왜 악바리라 불리는지 갈쳐 주마. 흐흐흐."

묵검쌍교는 놓쳤을지도 모른다는 생각에 창문을 넘었다가 뜻밖에도 악대헌을 다시 잡을 기회가 오자 기분이 좋아졌다.

더구나 평소 때라면 두 사람이 합공해도 악대헌을 이긴다 장담할 수 없지만, 지금은 상대가 부상을 입은 상태, 충분한 승산이 있다. 게다가 주위엔 추령검위까지…….

연부경은 두 손녀가 다시 방에서 튀어나오자, 그만 운용하던 웅명진기가 흔들려 버렸다. 그것은 고수 간의 대결에서 아주 큰 실수였다.

어쩔 수 없었다. 사랑하는 손녀들이 도주하지 못했다는 것은 그에게 커다란 부담이 될 수밖에 없었다.

"웃!"

사공도의 섭선이 흔들린 웅명진기의 흐름을 깨고 연부경을 몰아붙이자 연부경은 신음을 흘리며 웅풍보를 펼쳐 뒤로 주르륵 물러섰다.

약간의 내상이 문제가 아니다.

추령검위들이 손녀들을 향해 검을 세우거늘.

그때였다.

"거참! 더 두고 보려고 해도 도저히 못 봐주겠군."

한 소리 혀 차는 소리와 함께 두 사람이 담장을 돌아 나왔다.

내상을 입고 물러서는 연부경을 향해 회심의 일격을 날리려던 사공도는 강한 기가 담긴 음성이 귓전을 파고들자 살광을 번뜩이며 새로 나타난 자를 노려봤다.

"흥! 누가 감히 본 장의 행사를 방해하는 것이냐?"

"하! 참나. 그놈 감히는 무슨 감히. 땡감 씹는 소리 하고 자빠졌네."

자신보다 젊어 보이는 자가 어이없다는 듯 자신의 말을 씹고 지껄이자 사공도의 눈이 새파랗게 타올랐다.

"놈! 죽고 싶어 환장했구나! 죽고 싶다면 죽여주지!"

대노한 사공도가 취벽선에 취옥신공을 담아 위경리를 향해 날렸다.

이미 한 소리 들음으로 제법 한수가 있다는 것을 알았으니 취벽선에 칠성의 공력을 실어 보냈다.

"흥! 글쎄, 네놈에게 죽어줄 목숨은 안 가지고 다니니깐 설치지 좀 마라."

한 소리 더 쏘아붙인 위경리는 미리 끌어올리고 있던 현음기를 양손에 집중했다. 그리고 찍어 누르듯 허공을 휘젓는다.

쿠르르르…….

진고영에게 써먹었던 현유회참이다.

회전하며 위경리를 난도질할 듯이 날아오던 취옥선의 회전이 약해지더니 석 자 앞에서 전진을 멈추고 부르르 떨었다.

사공도는 뜻밖에도 자신의 풍운비류회선법이 막히고 전진조차 못하자 급히 취옥선을 회수했다.

비록 내상과 손녀 때문에 가만히 있지만 연부경이 언제 공격할지 모르는 것이다.

사공도의 시선이 예리하게 상대를 살펴봤다.

'대체 저자가 누구길래 삼십대로밖에 안 보이거늘 칠성의 공력이 실린 나의 공격을 가볍게 막아낸단 말인가?'

그러나 그의 의문은 적이라 할 연부경의 입에서 해결됐다.

"역시, 그대였군. 어디서 본 듯하다 했거늘."

"오랜만이오, 연 형. 이십 년 만인가? 쩝… 꽤나 오래됐군요?"

"그런가? 현수 위경리가 주안공을 익혔다더니 정말인가 보군. 아직도 그 모습이라니."

"거… 주안공은 무슨……. 단지 내가 익힌 무공이 피부 노화 방지에 탁월한 효과가 있을 뿐이라오. 허허."

'현수 위경리? 장절? 이런……. 하필이면 이때…….'

사공도는 이상하게 흐르는 상황에 왠지 불안감이 몰려왔다.

'연부경도 겨우 처리할 상황에 장절 위경리까지…….

게다가 옆에 있는 자도 그다지 약해 보이지 않고.

묵검쌍교라도 있으면 그럭저럭 해보겠는데.

악대헌을 쫓아간 그들은 왜 연락이 없지?

하나 그가 어찌 알겠는가.

몽둥이 찜질당한 상어 두 마리의 신세를…….

사공도의 상념을 깨며 위경리가 옆의 중년인을 쳐다보고 물었다.

"이봐, 명이!"

"예, 선배님."

"아우가 왜 안 오지? 아직 덜 끝났나?"

"글쎄요. 쌍교라는 이름도 한가락 하긴 하잖습니까."

"그래도 그렇지, 나간 지 한참인데……."

"곧 오겠죠, 뭐."

황보명은 사실 이 자리에 나오고 싶지 않았다.

상대해야 할 자들이 천은산장이라면 자칫 황보가에 큰 화를 몰고 올 수가 있었다.

적으로 삼아선 안 될, 적이 될 거면 피하는 게 상책인 곳이 천은산장이었다. 그러기에 처음엔 호기심에 기웃거렸지만 천은산장이란 걸 알고는 뒤로 빠지려 했던 것이다.

하지만 눈물을 머금고 이 자리에 나올 수밖에 없었다. 위경리의 말

몇 마디 때문에.

"빠지려면 빠지게. 허! 참! 하남제일 황보가가 천은산장이 무서워 불의를
외면하다니…….하긴 무서워할 만하지."

사공도의 취벽선을 쥔 주먹에 불끈 힘이 들어갔다.
쌍교가 어쨌다고?
장절의 아우?
'결국 내가 할 수 있는 한계인가?
쌍교마저 저들에게 당했다면 승산은 전무하다.
힘이 들어간 손에서 한 방울 땀이 흘러 떨어졌다.
"진정 그대들이 본 산장을 적으로 삼겠다면 말리진 않겠다. 하나 각
오해야 할 것이다. 오늘 이후로 그대들은 편치……."
사공도는 이를 갈며 분노에 떨리는 목소리로 말했지만 끝을 맺을 순
없었다.
"노형님, 밖의 일은 대충 끝났습니다만……."
진고영이 무심한 얼굴로 장내에 들어선 것이다.
그리고 그 뒤로 창백하긴 하지만 조금은 편해진 얼굴의 악대헌이 들
어왔다.
위경리의 말대로 쌍교는 오지 않고, 웬 키가 큰 젊은이와 악대헌이
들어서자 사공도의 인상이 일그러졌다. 일말의 희망도 사라진 것이다.
"오! 아우! 그래, 왜 이리 늦었나?"
"저분의 내상이 너무 커서 급한 대로 조치를 하다 보니……."
"허허허… 아우는 마음이 너무 여려서 탈이다니깐."

위경리의 말을 듣던 악대헌의 약간 창백하던 안색이 하얗게 변해 버렸다. 누구도 주목하진 않았지만.

'이… 젊은이가… 마음이 너무 여리다고? 크윽! 소금에 절여진 상어 새끼들을 보면 절대…….'

진고영이 장내로 들어서고 위경리에게 가기 위해선 사공도의 앞을 지나야 했다.

사공도는 진고영이 별 방어 자세도 없이 자신의 앞을 지나려 하자 눈빛을 빛냈다.

한 걸음 두 걸음, 일 장 앞이다.

사공도의 신형이 독수리가 병아리를 채듯이 번개처럼 쇄도했다.

"이놈!"

위경리와 호형호제하는 놈.

'쌍교를 죽인 책임을 벗어나기 위해선 네놈의 목을 따리라. 흐흐흐.'

취옥빛 광망이 자신을 쓸어오는데도 진고영의 무심한 눈길은 그저 사공도를 바라만 보고 있었다.

"아앗! 위험해요!"

뒤늦게 연리화가 놀란 목소리로 소리쳤다.

'헛! 이 정도 거리라면 지금쯤 놈의 목을…….'

"헉!"

느닷없이 사발만한, 아니, 쟁반만큼 커진 무엇으로 인해 사공도의 눈에 진고영의 얼굴이 보이지 않았다.

사공도가 놀람으로 인해 손을 못 쓰자 지켜보던 사람들의 입에서 탄성이 터졌다.

“아!! 저럴 수가…….!”

“캬!! 저거야 저거, 내가 혼난…….”

후다닥 눈알을 돌려본다. 다행히 아무도 눈치를 못 챈 거 같다.

‘휴… 하마터면 쪽…….”

사공도의 취옥선이 번개가 무색하게 한 자 거리로 다가갔을 때 진고영의 몸이 취옥선의 속도에 맞춰 뒤로 미끄러졌다. 이형환위를 보는 듯한 구절미보의 퇴자결이다.

그리고 언제 손에 들렸는지 뭉툭한 한 자루 곤이 원을 그리며 취옥선의 방향을 틀어 되돌려 보내 버렸다. 기수식이자 첫 번째 초식 일원중첩이다.

그리고 마치 뇌전처럼, 구절미보의 진자결을 타고 관풍뇌동이 뻗어 나간다.

일수유, 아마도 표현하기 가장 적당한 단어다.

그야말로 눈을 부릅뜨고 보는데도 마치 그림자가 늘어났다 줄어드는 것 같은 착각에 빠진다.

그리고 낙일망휴, 아홉 개의 번개가 사공도에게 몰아쳐 갔다.

사공도는 전력을 다해 취옥신공을 끌어올리고 취벽선을 휘둘러 갈겼다.

콰콰콰콰콰쾅!!

“크흡!”

주르르륵…….

다섯 걸음을 물러나 겨우 신형을 바로 세웠다. 기혈이 들끓는다.

떨리는 손으로 취벽선을 움켜쥐고 핏발 선 눈으로 앞을 보았다.

‘대체 저놈은 뭐야!!’

그 자리에 버티고 선 진고영은 손에 쥔 곤을 조금 더 들어 올렸다.

"더 하시겠소?"

움찔, 절대 더 할 맘 없다. 아무리 경시하다 당했다지만 이건 아니다. 창졸간에 끌어올린 전력이 팔성가량의 취옥신공이었다. 그런데도 밀렸다. 아마 저자 역시 전력을 다하진 않았을 터.

등골이 오싹해졌다. 저것도 껍데기만 젊은 놈 같다.

사공도는 주위를 쓸어보았다. 사기가 말이 아니다.

추령검위들의 놀란 표정이 아직도 사라지지 않았다.

"그대들은 오늘의 결정을 후회하게 될 것이다. 악도 하나를 살리기 위해 본 장을 적으로 삼다니 어리석은 자들……. 돌아간다! 시신을 챙겨라!"

부산히 움직여 시신을 챙긴 추령검위들이 몸을 날려 떠나갔다.

사공도 역시 장내를 한번 쓸어보다 진고영과 눈이 마주치자 황급히 떠나갔다.

천은산장의 인물들이 떠나간 자리는 어둠에 가려 확실히 보이진 않지만 사방이 부서지고 무너져 있었다.

연부경은 손녀들을 보고 별 이상이 없는 듯하자 위경리에게 가볍게 포권으로 고마움을 표했다.

"고마웠소, 위 대협."

"별말씀을. 의란 아는 게 중요한 게 아니고 실천하는 게 중요한 거 아니겠습니까? 당연히 할 일을 했을 뿐입니다."

위경리가 진정 대협답게 말하자, 황보명의 눈이 휘둥그레졌다가 약간은 존경의 염이 담긴 눈으로 위경리를 쳐다봤다.

'과연 칠절이라는 이름이 거저 주운 건 아니로구나.'

"누구처럼 두려워 꽁무니를 빼려 하진 않지요. 허허허."

위경리의 입에서 사족이 달려 나왔다.

'젠장, 그럼 그렇지. 좀 전의 생각 취소다, 취소.'

황보명이 어두운 하늘을 보며 궁시렁댈 때였다.

"무량수불……. 죄송하게 되었습니다, 위 노사."

뒤채의 전각을 돌아 청인자가 걸어나왔다.

"나서야 할 곳에서 나서지를 못했으니 그저 위 노사 보기가 부끄러울 따름입니다."

청인자의 인사에 위경리는 고개를 끄덕였다.

"어찌하겠소. 천은산장의 이름 아래 멈추지 않을 자가 몇이나 되겠소? 더구나 구파의 처지를 모르는 것도 아니고……."

착잡한 표정으로 청인자가 연부경에게 고개를 숙였다.

청수한 중년 도인을 보던 연부경이 부드럽게 웃으며 고개를 끄덕였다.

"오랜만이오. 십여 년 전 명우 도형과 한번 뵌 적이 있지요?"

"청인입니다. 불미한 절 기억해 주시다니… 그저 죄송할 뿐입니다."

"죄송할 게 뭐 있소. 사정이 그러하니 그리한 것을. 더구나 일이 잘 해결됐으니 모든 게 잘된 거지요."

연부경이 그럴 수도 있다는 듯 조용히 미소 짓자 위경리는 고개를 설레설레 저었다.

"좌우간 연 형의 기질은 세월이 지나도 바뀌지 않는구려."

"위 형의 모습 역시 변하지 않았잖소."

연부경은 빙그레 웃다가 문득 생각난 듯 진고영을 쳐다보았다.

"한데, 이분을 소개시켜 주지 않을 생각이시오?"

“아! 아우, 인사드리게!”

진고영은 깊숙이 고개를 숙이고 포권의 예를 취했다.

“진가 성의 고영이라 합니다.”

고저가 별로 없는 진고영의 낮은 음성은 듣는 사람으로 하여금 편안한 마음을 갖게 했다.

“진 대협 덕분에 무사했던 거 같소. 진 대협이 쌍교를 처리해 주어 악가도 무사했고.”

연부경의 감사 인사 중에 갑자기 위경리가 끼어들었다.

“아참! 연 형, 내 미처 이야기 못했군요. 진 아우는 금년 스물다섯이라우. 편히 대하시구랴.”

연부경 등이 멍한 얼굴로 위경리를 바라보자, 위경리는 급히 변명 아닌 변명을 했다.

“아니… 진 아우가 불편해할 거 같아서……. 험, 험. 나이 먹은 사람이 너무 올려주는 거 싫어하거든…….”

연부경이 놀란 얼굴로 진고영을 처다보았다.

“정말 스물다섯이오?”

“예…….”

“위 형처럼 겉만 젊은 게 아니고 말이오?”

“…….”

연부경도 누구하고 같은 생각을 했던 것이다.

장내가 조용해졌다.

웃음을 참기 위해 황보명은 뒤돌아서서 하늘을 보고 북극성이 어디 처박혔나 찾아봤다.

‘어디 있지? 크크크… 흠, 흠. 거 오랜만에 찾으려니 안 보이네? 크

크크… 쌤통이다.'

왠지 머쓱해진 위경리는 쓰윽 고개를 돌려 어둠에 잠긴 별채를 쳐다보곤 냅다 소리쳤다.

"거기! 구경할 거 끝났으니까 튀어나오지들 그래?"

우르르르르……

어수선하니 온통 부서지고 깨진 잔해들이 널브러져 있는 마당으로 사람들이 튀어나왔다.

단구양, 이세청, 우형욱, 장평, 그리고 은창보의 무사들까지…….

그리고 그들 뒤로 쭈뼛거리며 몇 명이 뒤따라 나왔다.

식사할 때 보았던 승려들과 청인의 제자로 보이는 젊은 도인들까지…….

"아미타불. 위 시주와 연 시주를 뵈오이다."

나이 들어 보이는 초로의 승려가 합장을 하며 쓴웃음을 지었다.

"빈승은 오대산 백우사의 진성이라 합니다. 참으로 부끄러울 따름입니다. 본 사 역시 전날 천은산장과의 인연이 남아 있어 차마 나서지를 못했습니다."

백우사라면 오대산에서 가장 큰 대찰로 일곱 개의 사찰로 이루어진 오대파의 수장을 맡고 있는 곳이다.

게다가 진 자 항렬이라면 오대파의 장로, 위경리나 연부경이 아니었다면 스스로 사죄를 청하는 말은 하지 않았을 것이다.

위경리는 씁쓸한 표정으로 진성 대사를 쳐다보았다.

"뭐라 할 마음은 없네. 천은산장과의 마찰이라면 강호의 어느 누구라도 피하고 싶어할 일이니까. 단, 보고도 불의인지 정의인지를 분간 못한다면 협의라는 말을 쓸 생각을 버려야 할 게야."

　침중하게 한마디 하던 위경리가 북극성을 찾고 있는 황보명을 꼬나
봤다.

　"황보명이! 내 말에 불만있어?"

　"예? 아닙니다…… 그럴 리가요. 훌륭하신 말씀인데요. 제가 어찌."

　"그럼 자네가 돈 내!"

　"예?"

　"자네가 임시 대장이잖아. 여기 부서진 값이 아무래도 만만찮은데,
너 돈 많잖아. 직접 정리하고 수리할 거 아니면 돈으로 때워야지."

　'끄응… 젠장. 그놈의 호기심 때문에……. 짠돌이 가주 형님께 뭐라
하고 손 내밀어야 하나. 천은산장하고 한바탕해서 그렇다고 하면 때려
죽이려 할 텐데…….'

　황보명의 얼굴이 구겨지든 말든 위경리는 연부경 일행에게로 돌아
섰다.

　"연 형, 그리고 예쁜 우리 아가씨들, 이만 들어가서 쉬고 나머지 일
은 내일 이야기합시다. 서로 할 얘기가 많을 것 같은데 이렇게 밤샐 수
는 없지 않겠소? 우리 때문에 다른 사람들도 잠 못 이루는 밤이 되겠구
려."

　"그럽시다. 너희들도 들어가자. 그럼 편히 쉬시오."

　"위… 할아버지도 편히 쉬세요."

　연리예의 말에 위경리가 땡감 씹은 표정으로 고개를 끄덕였다.

　"그… 그래."

　'오라버니도 괜찮은데…… 할아버지… 으…….'

　날이 밝았다.

구선객잔의 주인 정가는 한쪽 눈탱이가 시퍼렇게 멍든 채, 희죽거리며 점소이들을 닦달하고 있었다.

"이놈들아, 곧 손님들이 나올 텐데 빨리빨리 움직이지 않고 뭐 하는 게야!"

새벽에 별채에 머물던 사람들 중 한 명이 찾아왔었다.

부서진 기물 값을 치르겠노라고.

정가는 금 열 냥은 있어야 고칠 수 있다며 울고불고 난리를 칠… 라다가 눈탱이를 한 대 얻어맞고 즉시 닷 냥으로 내렸다.

그자는 정가를 향해 눈을 한번 부라리더니 다섯 냥짜리 전표를 던져 주곤 가버렸다.

'어디서 바가지를 씌우려고……' 하면서.

하지만 정가가 누군가. 삼십 년간 닳고 닳은 객잔의 주인이 아닌가.

'금 세 냥만 준다 했어도 감지덕지할 판에 금 다섯 냥이라니……. 흐흐흐……. 고치는 거야 점소이 놈들을 닦달하면 될 테고, 기물이야 싸구런데 그게 몇 푼이나 갈까. 이런 일만 가끔 있어도 마누라 몰래 비상금 챙기는 건 일도 아닌데…….'

아침식사를 마치고 별채 위경리의 방에 모두가 모였다. 연부경 일행까지.

뒤통수가 간지러운지 황보명은 머리를 긁적이며 말문을 열었다.

음혼색살마의 악행과 놈이 익혔을지 모르는 천음마령공까지.

말을 이어갈수록 연씨 자매의 얼굴은 창백하게 질려갔다. 그나마 자세한 현장 상황은 말하지 않았음에도 그녀들은 상당한 충격을 받은 모습이었다.

연부경조차 천음마령공에 대한 공포의 표정은 숨길 수 없었다.

"대체… 그 악마지공이 왜 어수선한 지금에 와서 나타난단 말인가."

"낸들 알겠소? 그저 단순히 미친놈이 우연히 얻은 거라면 좋겠소만, 그게 아닌 것 같으니 문제요."

위경리의 침울한 말에 모두의 얼굴에 어둠이 깔렸다.

"일단 낙양으로 가서 다음 일을 의논하기로 합시다."

5

황하를 건너자 낙양이 백 리 길이다. 관도는 넓고 반듯해서 과거의 영화가 아직도 스러지지 않았음을 말해 주고 있었다.

말을 타고 이십여 리를 달려 맹진현에 이르자 황보가에서 나온 전령을 만날 수 있었다.

초지급으로 연락해서인지, 황보가의 정보력이 뛰어나서인지 이틀 만에 전서가 도착한 것이다.

전령이 가져온 전서는 무려 십여 장이나 되었다. 하긴 최근의 상황을 생각한다면 그것도 많다 할 수는 없었다. 십정총회가 얼마 남지 않은 것이다.

전서를 읽어보던 황보명이 한숨을 내쉬었다.

무려 구십여 명의 이름이 담겨 있었다.

게다가 미리 떠난 양만효가 가져올 이름까지 합하면 아마 백수십 명은 될 것이다.

179

참으로 난망한 일이다.

고도 낙양은 두말해 봐야 입술만 까진다는, 더 이상 말이 필요없는 역사의 산 증인이다.

빙 둘러 백오십여 리에 이르는 거대도시 낙양은 낙하를 끼고 문물이 모여드는 경제 도시로서도 그 면모를 자랑하고 있었다.

남쪽 삼십여 리에 측천무후 때 건설했다는 용문석굴과 서웅문 밖 백마사는 낙양을 들른 이는 반드시 가볼 정도의 명물이었다.

일행은 고도 낙양으로 들어서자마자 객잔에 방을 하나 잡고 머리를 맞댔다.

"유정검 유동천은 세상이 아는 공처가요. 그가 마누라인 두견에게 맞아 죽을 각오를 하지 않는 한 그는 아니오."

"무당 운양자도 뺍시다. 그가 아무리 성격이 괄괄하다 해도 음적이라면 이를 가는 사람이오. 빼는 게 옳소."

"끄응…… 위 노선배 이름이 왜 여기 있는 거지?"

"잉? 내 이름이 있다고? 어떤 시러배 놈이…….'

잠시 주위가 시끄러워졌다.

어색한 웃음이 새어 나오고 헛기침 소리가 장내를 울렸다.

이런 저런 이유로 절대 범인이 아닐 사람의 이름들을 빼냈지만 그래도 아직 오십여 명의 이름이 남았다.

말이 오십여 명이지 모여 있는 것도 아니고, 그들을 모두 감시한다는 건 요원한 일이었다.

일차로 뽑아낸 이름을 정리하고 이차적인 분류를 하려 할 때 양만효가 거만한 표정으로 들어섰다.

"흠! 열심들이시구만."

가만있을 위경리가 아니었다.

"똥개도 제 집 앞에선 반은 먹고 들어간다더만⋯⋯. 큼!"

그렇다고 기죽을 양만효도 아니었다.

"거 젊은 노인네가 승질은⋯⋯."

두 사람의 말꼬리를 자르기 위해 어쩔 수 없이 황보명이 나섰다.

"그래, 뭐 좀 더 밝혀진 게 있소?"

"밝혀졌다기보다⋯⋯ 직접 보시는 게 나을 거 같소."

양만효가 손에 들고 있던 두루마리를 탁자에 올려놓고 거기에서 한 장 한 장 그림을 집어 들고 벽에 붙였다.

피해자들의 전신도였다.

하나하나 미인이 아닌 여인들이 없었다.

가히 미녀도 전시회를 방불케 했지만, 사람들은 무거운 공기에 감탄을 할 마음의 여유가 없었다.

열한 장의 그림, 열한 명의 미녀.

쳐다보는 눈들에 무거운 슬픔이 깃들었다.

"흠!"

방 안의 무거움을 떨치려 한 소리 콧소리를 낸 양만효가 손으로 그림들을 가리켰다.

"진 소협의 생각대로요. 놈에겐 일정한 취향이 있소. 긴 생머리, 얇은 아미, 조금은 둥근 얼굴, 큰 눈, 그리고⋯ 한쪽 보조개."

"성격적인 건 어떻습니까?"

방에 들어온 후 조용히 듣고만 있던 진고영이 처음으로 질문을 던졌다.

아무도 입을 열지 않자, 장소희의 전신상만을 쳐다보고 있던 우형욱이 여전히 그림을 보며 대답했다.

"희매는… 조용했지요……. 차분하고, 쉽게 남에게 말도 못 붙일 정도로 순진했지요……."

장평이 고개를 끄덕이며 한숨을 쉬었다.

"후우……."

황보명도 고개를 끄덕였다.

"맞아… 그 애도 그랬어, 수향이도……."

다른 사람들도 말없이 고개를 끄덕였다.

"……."

"남은 이름 중 현재 낙양 부근에 있는 자들을 가릴 수 있겠습니까?"

황보명이 이마를 찌푸리며 고개를 들었다.

"시간이 좀 걸리겠지만 그리 어렵지는 않을 거네."

"양 포두님께서도 알아봐 주시기 바랍니다. 낙양 내 일이라면 양 포두님의 눈을 벗어나기 어렵지 않겠습니까? 그래도 낙양의 염라대왕이신데."

"응? 그거야… 낙양 내라면… 허허허……."

양만효가 너털웃음을 지으며 자부심 가득한 표정을 지었다.

사람들은 능구렁이 같은 양만효를 들었다 놨다 하는 진고영을 감탄의 눈으로 쳐다보았다.

"황보 대협, 전에 부탁한 일 지금 알아볼 수 있겠습니까?"

진고영의 물음에 황보명은 아무 말 없이 일어났다.

"갑시다, 진 소협. 잠시 나갔다 오겠습니다. 먼저 식사들 하시고 계십시오."

“……?”

“……?”

“……!!”

＊　　　＊　　　＊

낙양 동문로 만보장은 황보가 상단의 지점과 같은 곳이었다.

만보장의 경부 소중건은 한창 주판알을 튕기던 중 바깥쪽에서 약간 소란스런 소리가 나자 미간을 찌푸렸다.

문 닫을 시간이 다 돼 장부 정리를 마쳐야 하거늘, 왜 이리 소란스럽단 말인가.

“대체 무슨 일이기에 이리 소란을 떠는 게야?”

고개를 내밀어 문밖을 쳐다보았다.

사십대의 중년인과 이십오륙 세가량의 청년이 보였다.

점원인 종이삼이 그들에게 소리치고 있었다.

“글쎄, 지금은 장주님을 만날 수 없다니까요! 내일 오시라구요. 아! 미치겠네. 이러다 저 쫓겨나면 댁들이 책임지실 거요?”

“네가 쫓겨날 일은 없을 테니 장주에게 안내나 하거라.”

“아! 정말 돌아버리겠네.”

“이삼! 대체 무슨 일인데 이리 소란스런 거냐?”

안쪽에서 들리는 소중건의 신경질이 섞인 물음에 종이삼의 인상은 있는 대로 구겨졌다.

“장주님을 찾아왔다는데 늦었으니 내일 오시라 해도 막무가내시네요.”

183

“장주님을?”

두 사람을 자세히 훑어봤다.

“……?”

어디서 본 듯한 얼굴이 있었다.

‘누구더라?’

갸웃거리던 소중건의 고개가 멈추더니 안색이 새파랗게 변했다.

‘맙소사.’

후다다닥.

“이삼!! 이놈!”

“엥?”

종이삼은 허둥지둥 달려나오는 소중건을 바라보며 고개를 모로 꼬았다.

‘저 양반이 왜 저래? 뭘 잘못 먹었나?’

소중건의 허리가 새우처럼 구부러졌다.

“만보장 경부 소중건이 삼가 셋째 가주 어른을 뵙습니다.”

소중건은 아직도 멍하니 서 있는 종이삼을 잡아먹을 듯이 째려봤다.

“네, 네놈이… 어서 어르신께 인사를 안 올리고!”

“어르신요? 본 가 셋째 어르…… 헉! 아이고!”

철푸덕 엎어지는 종이삼을 쳐다보던 황보명은 어쩔 줄 모르는 소중건을 바라보고 물었다.

“강 장주는 계신가?”

“예? 예!! 안에 계십니다요. 어서 안으로 드시지요. 이놈아, 뭐 하는 게냐! 어서 장주님께 기별을 넣지 않고. 네놈이 정녕 쫓겨나고 싶은 게냐?”

"아이고! 알겠습니다요."

"아니네. 내 조용히 만나보러 왔으니 너무 소란 떨 거 없네. 소 경부라 했던가?"

"예! 소인 경부를 맡고 있는 소중건이라 합니다."

"조용히 장주만 보고 갈 터이니 너무 소문나지 않도록 해주게."

"알겠습니다, 어르신."

높은 사람들이 움직이다 보면 별의별 일이 다 있는 법, 소중건은 이럴 때는 그냥 쥐 죽은 듯이 있는 게 올바른 처신이란 걸 잘 알고 있었다.

만보장 내원의 장주 처소는 만보장이라는 이름과 다르게 매우 검소해 보였다.

만보장주 강국상.

나이 열둘에 사환으로 뛰어들어 이십 년 만에 만보장의 이인자인 총관에 오르고 나이 사십이 되었을 때 만보장의 장주가 된 인물, 전형적인 자수성가형의 인물이다.

검소함을 미덕으로 삼고 올바른 말을 서슴지 않아 때로는 황보가의 미움을 받기도 했으나 황보인군이 호탕이 웃으며 '너희들도 본받아야 할 사람'이라는 한마디로 그 누구도 뭐라 하지 못할 사람이 돼버렸다.

황보명보다 세 살이 많았지만 친구처럼 지내는, 황보가에서 몇 안 되는 황보명의 사람이었다.

게다가 고서, 고화 등 고미술품과 보석 감정에 있어 중원에서 세 손가락 안에 들어간다고 소문난 사람이었다.

"어서 오시게. 귀한 걸음을 하셨구먼."

"귀하기는… 이게 어디 귀한 사람같이 보이기나 하나?"

"수향에 대한 이야기는 들었네. 참으로 안타까운 일이야……."

황보명은 씁쓸히 웃으며 품에서 주머니 하나를 꺼냈다.

"이거 좀 봐주게."

"거참, 앉자마자 일어날 생각이신가? 성질도 급하긴……. 뭔데 그러시나?"

용 문양의 청옥 조각을 자세히 살피던 강국상이 고개를 들었다.

"좋군. 옥도 특상질품이고, 더구나 용문은 최고의 장인이 새긴 거네. 부서진 게 아까울 정도네. 한데, 자네 것은 아닌 거 같고……."

"좀 더 자세히 알 수 없겠나?"

"흠… 자세히라……. 이 정도 특상품의 청옥이라면 고려옥 같네. 그리고… 머리가 없어 조금 판단이 어렵긴 하지만, 음… 옥로신장(玉露神匠)의 작품 같군."

"옥로신장?"

"그렇네. 하나의 옥으로 향로를 조각할 수 있는 이는 그리 많지 않네. 그중 제일이 옥로신장이지. 특히 옥에 새겨진 용 문양은 가히 예술이라 할 수 있지. 비록 이것의 머리가 떨어져 정확하지는 않지만 이 정도의 정교함은 그를 빼고는 생각하기가 힘드네."

강국상은 황보명을 쳐다보다 그가 아직 만족하지 못했다는 것을 알았다.

그때 한쪽에서 강국상의 말을 새겨듣던 진고영이 물음을 던졌다.

"어디에서 파는지 알 수 있겠습니까?"

황보명과 같이 들어오는 걸 보니 일반 수하는 아니라 생각했지만 나서서 묻기까지 할 줄은 미처 생각지 못했다.

강국상은 황보명을 한번 쳐다보고 그가 아무런 말 없이 가만히 있자 대답을 해줬다.

"낙양에서 이 정도의 물건을 파는 곳은 한 군데뿐이오. 귀옥보상을 찾아가 보시오. 서문거리에 있으니 찾기는 쉬울 거요. 그곳에서 팔지 않았다 해도 그 물건의 출처는 더 자세히 알 수 있을 거외다."

"고맙네. 덕분에 갈 길이 좀 더 밝아진 기분이군."

"별말을 다 하는군. 어어? 아니, 그냥 가겠단 말인가? 술이라도 한 잔……."

"다음에 하지. 그럼."

귀옥보상은 강국상의 말대로 찾기가 쉬웠다.

그리고 진고영과 황보명은 그곳에서 원하는 답의 반을 얻을 수 있었다. 용문 청옥을 파는 곳에 대해 들은 것이다.

개봉이었다.

낙양에서 정주까지 삼백오십 리. 정주에서 개봉까지 이백여 리. 왕복 천백 리 길. 밤을 낮 삼아 간다 해도 이틀 정도의 거리다.

일단 객잔으로 돌아온 진고영과 황보명은 위경리와 우형욱에게만 청옥에 대해 조사한 내용을 말해 주었다.

위경리는 자신을 따돌리고 있다며 길길이 뛰다가 진고영의 한마디에 조용해졌다.

"소제가 어찌 노형님께 귀찮은 일을 맡길 수 있겠습니까. 그런 발품 파는 일은 젊은 제가 해야지요. 그리고 우 형, 다른 분께는 조사할 일이 있어서 잠시 황보가에 갔다 전해주십시오."

"험험… 그렇긴 하지만."

역시 겉만 젊은 노인네였다. 한마디에 금방 얼굴이 풀어졌다.

늙으면 어린애 같아진다더니…….

간단한 식사를 마치고 두 사람은 개봉을 향해 말을 달렸다.

6

개봉은 낙양과 마찬가지로 고도로서의 깊은 역사를 가지고 있었다. 최근으로는 북송과 금의 수도이며 고래로 오대십국의 수도였다.

특히나 송 대에 쌓았다는, 삼중으로 둘러싸인 성벽은 개봉의 성세를 잘 보여주는 단면이라 할 수 있었다.

인시 무렵 두 마리의 말이 질풍 같은 속도로 개봉의 서문을 향해 달려왔다.

성문을 지키던 병졸들은 달려오는 말발굽 소리에 놀라 바짝 긴장하고 있다가 단지 두 마리뿐이라는 걸 알고는 쌍심지를 켰다.

"누구냐! 누가 이 야밤에 소란을 피운단 말이냐?"

거만한 일갈과 함께 십인장의 차림을 한 하급 장수 한 명이 앞으로 나섰다.

"워, 워!"

히히히힝!!

한 필의 말에서 인영 하나가 허공을 날아 성문 앞으로 내려섰다.

"개봉부 안찰사 양 대인을 만나러 왔소. 속히 문을 열어주시오."

느닷없이 허공을 날아온 자가 안찰사를 찾자 십인장 추가는 대경실색했다.

"대체 그대는 누구시기에 안찰사 어른을 찾으신단 말이오."

놀라기는 했지만 자신의 임무를 잊지 않는 추가였다.

황보명은 아무런 말도 않고 품에서 하나의 패를 꺼내 보여줬다.

"본 가에서 안찰사 양 어른의 연락을 받고 급히 오는 길이오. 어디 계시오?"

추가는 성문을 지키는 문지기 십 년의 경력 소유자였다. 황보명이 보여준 패가 무엇인지 모를 리 없었다.

하남제일 황보가의 독문신표다. 그것도 금색 패. 적어도 황보가 서열 십 위 이내란 말이다.

충분히 안찰사와의 친분이 있을 거라 생각이 들었다.

"성문을 열어라! 안찰사 어른의 손님이시다!"

십인장의 명령과 함께 성문이 좌우로 갈라졌다.

두 필의 말은 번개처럼 성문을 통과했고 다음의 행보는 순조로웠다.

밤중에 울린 큰 소리를 안쪽에서 못 들을 리 없었으니, 두 번째 성도 무사통과하고 내성으로 빨리듯 들어갔다.

일각 후 두 필의 말은 천옥보장(千玉寶莊) 앞에 위치한 영웅객잔 앞에서 멈추었다.

"일단 이곳에서 쉬었다 아침 일찍 찾아갑시다."

"그게 좋겠습니다. 한데… 안찰사를 판 것이 괜찮을지."

"후후. 십인장 정도로 안찰사의 얼굴이나 똑바로 볼 수 있을 거 같소? 그리고 내가 보여준 패는 가짜가 아니니 저들로서는 안다 해도 이러지도 저러지도 못할 게요. 들어가 쉬기나 합시다. 쉬지도 못하고 달려왔더니 몸이 노곤노곤하군.”

'과연 생강이란 오래 묵을수록 맵고 향이 짙어진다더니.'

진고영의 입가에 고소가 맺혔다.

천옥보장은 문을 열자마자 두 명의 손님을 받아야 했다.

본래는 문을 열고도 반 시진 정도 준비를 한 다음 손님을 받았지만 오늘만큼은 어쩔 수 없었다.

손님 중 한 사람이 황보가의 삼가주였던 것이다.

천옥보장이 아무리 개봉제일을 다툰다지만 감히 황보가의 비위를 거스를 담량은 없었다.

천옥보장은 다섯 명의 옥선랑이 판매를 도맡아서 하고 있었다.

황보명과 진고영은 일선랑에게로 안내되어 갔다.

경국지색이니 화월용태니 아름다운 여인을 표현하는 말이 수없이 많다지만 실제로 그렇게 아름다운 여인을 마주 볼 수 있다는 건 커다란 행운이라 할 수 있었다.

그리고 오늘 두 사람은 그런 행운을 잡은 셈이었다.

더불어 대화까지 나눌 수 있었으니.

천옥보장의 일선랑(一仙郎) 두취하는 황보명이 내민 용문 청옥을 보더니 눈을 빛냈다.

“틀림없이 저희가 판매한 옥이로군요.”

황보명의 눈에 가벼운 흥분이 떠올랐다.

“틀림없소?”

“어찌 황보 대인께 속일 생각을 먹겠습니까.”

말을 하며 고개를 숙이는 두취하의 몸에서 사향 내음이 퍼졌다.

황보명은 여인을 쉬 가까이하지 않기로 유명하다. 그래서인지 지금 껏 독신이었다.

한데 두취하를 보면 볼수록 가슴이 두근거렸다.

은은히 풍기는 사향 내음의 영향인지, 아니면 조용하면서도 기품있 는 목소리 때문인지 알 수는 없었지만 그런 자신이 우습기만 했다.

참으로 아름다운 여인이었다.

"크음… 하면 누가 사간지도 알 수 있겠소?"

"용문 청옥은 모두 열 개가 만들어졌습니다."

"열 개? 그럼 열 명에게 팔렸단 말이오?"

"세 개는 황궁으로 들어갔습니다. 그리고 하나는 부사 어른이 가져 가셨지요."

"흠… 그럼 여섯 개가 남는구려."

점점 더 황보명의 눈동자가 몽롱해졌다.

"그리 귀한 물건이라면 사간 자들의 이름이 남아 있겠군요."

고저가 별로 없는 조용하면서도 무거운 음성에 황보명은 움찔 정신 을 차렸다.

보다 못한 진고영이 나선 것이다.

"어찌 이름이 남아 있다 생각하셨나요?"

두취하는 아무 말 없이 있는 듯 없는 듯하다가 결정적인 순간에 나 서는 진고영을 흥미있는 눈으로 쳐다보았다.

게다가 자신에게 황보명조차 흔들리는데 훨씬 젊은 진고영의 눈은 한 점의 동요도 없다는 게 신기해 보이기까지 했다.

"상인이 손님을 잊는다면 결코 큰 거래는 할 수 없다 했습니다. 더 구나 귀한 물건을 살 수 있는 손님을 잊는다는 건 천옥보장답지 않은 처사지요.”

“만일 손님이 이름을 밝히길 꺼린다면 어쩔 수 없지 않겠어요?”

재미있다는 듯 두취하의 눈이 더욱 영롱하게 빛을 발했다.

“그래서 소염미염공을 익힌 게 아니겠소.”

쿵!

진고영의 담담한 한마디에 방 안의 공기가 싸늘히 식었다.

“뭣이라!”

흥분에 젖어 있던 황보명의 눈이 싸늘히 식었다.

“무슨 말씀이신지…….”

두취하가 어리둥절한 표정으로 못 알아듣겠다는 듯 묻자 황보명의 식었던 두 눈이 흔들렸다.

“후후. 대단하군. 사부께 듣지 않았다면 나조차 속을 뻔했으니.”

진고영의 입가에 담담하면서도 온기가 느껴지지 않는 고소가 떠올랐다.

“염화선랑과는 어떤 관계요?”

그때까지 아름다운 얼굴에 의문 서린 표정을 짓고 있던 두취하의 얼굴이 서서히 굳어져 갔다.

그리고 그녀의 입술이 악다물어졌다.

“…후우… 이렇게… 들킨 건 처음이군요.”

“네… 네가 감히…….”

우웅―

황보명의 장포가 부풀어 오르고 방 안의 집기가 곧 터져 나갈 것처럼 흔들렸다.

농락당했다는 마음에 분노가 더욱 거세게 끓어오른 것이다.

그때였다.

"황보 대협, 진정하시지요."

진고영의 목소리와 함께 폭풍이 몰아칠 것 같던 방 안의 기운이 서서히 가라앉았다.

부드럽기가 천하에서 둘째가라면 서럽다는 양유대력이 발현된 것이다.

"으음… 진 소협 앞에서 추태를 보인 것 같구려……. 에잉!"

약간 붉어진 얼굴로 기세를 가라앉히고 주저앉다시피 앉는 황보명을 보던 두취하는 경악을 감출 수 없었다.

'저 사람이 대체 누구길래 황보가의 풍화권(風火拳)이라 불리는 절명권(切命拳) 황보명이 말 한마디에 분노를 가라앉힌단 말인가.'

진고영의 고요하리만치 조용한 목소리가 두취하의 귓전을 파고들었다.

"한 가지만 더 정리하면 이야기할 분위기가 제대로 될 것 같군요."

"대체 당신은 누구죠? 천하에 당신 같은 사람이 있다는 소린 들은 적이 없거늘……."

"그건 그리 중요한 게 아니오. 단지 당신이 명심해야 할 건 오늘 당신의 협조 여하에 따라 천옥보장의 앞날이 결정된다는 거요."

진고영의 말에 두취하의 표정이 싸늘하게 굳어졌다.

"흥! 보자 보자 하니 너무하시는군요. 황보가의 힘이 대단하다는 건 저도 알지만 그렇다고 너무 본 장을 무시하는 건 아닌가요?"

"천옥보장이 염화선랑과 관계가 있다면 황보가의 힘을 크게 두려워하지 않을 수도 있겠지요. 하나… 나는 천옥보장이 천하를 상대로 싸울 만큼 대단하다고는 생각지 않소."

두취하의 눈이 휘둥그레졌다.

"대체… 그게 무슨 말이죠? 천하무림이 왜 본 장을 적대시한단 말인가요?"

진고영은 말없이 두취하를 쳐다보았다. 그리고…

"음혼색살마의 정체를 알면서도 숨기고 있다면 당연히 천하무림의 공적이라 할 수 있지 않겠소?"

쿠궁!!

두취하는 진고영을 쳐다보다 무슨 생각이 났는지 눈을 크게 떴다.

"서, 설마… 그럼… 저 용문 청옥이……?"

진고영이 고개를 끄덕였다.

"과연, 과연 천옥보장을 이끌 만한 분이시군요. 황보 대협."

"말씀하시게."

"비밀은 아는 사람이 적을수록 좋겠지요?"

"물론!"

황보명의 신형이 허공으로 두둥 떠올랐다.

"핫!"

그리고 칼날 같은 권풍이 천장을 휩쓸어갔다.

파파파팡!

천장이 폭풍에 휘말린 듯 찢어져 나가고, 숨어 있던 몇 개의 인영이 사방으로 흩어졌다.

"다른 사람이 더 이상 들어오지 못하게 하는 것은 두 소저가 해야 할 몫이오."

두취하를 쳐다보며 말을 하는 와중에 진고영의 한 손이 쫙 펼쳐졌다.

멍하니 지켜보던 두취하의 눈이, 진고영의 펼쳐진 손가락 끝에 영롱한 빛이 붉게 어리는 것을 보았다.

그리고 퍼져 나가는 붉은 빛. 우문현의 홍루지(紅淚指)였다.

"큭!"

"컥! 으헉!"

사방으로 흩어지던 인영들이 마치 약속이라도 한 듯 후두둑 떨어져 내렸다.

"아아!!"

아름다웠다. 무공 자체가 아름답다 여긴 건 두취하가 무공을 배운 지 십팔 년 만에 처음이었다.

바닥에 떨어져 내린 흑의인은 모두 다섯이었다.

두 명이 황보명의 급습에 당했고, 셋은 진고영의 홍루지에 아혈과 마혈이 찍혀 굳어버린 것이다.

"이제 된 것 같소. 서로 진지했으면 좋겠소."

"완패로군요."

두취하의 눈이 묘한 빛을 발하며 진고영을 마주 보았다.

"좋아요. 말씀드리죠. 한데 한 가지…… 당신들은 저희 천옥보장에 대가로 무얼 줄 거죠?"

황보명이 발끈했다.

"홍! 이 상황에서도 대가를 바란단 말이냐?"

"이 상황이 어때서 그렇죠? 이제야말로 진지하게 이야기하자 안 하셨나요? 그렇다면 상인이 대가를 바라는 건 당연한 것 아니던가요?"

미소마저 띤 채 두취하가 반격했다.

"이이이……!"

얼굴이 벌게졌다.

역시 황보명은 상인이 될 팔자가 아니었다.

황보명은 여자에 유독 약한 자신이 한심스러운 생각이 들었다.

"대가는 드리지."

진고영이 나섰다.

"무얼 주실 건가요?"

기대에 찬 두취하의 표정이 황보명의 마음을 긁어댔다.

'제기랄. 이래서 여자는 요물이라니까.'

"천옥보장!"

"…네?"

"훗날! 상인들은 이걸 외상이라 하더군."

"……?"

"컥!"

황보명이 어이가 없다는 듯 바라보다 무슨 생각이 들었는지 고개를 끄덕였다.

"천옥보장이 너무 남는 장사인 것 같군. 음……."

두 사람의 말장단에 두취하는 어이가 없었다.

하지만 그녀의 총명이 어디 갈까?

곧 뜻을 알아들은 두취하의 얼굴에 환한 웃음이 피어올랐다. 묘한 눈빛과 함께.

"좋아요! 거래에 응하죠."

7

주인을 잘못 만난 말들은 꽁지에 불붙은 것마냥 또다시 달려야 했다.

그리고 석양이 뉘엿뉘엿 넘어갈 무렵 낙양의 동문을 두 마리의 말이 헉헉거리며 고개를 늘어뜨린 채 통과했다.

백풍객잔에 도착한 두 사람을 반긴 건 무언가에 기분이 상한 위경리의 찌푸려진 얼굴이었다.

우형욱이 어깨를 으쓱하며 한쪽으로 두 사람을 데리고 갔다.

"무슨 일인가?"

"개방 분타를 갔다 온 듯싶습니다."

"개방을? 한데 왜 저런 표정이란 건가?"

"젊어 보이는 게 탈이었지요."

"잉?"

"개방도들이 장로의 이름을 함부로 부른다고 해서, 한바탕한 모양입니다."

"끄응…… 별걸로 다…….."

"흥! 거기서 잡소리들 그만 하고 갔다 온 이야기나 털어놔 봐!"

우형욱과 황보명을 쳐다보던 위경리가 배알이 뒤틀린 투로 소리쳤다.

"그러죠… 뭐. 그런데 어째 사람들이 안 보입니다. 식사하러 갔나?"

"그게……."

난처한 표정으로 우형욱이 말을 흐렸다.

"그놈들은 지들끼리 움직인다고 나갔다."

“예?”

“이세청이 이정환에게 지금까지 진행된 상황을 말한 모양이다. 이정환이 딸의 원수를 직접 갚겠다고 난리니, 이세청으로서도 어쩔 수 없었나 보더라. 단구양까지 끌고 갔으니. 한바탕 낙양을 뒤집어놓을 모양이다. 에잉… 젊은 놈들은 끈기가 없어……..”

잠자코 듣고 있던 진고영이 위경리의 앞에 앉았다.

“조금 곤란하게 됐군요. 아무래도 일의 진행을 서둘러야 될 듯싶습니다. 우 형, 연 선배님과 다른 분들 좀 모시고 오시겠습니까?”

“알겠소.”

일각이 되지 않아 연부경과 양만효가 들어왔다.

“쿵……. 양가가 보기보단 제법 판단을 잘한단 말이야.”

위경리의 한마디에 양만효가 코웃음을 흘렸다.

“흐흥. 이래 뵈도 낙양에서 의리 하면 나, 양만효요. 너무 그러지 마쇼.”

“그래, 그래. 내 미처 몰라봤네그려. 젠장.”

사람들이 좌정하자 황보명이 이야기를 시작됐다.

용문 청옥에 얽힌 이야기는 모인 사람들로 하여금 놀라움과 함께 희망을 주었다.

“우리가 검토한 이름 중에 용문 청옥을 사간 자와 관계있는 자가 둘 있습니다.”

양만효가 이름이 적힌 두루마리를 탁자에 쫘악 폈다.

황보명이 두루마리에 적힌 이름 중 두 개의 이름을 짚었다.

“삼수탈명 당후량, 당가의 이가주이며 당가제일의 암기 고수. 그는 이 년 전 당문의 노태태 생일 선물을 위해 하나의 용문 청옥을 사갔습

니다. 지금 누구에게 있는지 확실하지는 않으나 당후량이 이곳 낙양에
있으니 일단은 용의자로서 감시가 되어야 할 것입니다.”

“음… 당후량이라……. 당가제일이라는 당후량이 범인일 가능성이
있겠나?”

연부경의 의문에 찬 물음에 황보명이 답했다.

“일단은 누구라도 용의 선상에서 벗어날 수 없습니다. 더구나……
나머지 하나의 이름은 그보다 덜하지 않으니…….”

“대체 누구이기에…….”

당후량이라는 이름만으로도 질린 얼굴이던 우형욱이 놀라움이 섞인
물음을 던졌다.

“후우… 다른 하나는…….”

일단 양만효와 황보명, 연부경이 한 조가 되어 당후량을 감시하기로
했다.

그리고 위경리와 진고영, 우형욱이 한 조가 되었다.

다른 사람들은 두 조의 연락 임무를 맡기로 하고 백풍객잔에 남았
다.

8

그는 몹시 기분이 좋지 않았다. 마치 뒷간에 갔다 그냥 나온 기분이
랄까? 좌우간 더럽고 찝찝한 기분은 그의 이마를 하루 종일 찡그리게

만들었다.

근 육 개월간에 걸친 이번 외출은 그 어느 때보다 얻는 게 많았었다.

삼 년간의 폐관으로 답답했던 마음도 씻겨 내려갔고, 아버지 몰래
빼돌려 익혔던 무공도 생각보다 큰 성과를 보였다. 비급은 필사한 후
다시 돌려놨으니 아버지는 알지 못할 것이다.

그런데…… 그 무공이 문제였다. 팔성에 이르러 문제가 생긴 것이
다. 성적 장애가 온 것이다.

화가 나는 바람에 지나치게 많은 흔적들을 남겼다. 물론 수하들이
뒤처리를 해줘서 지금까지는 별문제가 없었지만, 어쨌든 기분이 좋지
못한 건 분명했다. 공연한 호기심에 그 무공을 익힌 것이 후회될 정도
였다. 그렇게 머리의 열을 식히려 술 한 잔을 목구멍으로 털어 넣었을
때였다.

찌푸려져 있던 그의 눈에 기이한 빛이 일렁이고,

"응?"

그의 눈이 주루로 들어서는 한 여인의 얼굴에 못 박혔다.

통통해 보이면서도 화사한 얼굴, 커다란 눈망울은 호기심으로 가득
차 있다.

같이 들어온 남자는 무사로 보이지만 그리 강해 보이지는 않는다.

여인이 남자를 향해 웃으며 뭐라 말한다. 그렇게 웃는 얼굴에 한쪽
으로 보조개가 피어나고 있었다.

은근히 몸이 달아오르고 공연히 화가 난다.

'흥! 저따위 별 볼일 없는 놈이 뭐가 좋다고……'

오른쪽 탁자의 중년인을 바라보았다. 그가 있었다. 자신의 충실한
손과 발이 되어주는 자. 강호에 나와 처음으로 얻은 든든한 수하가.

눈이 마주치자 고개를 끄덕여 주었다. 나머지 일은 그가 알아서 할
것이다.

자신은 이제 즐기기만 하면 된다.

'흠… 그래. 세상이란 그런 거다. 잃는 게 있으면 얻는 것도 있는 법
이지. 호호호…….'

평안객잔에서 건너편 화영루의 이층을 바라보고 있던 위경리와 진
고영의 눈이 마주쳤다.

"놈이 반응을 보이네. 한데 혼자라니…… 우리의 생각이 틀린 건
가?"

위경리가 전음을 보내며 눈살을 찌푸렸다.

"오른쪽 탁자에 앉은 자가 누군지 혹 알 수 있겠습니까?"

"응? 오른쪽? 글세…… 처음 보는 자군. 그런데 왜?"

"목표물이 오른쪽 탁자의 중년인과 눈이 마주친 듯했습니다."

"그래?"

잠시 생각에 잠기던 위경리가 우형욱을 바라보았다.

"자네, 밑에 내려가면 거지들이 있을 거네, 그중에 모삼중이란 놈을
찾아 데려오게. 말을 안 듣거든 내 이름 대고 두들겨서라도 데려오게."

"알겠습니다."

차 한 잔 마실 시간도 안 돼서 우형욱이 거지 하나를 데려왔다.

"큼… 위대하신 장절께서 어쩐 일이시우?"

위경리의 눈초리가 올라갔다.

"네놈 따위와 말장난할 시간 없다. 저쪽 건너편 청의를 입고 머리에

흑건을 두른 놈이 누구인지 최대한 빨리 알아봐라.”

“내가 왜?”

“네놈하고 말장난할 시간 없다고 했지? 이각을 주마. 그 안에 못 알아오면 만유개 놈을 족치는 수밖에 없겠지. 물론 만유개 놈이 너를 패죽이든 말든 나야 상관없는 일이지만.”

“커흑… 거, 왜 광개 사숙을… 아… 알았슴다. 이각도 필요없소.”

위경리의 눈에서 불길이 이는 듯하자 개방 낙양분타주 모삼중의 목이 자라처럼 쏙 들어갔다.

“거시기… 선배님이 오전에 그 난리치고 낙양에 모인 고수들 알아보라 했잖아요. 그래서 알아놓은 것뿐입니다요. 뭐…….”

모삼중의 눈이 화영루 쪽으로 돌아갔다.

“흑마자 갈무백, 십여 년 전, 호남 상음 동가장의 혈사를 저지른 범인으로 지목되어 무림련에 쫓겨다니다 행방불명됨. 이 년 전 수배 명단에서 제외되었음. 됐습니까요?”

“갈무백? 저놈이?”

위경리의 눈이 휘둥그레졌다.

진고영과 우형욱은 처음 들어보는 이름이었기에 위경리를 바라보았다.

“저놈이 흑마자(黑魔子) 갈무백이 맞다면 백마자도 있겠군…….”

“그게… 백마자(白魔子)는 아직 못 봤습니다요.”

“흑마자가 있다면 어딘가 백마자도 있을 거라 생각해야겠지.”

위경리의 안색이 신중해졌다.

“노형님께서 신경을 쓰셔야 할 정도입니까?”

진고영의 물음은 모삼중으로 하여금 쓰러질 정도의 타격을 입혔다.

‘커윽… 저자가 누군데 천방지축 위경리에게 노형님이라고…….’

“음… 둘이 합세한다면 단시간 내에 승부를 내기는 힘드네. 두 놈의 합격술은 오래전부터 알아주었지.”

“엇! 놈이 움직입니다!”

우형욱의 외침에 모두가 화영루를 바라보았다.

비단 백의를 입은 자가 자리에서 일어나고 있었다.

위경리가 모삼중을 쳐다보았다.

“놓치면 그날이 네 제삿날이란 거, 잘 알지?”

“끙. 애새끼들이 잘할 겁니다요.”

이각가량이 지나자 두 남녀가 일어나 밖으로 나갔다.

그리고 중년인… 갈무백도 일어났다.

어두컴컴한 골목길을 지나던 청년이 여인에게 다급한 듯한 표정으로 말했다.

“현매… 잠시만 기다려. 아까 주루에서 볼일을 봤어야 했는데 참고 나왔더니… 잠시면 되니까 어디 가지 말고…….”

괴춤을 잡고 골목길 안으로 급히 들어가는 청년을 보던 여인은 무서운지 사방을 돌아보았다.

다니는 사람이 아무도 없자 한숨을 내쉬었다.

‘휴우… 하필이면……. 응? 왜 이러지? 몸이…….’

잠시 후, 청년이 골목에서 나왔을 때 그를 기다려야 할 여인은 보이지 않았다.

청년은 허둥지둥 여인을 찾기 위해서인지 사방을 쳐다보며 큰길가로 나왔다.

그러다 재빨리 평안객잔으로 들어갔다.

"수고했네."

"별말씀을. 조금이라도 도움이 되었길 바랄 뿐입니다."

우형욱의 치하에 청년은 고개를 깊숙이 숙였다. 그는 은환대의 무사였던 것이다.

"연 노선배 일행에게 연락을 취했으니 오시면 같이 행동하게."

"예! 대주."

어둠을 타고 빛살처럼 빠르게 움직이던 갈무백이 멈춰 선 것은 구구통이라 불리는 낙양의 빈민가로 들어가는 입구에서였다.

이두마차 한 대가 골목 안쪽에서 나오자 갈무백의 신형이 빨려들 듯 마차 안으로 사라졌다.

그리고 마차는 구십구 개의 골목이 미로처럼 얽혀 있는 구구통의 어둠 속으로 들어가 버렸다.

숨 두어 번 몰아쉴 시간 차이로 몇 개의 인영이 마차가 나왔던 골목 앞으로 내려섰다.

"어디로 갔지?"

위경리가 눈을 부라리며 모삼중을 노려봤다.

"그, 그게. 구구통으로 들어갔는데… 아이들이 뒤따르고 있으니……."

"네놈 말만 믿고 거리를 두었거늘. 좌우간 맞아 죽기 싫거든 찾아야 할 거다."

"아… 알겠습니다요……."

‘아… 띠발…….’

휘이익…….

가느다라면서도 긴 휘파람 소리가 모삼중의 입에서 흘러나왔다.

그러자 곧바로 구구통 안쪽에서 거지 한 명이 튀어나왔다.

“놈들은?”

“비류하 쪽으로 움직이고 있사온데 워낙 은밀히 움직이는지라 따라잡기가 어렵습니다.”

“비류하라고? 그쪽에는 별다른 게 없는데? 혹시… 배를 타려고?”

“노류장화들이 띄우는 배가 몇 척 있습니다만.”

“이런! 속히 안내해! 놈들이 배를 타면 골치 아파진다.”

위경리가 다급히 소리쳤다.

“예? 예. 가자!”

모삼중이 어리둥절한 거지를 끌고 골목으로 뛰어들어 갔다.

비류하에 도착하자 개방 제자로 보이는 거지 둘이 기다리고 있었다.

“어찌 됐느냐?”

“저… 배를 타고…….”

“이… 이런…….”

위경리의 얼굴이 붉어지자 모삼중은 간이 철렁했다.

“어느 쪽으로 갔단 말이냐?”

“북쪽으로… 배를 타고 쫓으려 했지만 퇴기들 주제에 거지는 안 태운다고…….”

딱!!

“큭!”

위경리가 더 이상 참지 못하고 모삼중의 뒤통수를 갈겼다.

“뭐야? 절대 안 놓친다고? 추적이 개방도들의 특기라고? 에라
이……”

“모 대협, 이 근처에 사람의 인적이 드물고 발길이 끊어진 곳에 폐가
나 사당이나 그런 곳이 있습니까?”

진고영이 비류하 북쪽을 바라보며 모삼중에게 물었다.

모삼중은 위경리에게서 벗어날 기회를 놓칠 수 없었다.

“물론… 있네… 요. 있고말고요.”

위경리의 아우에게 반말하다 또 무슨 일을 당할지 몰라 얼른 꼬리를
붙였다.

“그런 곳이 서너 군데 정도 있습니다.”

“일단 나누어서 쫓지요. 먼저 노형님과 우 형이 개방 제자들을 따라
가십시오. 저는 모 대협과 같이 다른 곳을 가보겠습니다. 그리고 연 노
선배 일행이 오거든 개방 분들이 안내를 해주십시오. 발견하거든 최대
한 빨리 연락을 취해주시길.”

이각 후 연부경 일행이 도착했다.

“제기랄. 그 염병할 것들만 아니었어도 바로 쫓아왔을 것이거늘. 빌
어먹을 놈들.”

황보명이 울화통이 터지는지 평소 단아한 풍모는 간데없고 입에선
욕설이 터져 나왔다.

“그만 하게. 어쨌든 빨리 뒤따라가야 하지 않겠나.”

“예, 노선배님.”

주루에서 두 사람과 양만효가 당후량을 감시하던 중 이가장의 무사들
이 들이닥치자 식사를 하던 당후량이 소란한 틈에 사라져 버린 것이다.

당황한 양만효가 급히 수하들을 불러 당후량의 소재를 파악하도록 지시하고 주루에 들어왔을 땐 황보명에게 이가장 무사들이 한바탕 혼쭐이 나고 있었다.

십여 명의 무사가 얻어맞고 인사불성일 때가 돼서야 이세청이 나타났다.

이세청은 이 어이없는 상황을 보고 이가장의 무사들을 야단쳤지만 이미 벌어진 일.

조용히 보고 있던 연부경이 나서고서야 상황이 진정되었다.

그때 개방의 제자가 들어와 황보명에게 진고영이 찾는다는 말을 전하자 급히 쫓아왔던 것이다.

9

백리웅전은 기분이 좋아졌다.

좀 전만 해도 세상을 뒤엎어 버리고 싶을 정도로 울적했는데 이제 조금만 있으면 신선한 피를 볼 수 있을 거라 생각하니 온몸이 나른해질 정도로 기분이 좋아졌다.

충실한 수하들은 자신의 명을 어김없이 완수할 것이다.

'흐흐흐흐……'

세상의 멍청이들은 이런 쾌감을 느껴볼 생각조차 못한다.

힘없는 자들은 행여 들키면 죽을까 봐 못하고, 힘있는 자들은 백도라는 위선에 둘러싸여 감히 상상조차 못한다. 어리석은 자들. 있는 힘을 쓰지 못할 거면 백도든 흑도든 다 무슨 소용이 있을까.

아버지란 작자도 그렇지, 겁에 질려 이런 무공을 처박아놓다니.

겁쟁이.

피리릭…… 피리릭…….

밤새 우는 소리가 들렸다.

'왔군. 흐흐흐.'

문이 열렸다.

청의 중년인이 옆구리에 낀 여인을 내려놓고 깊숙이 고개를 숙이고는 밖으로 나갔다.

여인을 바라보았다. 마음에 쏙 드는 얼굴에 몸매 또한 아담하면서 살이 적당히 올라 있다.

하매연은 정신이 들자 몸을 일으키려 했다. 한데 팔이 움직이지 않는다.

무언가에 매여 있는 것 같다. 손목이 아픈 것이다.

두려운 마음이 들었다. 금 스무 냥을 받기로 했었다. 위험은 하지만 그만한 대가를 지불할 때는 이유가 있을 거라 생각했다.

오 년여 기녀 생활을 하면서 온갖 남자들을 다 상대해 봤다. 이번 일도 그러려니 했다.

그래서 선불로 열 냥을 요구했었다. 그 돈이면 한동안 가족들이 돈 걱정 않고 살 수 있을 것이다.

죽지만 않는다면 그 어떤 요구도 다 받아들일 생각이었다.

그들은 열 냥을 주고 일이 잘 끝나면 주기로 한 돈 말고도 열 냥을 더 준다고 했다. 작은 음식점 하나는 차릴 수 있는 돈이다.

그런데… 그런데…… 두려움이 온몸을 뒤덮는다.

‘여긴 어딜까. 왜… 여기로 날 데려왔을까. 사람들이 없는 곳에서 그 짓을 하려고 하는 걸까…….’

희미한 달빛이 사당 안을 비췄다.

옷을 벗은 자가 보인다.

건장한 체구, 넓은 어깨에 쭉 뻗은 다리, 잘생긴 얼굴… 생각보다 멋진 남자다.

아래로 눈을 내려보았다. 저 정도면 그것도…….

그런가? 고자? 아니면 불능인 남자? 그래서 이곳으로 데려온 건가?

백리웅전은 여인이 정신이 들었다는 것을 알았다.

그런데… 이상하다. 다른 여인과는 무언가 반응이 다르다.

두려움에 벌벌 떨어야 하는데… 살려달라고, 이러지 말라고, 두려움과 공포로 이성을 잃고 소리쳐야 하는데… 이 여자는…….

실망하는 눈치다. 실망? 무엇을?

여인의 눈이 아래로 향해 있다. 이… 이런… 개… 찢어… 죽일…….

분노가 온몸으로 치달린다.

좋았던 기분이 망쳐지면서 분노는 곱절로 치솟아오른다.

갈가리… 갈가리 찢어 죽이리라.

백리웅전의 눈에 푸르스름한 기운이 서리고 천음마령공이 손으로 모아졌다.

그제야 여인의 두 눈에 공포가 떠오르고 있다.

‘늦었다. 암, 늦었고말고. 네년이 감히 나를 비웃고 곱게 죽을 생각을 한단 말이냐.’

손을 내리그었다.

스스슥.

여인의 백의가 길게 갈라져 흘러내렸다.

하얀 피부가 두려움에 가늘게 떨리고 있었다.

입이 무어라 말하려 열렸다. 아마도 살려달라 하는 말일 것이다.

"흐흐흐흐… 이미 늦었다."

기분이 조금 풀어졌다. 그래, 어서 살려달라고 해봐라.

미친 듯이 몸부림치며 소리쳐 봐라.

하매연의 떨리는 입이 벌어졌다. 그리고 크게 소리쳤다.

"변태새끼!! 물건도 새끼손가락 같은 걸 어따 써먹겠다고 지랄이야!"

멍하니 하매연을 쳐다보던 백리웅전의 머리 위로 푸르스름한 기운이 넘실댔다.

"이… 이……."

사당을 노려보던 위경리가 몸을 날렸다.

사당 안에서 여인의 목소리가 울렸다.

뜻은 조금 이상했지만 분명 위험한 상황인 거 같다.

진고영이나 연부경이 도착하지 않았지만 시간이 없다.

자신 역시, 두 군데의 폐사찰을 뒤지고 오느라 늦은 상황이다.

아마 그들도 마찬가지일 것이다.

사당이 오 장여 남았을 때였다.

좌우에서 강력한 기세가 소리없이 밀려들었다.

흑백쌍마자, 갈씨 형제다. 역시 백마자도 있었다.

흑마자 갈무백의 연편이 허공을 가르며 위경리의 허리를 휘감아오고, 백마자 갈무일의 대겸이 목을 쳐온다.

"흥! 어딜!"

위경리의 신형이 쏘아져 가던 그대로 뒤집혀졌다. 그리고 땅을 차며 허공으로 일 장을 더 떠올랐다.

어둠에 동화된 쌍장이 허공을 향해 휘둘러졌다.

현고장, 현무삼첩(玄霧三疊)이었다.

파꽝! 드르릉.

기음과 함께 흑마자의 연편이 허공을 향해 떠오르다 사방으로 비산했다.

백마자의 대겸이 멈칫하다 방향을 틀어 다리를 내려쳐 왔다.

"여기도 있다! 핫!"

우형욱이 뒤늦게 달려들어 창으로 대겸과 부딪쳐 갔다.

"이런! 조심해라!"

위경리가 겁없이 달려드는 우형욱에게 소리쳤다.

따라랑!!

"크흑!"

대겸의 진로는 막았지만 엄청난 충격이 우형욱의 전신을 훑고 지나갔다.

주르륵… 오 보를 물러난 우형욱의 안색이 창백해졌다.

단 일 수였지만 가볍지 않은 내상을 입은 듯하다.

위경리가 멈칫한 백마자를 향해 장을 수평으로 내치며 덮쳐들었다. 현고팔장 중에 현강제마참이었다.

백마자의 신형이 뒤로 꺾이며 대겸을 지렛대 삼아 빙글 옆으로 돌았다.

흑마자는 백마자가 위경리의 강력한 장세에 노출된 채 급하게 몸을 피하자 연편을 떨쳐 위경리의 두 손을 감아갔다.

세 사람의 박투를 바라보던 우형욱은 새삼 자신이 얼마나 우물 안 개구리였는지를 깨달았다.

어둠에 큰 영향을 받지 않음에도 세 개의 인영이 번쩍이는 것만 볼 수 있을 뿐 손놀림은 제대로 볼 수도 없었다.

자신은 별다른 도움이 될 것 같지가 않았다. 비참한 마음에 쥐구멍이라도 있으면 들어가고 싶었다.

일수도 제대로 막아내지 못하다니.

산서십영이라는 이름에 얼마나 뿌듯해했던가.

'산서십영? 개나 줘버리라지. 크크크큭……'

위경리가 한 손에 흑마자의 연편을 감고 당기는 힘을 이용해 몸을 날리자 흑마자는 대경실색했다.

자신의 혼신공력이 들어간 연편이 손 하나를 자르지 못하고 오히려 상대의 움직임을 돕다니. 저자가 대체 누구길래…….

"놈!"

어두운 공간을 더욱 어둡게 만들며 위경리의 현고장력이 흑마자의 안면으로 쇄도했다.

"현고장! 현수 위경리다! 조심해라!"

백마자가 그제야 위경리의 장세를 알아보고 놀라 소리치며 위경리의 뒤를 덮쳐 갔다.

"혁! 장절?"

연편을 돌리듯 후리며 한 손으로 위경리의 장세를 마주쳐 갔다.

휘리릭…… 콰쾅!

“으흑!”

신음과 함께 흑마자의 신형이 일 장 밖으로 나뒹굴었다.

“으음.”

백마자의 대겸이 위경리의 어깨를 스치고 지나가자 어깨에서 피가 튀어 얼굴에 뿌려졌다.

시간이 급박해 어깨를 주고 한 놈을 잡았다.

참으로 오랜만에 자신의 피를 보았다는 생각에 위경리의 입가로 평소와 다른 싸늘한 미소가 어렸다.

“내 피를 본 대가는 치러야겠지!”

주욱 앞으로 나아가던 신형이 비틀 흔들리더니 순간적으로 서너 개의 환영을 만들어냈다.

수류보의 환결, 신형이 물결치듯 밀려가며 쌍장이 허공을 격하게 내려친다.

순식간에 칠장이 몸을 따라 물결치며 해일같이 밀려갔다.

“흐읍!”

대겸을 풍차처럼 휘돌리던 백마자는 겸의 기로 뭉쳐진 방어막을 뚫고 어두운 장세가 물밀듯이 밀려들자 이를 악물며 허공으로 몸을 날렸다.

그때였다.

“하앗!! 현수! 이놈은 내가 맡지!”

한 줄기 백색 경력이 위경리를 넘어 백마자를 향해 쇄도했다.

명산구심장의 경력. 마침내 연부경이 온 것이다.

백마자가 허공에 뜬 채 연부경의 장력을 맞서가는 걸 보던 위경리는 곧바로 사당을 향해 몸을 날렸다.

콰콰콰……!

쌍장에 가득 실린 현고진기가 그대로 낡은 사당의 문을 부숴 버렸다.

보인다.

반쯤 부서진 창문 사이로 달빛이 새어 들어오고, 그 달빛 아래 놈의 모습이 보였다.

벌거벗은 몸으로 한 손에 역시 벌거벗은 여인의 목을 움켜쥐고 악마의 미소를 짓고 있다.

여인의 이마로 피가 흐른다.

놈이 고개를 돌리고 그렁그렁한 목소리로 낮게 소리쳤다.

"죽여 버린다…… 큭큭큭… 모두… 죽인다. 죽어야 돼… 크크크……."

온몸으로 귀기 서린 파르스름한 기운이 흐른다.

아마도 천음마령공이 전신을 감싸고 있는 것 같다.

그렇다면 이미 천음마인으로 화했다 봐야 한다.

위경리의 신형이 그대로 튕기듯 백리웅전에게로 부딪쳐 갔다.

두 손이 현고진기를 가득 채우고 여전히 키득거리고 있는 놈의 가슴을 향해 휘둘러졌다.

여인의 안전을 생각하면 멈춰야 하지만 저런 미친놈은 오히려 시간을 주면 안 된다.

위경리의 쌍장이 그대로 백리웅전의 가슴을 때렸다.

두두두둥… 웅…….

"우욱!"

강력하기 이를 데 없는 반탄력.

공격한 위경리의 신형이 뒤로 튕겨 나갔다.

"이… 이런……. 욱!"

한줄기 혈기가 목구멍으로 솟구쳤다.

"크크크… 모두…… 죽일 거다……. 죽여야 돼……."

백리웅전의 파르스름한 손이 위경리를 향해 뻗쳤다.

아지랑이 같은 파란 악마의 기운이 스물스물 위경리를 덮어온다.

중간에 거치적거리는 모든 것을 가루로 만들며 마치 안개와 같이 밀려온다.

"천음마수!"

경악에 찬 위경리의 음성이 떨려 나왔다.

백여 년 전, 전 무림을 공포로 몰아넣었던 마공이 눈앞에서 다가오고 있었다.

"크아악!!"

"죽이지는 마십시오! 연 선배님!"

밖에서 처절한 비명과 황보명이 소리치는 것이 들렸다.

비명은 아마도 흑백쌍마자 중 누구의 것일 것이다.

전신의 공력을 끌어올려 두 손에 모았다. 십이성의 공력. 아낄 것도, 남길 것도 없다.

눈앞에 악마의 천음마수가 다가오고 있는 것이다.

쿠쿠콰콰쾅!!

"쿠헉……."

다시 한 번 부딪치자 선혈을 토하며 위경리의 신형이 뒤로 튕겨 벽과 함께 무너졌다.

"헉! 위 노제!"

"선배님!!"

연부경과 황보명이 대경하며 달려왔다.

천하의 장절, 현수 위경리가 선혈을 토하며 무너지고 있었다.

흑백쌍마자와의 일장박투로 약간의 손실이 있었다 하지만, 위경리가 누구던가.

"놈!"

연부경이 사당으로 몸을 날리며 파랗게 보이는 인영을 향해 장력을 후려쳐 갔다.

줄기줄기 백색 장영이 사당의 괴인영을 향해 밀려갔다.

"아… 안 돼… 천음마수…… 조심……."

위경리가 남은 힘을 있는 대로 짜내어 소리쳤다.

위경리를 부축하던 황보명의 얼굴이 새파랗게 질렸다. 천음마수라고? 고개를 돌려 사당 안을 보았다.

귀기 서린 파란 기운이 사당에서 흘러나오고 있었다. 그리고…….

콰릉…….

노성과 함께 짓쳐들어 갔던 연부경이 튕겨져 나오고 있었다.

창백하게 질린 연부경이 사당을 바라보며 고개를 저었다.

"세상에… 듣던 것보다 더하군."

한 번의 부딪침으로 상대의 강함을 익히 느낄 수 있었다.

몸을 일으킨 위경리와 연부경, 황보명이 사당의 삼면을 포위했지만 백리웅전은 귀소만 흘릴 뿐 도망갈 생각도 안 하고 있었다.

한 손에 벌거벗은 여인을 여전히 틀어쥔 악마의 두 눈에선 파란 안광이 넘실댔다.

"죽… 죽여야…… 해… 죽여……. 크크크큭."

이미 인간이라 볼 수 없는, 천음마인이 되어버린 악마가 한 걸음 한 걸음 사당의 입구로 나오고 있었다.

"젠장! 모두 조심…… 놈은 이성을 상실한 천음마인이 되었다!"

위경리가 이를 갈며 경고성을 발할 때였다.

"하이앗!"

어둠에 잠긴 오 장 허공에서 달빛을 가르며 하나의 인영이 사당 쪽으로 떨어져 내렸다.

청회색 장삼이 어둠을 더욱 어둡게 만들고, 높게 쳐든 넉 자 길이 관천곤이 여섯 자도 더 되어 보였다.

은은한 묵색이 감도는 곤에선 석 자 길이의 강기가 뻗쳐 나오고 있었다.

하늘을 쳐다보던 사람들의 입에서 반가움이 깃든 경악과 탄성이 터져 나왔다.

"왔구나! 아우!"

위경리의 얼굴에 미소가 어렸다.

"진 소협!"

연부경과 황보명의 입에서 반가움의 탄성이 터졌다.

"맙소사! 가… 강… 기……."

우형욱과 장평, 모삼중은 입을 벌린 채 하늘에서 떨어져 내리는 진고영을 쳐다보았다.

진고영의 곤이 뇌전처럼 백리웅전을 향해 떨어지자 백리웅전은 왼손에 들고 있던 여인을 한쪽으로 내던지고, 푸른 기가 넘실거리는 양손을 본능적으로 들어 올려 막아갔다.

쿠앙!!

사람들의 이목이 백리웅전에게로 향하고… 어이없는 탄식이 터져 나왔다.

"세상에…… 강기를 육장으로 막고도 멀쩡하다니……."

황당한 일이었다.

비록 발이 한 자 깊숙이 돌바닥을 파고들었지만 발을 빼내는 악마는 입가의 미소만 사라져 있을 뿐이었다.

일 장을 날아 내려선 진고영이 싸늘한 코웃음과 함께 다시 짓쳐들어 갔다.

"흥!"

묵색 강기가 서린 곤이 태양이라도 꿰뚫어 버릴 듯 쏘아간다.

관천조양(貫天朝暘)이었다.

천음마수를 들어 막아가는 백리웅전의 눈가가 처음으로 바르르 떨렸다.

무의식 중에도 상대의 힘을 느낀 것이다.

천음마령공이 넘실대는 마수를 들어 엇갈려 비켜 치며, 휘저어 곤을 잡아갔다.

쾌직!!

곤과 손이 마주치고 둘의 신형이 다시 일 장씩 물러섰다.

쳐다보는 사람들의 손에 땀이 흘렀다.

물러났던 진고영의 신형이 주욱 늘어나는 듯하더니 다시 부딪쳐 간다.

한데… 쓸어가던 곤이 뇌전 같은 묵색 강기만 남긴 채 사라져 갔다.

중 육식 중 가장 빠르고 변화가 심한 초식, 전유동참이었다.

가슴 위로 들어 올린 왼손에선 무언가 기이한 기운이 일렁였다.

손바닥 한가운데 황금색 서기 어린 불꽃이 타오르고 있는 것이다.

백리웅전의 새파란 눈이 곤이 아닌 가슴 쪽의 손에 박혔다.

두려움이 깃든 눈이 잘게 떨리고…

움찔 한 걸음 물러섰다.

한줄기 뇌전이 천음마령공이 깃든 마수를 쓸어가고 마수가 튕겨 올라가자, 진고영의 좌장이 백리웅전의 가슴에 달라붙었다 떨어지며 황금색 기운이 백리웅전의 가슴으로 스며들 듯 파고들었다.

수천제마인, 수라의 겁을 막는다는 제석천의 법력 중 하나, 바로 그것이었다.

쩌러러렁!

"크어억!!"

처음으로 악마의 입에서 고통에 찬 비명이 터져 나왔다.

그리고 악마의 동체가 뒤로 튕겨졌다.

귀기스럽게 시퍼렇던 마기도 눈에 띄게 약해지고 있었다.

다시… 진고영의 신형이 떠오르고 안간힘을 쓰며 일어나는 백리웅전의 머리를 향해 좌장을 흔들었다.

사람들은 진고영의 좌장에서 황금색의 불꽃 같은 무언가가 쏘아져 악마의 이마를 파고든다 느꼈다.

그리고… 그렇게 끈질기며 절대 쓰러질 것 같지 않았던 악마의 몸이 서서히 뒤로 무너지는 것을 볼 수 있었다.

이미 몸은 물론 두 눈에 서렸던 시퍼런 귀기도 사라져 버린 악마의 몸은 벌거벗고 쓰러진 사람, 그 이상도 그 이하도 아니었다.

사람들은 눈앞의 광경에 넋을 잃었다.

마침내 악마가 쓰러진 것이다.

약간 창백해진 진고영이 위경리 등을 향해 고개를 숙였다.

"늦어서 죄송합니다. 두 군데를 들렀지만 놈이 보이질 않아서… 노 형님, 괜찮으십니까?"

미안한 마음이 묻어 있는 진고영의 말이었지만 아무도 진고영이 늦게 온 것을 책망할 수 없었다.

"응? 나? 나야… 허허허. 저깟 놈한테 쓰러지면 어찌 자네한테 형님 소릴 듣겠나. 허허허."

사람들이 어이없는 눈으로 위경리를 바라보았다.

"우 형, 안에 있는 여인의 상세를 좀 봐주시지요. 아직 숨이 붙어 있는 듯한데."

우형욱에게 여인을 부탁한 진고영은 가만히 서서 들끓어오른 수천제마력을 가라앉혔다.

'육단의 깨달음으론 세 번 정도가 한계인 듯하군……'

"아!"

그제야 사람들의 정신이 제대로 돌아왔다.

반은 무너진 사당에서 여인을 끌어내고, 흑백쌍마자의 숨은 붙어 있는지 살펴보고, 그리고…

쓰러져 정신을 잃은 백리웅전의 몸을 힐끔거리며 눈치를 봤다.

"한바탕 강호가 시끄러워지겠군."

황보명의 나직한 한마디에 모두들 고개를 끄덕였다.

어찌 그러지 않을까.

음혼색살마가 백리웅전이라는 것이 알려지면 그야말로 벌집 쑤신 듯 시끄러워질 것은 자명한 일이었다.

백리단황의 둘째 아들, 그가 바로 백리웅전이었으니……

백리단황이 누구던가?

천은대공 혁련유천과 더불어 천하를 논할 수 있는 자를 꼽으라 하면 사람들은 주저없이 백리단황을 꼽는다.

강서성 대풍운보의 보주. 아버지 백리환이 일으킨 풍운보의 보주위를 맡아 이십 년 만에 강서, 복건, 절강의 무림을 손안에 넣은 패주.

그게 바로, 무제(武帝) 백리단황이다.

그런 백리단황의 아들이 무림의 공적으로 지목된 음혼색살마라는 것이 알려지면 한바탕 폭풍이 몰아치리라.

사태가 간단치 않음을 느낀 듯 주위를 정리하는 사람들의 안색이 침중하게 굳어져 갔다.

"자식을 잘못 둔 죄라 할 수 있겠지. 어쩔 수 없는 일이네."

위경리가 인상을 찌푸리며 고개를 저었다.

다행히도 여인의 상처는 그리 크지 않았다.

여기저기 찰과상만 있을 뿐, 의외로 큰 상처는 보이지 않았다.

백리웅전은 나중에 더욱 처참하게 죽이며 즐길 생각이었던 것이다.

자신이 당하리라는 생각은 아예 하지 않았을 터이니…….

들려 나오는 여인을 바라보던 위경리가 피식 웃음을 지었다.

'새끼손가락? 크크크…….'

'디게 깨지더만 충격받았나?'

황보명은 고개를 흔들고는 연부경을 바라보았다.

"아무래도 개방의 힘을 빌려야 할 듯싶습니다."

"개방의 힘을?"

"예. 백리단황의 아들입니다. 어영부영 처리할 일이 아닌 듯합니다. 일단은 개방의 분타로 압송해서 무림련에 알리고, 며칠 후에 있을 십정총회에서 처리하도록 하는 게 순리일 듯싶습니다. 생각 같아선 이 자리에서 죽여 버리고 싶은 마음이 굴뚝같습니다만……."

"저놈들을 살려둔단 말입니까? 황보 대협?"

우형욱이 놀란 목소리로 소리쳤다.

"우 소협의 맘을 모르는 바는 아니네. 나 역시 저놈들을 찢어 죽이지 못한다는 게 한스러울 뿐이네. 하지만… 크게 생각해야 하네. 죽이면 저놈들이 저지른 진상은 묻혀질 가능성이 크네. 백리단황의 힘은 능히 그러고도 남을 만큼 크지. 그리되면 다음 일은 자기 아들에 대한 복수네. 은창보는 물론 황보가 역시 백리단황을 상대한다는 것은 너무 많은 피를 요구하는 일이 될 것이야."

허공을 보며 이를 가는 황보명의 싸늘한 말투에선 피가 배어 나오는 거 같았다.

"어찌할 텐가? 저놈들을 이 자리에서 죽이고 백리단황과 싸울 텐가, 아니면 만인의 앞에서 저놈들의 죄를 밝히고 형장의 이슬로 사라지는 것을 볼 텐가?"

우형욱과 장평의 입이 굳게 닫혔다.

어찌 황보명의 말을 모를 것인가만은, 장소희의 처참했던 모습을 생각하면 이 자리서 찢어 죽이고 싶었다.

잠시 정적이 흘렀다.

이를 악물고 생각에 잠겨 있던 우형욱의 입이 열린 건 반 각이 흐른 뒤였다.

"위 노선배님과 연 노선배님의 명성으로도 안 되는 일입니까?"

증인으로서의 가치를 묻는 말이었다.

눈살을 찌푸린 위경리가 고개를 저었다.

"으음… 애석하지만 백리단황을 이해시키기엔 우리의 이름만으론 힘들 거네."

"우 소협, 우리에겐 충분한 증거와 증인이 있고 보시다시피 저놈들은 살아 있다 해서 살아 있는 게 아니네. 그리고 우 소협이나 나 이외에도 다른 많은 피해자의 가족들이 있지. 그들 역시 음적들의 최후를 보고자 할 것이니 결국 저자들은 만인 앞에서 죽을 운명이네. 울화가 치밀긴 하지만 그게 더 확실한 복수의 방법이 아닌가 하네."

황보명의 격정이 가라앉은 차분한 말에 우형욱과 장평은 어쩔 수 없이 고개를 끄덕였다.

"황보 대협의 말씀에 따르지요. 하나… 팔 하나는 양보하셔야겠습니다."

우형욱의 핏기 서린 눈을 마주 보던 황보명이 고개를 끄덕였다.

"그 정도야……. 그럼 다리 하나는 내 것이네."

'컥! 저… 저 미친놈들, 그거 갖다 뭐 할려구…….'

위경리는 질렸다는 듯 고개를 흔들었다.

모삼중은 황보명이 개방에 저 음적들의 처리를 맡길 듯 말할 때부터 가슴이 뛰었다.

음혼색살마의 신병을 책임진다는 것은 곧 태풍의 눈이 된다는 것과 같았다.

개방의 위명이 사해를 뒤흔들게 될 것이다.

그리고 그 중심에 자신이, 낙양분타주 모삼중이 있게 되는 것이다.

모삼중이 꿈에 부풀어 있을 때였다.

"잠깐! 헥헥……."

한 소리 외침이 숲 속에서 터지고 양만효가 헐레벌떡 뛰어왔다.

“음적들의 신병은 본관이 인수할 것이니 그대들은 손을 떼고…….”

“흥!”

위경리가 코웃음을 쳤다.

“이제야 나타난 주제에… 뭐? 게다가 일개 포두가 성주조차 들었다 놨다 하는 백리단황과 맞설 힘이 있기나 하나?”

“이, 이, 이…….”

손가락으로 위경리를 가리키긴 하지만, 맞는 말이니 뭐라 할 답변거리가 있을 리 만무하다.

“어쨌든…….”

“어쨌든이고 저쨌든이고, 일단은 개방에 위임하는 게 그대 만수무강에도 나을 거야.”

붉으락푸르락하는 양만효에게서 고개를 돌린 위경리는 모삼중을 쳐다보았다.

“만유개에게 알리고 황보명이 말한 대로 움직이게. 허튼 생각으로 일 벌이지 말고!”

한마디 말로 못을 박은 위경리는 주위의 사람들을 둘러보고 단호한 목소리로 말했다.

“그리고 당분간은 천음마령공에 대한 것은 발설하지 말도록. 나중에 때가 되면 알릴 것이니 그때까진 모두 입에 자물쇠를 채워야 할 게야. 귀신도 모르게 죽고 싶지 않거든 말이지.”

싸늘한 바람이 사람들의 가슴을 헤집고 지나갔다.

“끄응… 알았습니다요…….”

‘귀신같은 늙은이.’

양만효는 음혼색살마를 잡은 사실을 부풀려서 한바탕 설치려 했는데, 그만 위경리에게 들킨 것이다.

게다가 천음마령공? 모삼중은 몸이 부르르 떨렸다.

"자, 자! 객잔으로 돌아가세. 좀 쉬고 싶구먼. 아우도 가지?"

"괜찮은가?"

가만히 선 채로, 솟구친 수천제마력을 다스리던 진고영이 눈을 뜨고 고개를 끄덕였다.

"예. 별다른 이상은 없습니다만, 노형님께선?"

"아무래도 며칠 정양해야 할 거 같네……. 에잉… 아무래도 늙은 티가 나는 거 같아."

孤影　第三章

1

낙양에서 시작된 바람이 태풍이 되어 전 강호를 휩쓸었다.

음혼색살마가 잡혔다!

장절 위경리와 천중일기 연부경이 황보가, 은창보, 그리고 개방과 협력해서 낙양 외곽에서 음행을 저지르던 음혼색살마를 현장 체포한 것이다.
낙양의 비찰포두 양만효 역시 체포 현장에 있었다 한다.
그런데… 그런데…….
잡고 보니 음혼색살마의 정체가 바로 강서 대풍운보주 무제 백리단 황의 둘째 아들 백리웅전이었다 한다.
쿠궁!

하늘도 놀라고 땅도 놀라 숨을 죽였다.

십정총회에 참석하려던 만유개가 초지급 밀서를 받자마자 낙양으로 달려갔고, 다른 구파의 장로급 인사들이 발길을 돌려 낙양으로 향했다.

불길처럼 퍼진 소문은 닷새 만에 전 강호를 뒤덮어 버렸다.

2

쾅!

일곱 치 두께의 자단목 탁자가 산산이 부서져 흩날렸다.

말없이 무릎을 꿇고 있던 백리웅천의 이마가 파편에 맞아 찢어졌지만 아무도 거기에 신경 쓰는 사람은 없었다.

백리웅천과 같이 무릎을 꿇고 있던 백리웅풍이 천천히 고개를 들었다.

앞에는 평소 깊은 바다처럼 잔잔하던, 아버지이자 대풍운보의 주인인 백리단황이 눈에서 줄기줄기 불을 뿜어내고 있었다.

처음이다. 저토록 노한 모습은 백리웅풍이 이십칠 년을 사는 동안 처음이었다.

단순히 둘째 형님이 죽은 것과 다름없는 상태가 됐다는 것에 노한 게 아니었다.

강호에 발을 디딘 이상 칼끝에 목을 걸고 사는 인생이다. 조금 일찍 죽었다 해서 아쉬움은 있을망정 저리 노할 일은 아니었다. 그게 백리웅풍이 아는 백리단황이었다.

“형님의 신병이 낙양에서 대별산 뇌옥으로 옮겨질 거라 합니다, 아
버님.”

“노옴! 다시는 그놈을 형님이라 부르지 마라! 나는 그런 간악한 음적
을 아들로 둔 적이 없다!”

백리단황이 불길을 뿜는 눈으로 백리웅풍을 노려보았다.

“그래도 그 아이가 우리 백리가의 사람이라는 것을 모르는 사람은
없다. 지금은 그 아이가 무슨 짓을 저질렀는지부터 확실히 알아야 한
다.”

한쪽에서 이마에 손을 대고 의자에 깊숙이 몸을 묻고 있던 노인, 백
리환의 말에 백리단황의 몸이 흔들렸다.

“아버님, 설마 음혼색살마에 대한 소문을 듣지 못하신 건 아니시겠
지요? 도저히… 도저히 용납될 수 없는 일입니다. 대체 그놈이 왜 그런
짓을 저질렀는지는 모르겠지만 지금부터 그놈을 가족으로 여기는 자는
그 누구도 제가 용서치 않을 것입니다!”

한마디 한마디 맹세하듯 단호한 음성이 백리단황의 입에서 나오자
장내는 옷자락 소리 하나 들리지 않을 정도로 조용해졌다.

“하나… 그 일에 대한 조사는 철저히 할 것입니다. 웅천!”

“예! 아버님!”

“네가 가라! 가서 철저히 조사해라! 단 한 점 의혹도 없이 철저히.
웅풍!”

“예! 아버님!”

“너는 웅천의 뒤를 받쳐 줘라! 그리고 피해자들의 가족에게 배상을
어찌해야 할지 알아보아라! 그리고 모두 알아두도록! 이 일을 빌미 삼
아 천은산장이 움직일 것이다. 놈들에게서 한시도 눈을 떼지 말아야

할 게야!"

"풍아! 가거든… 대별산까지 가게 해선 안 될 것이다!"

백리단황의 전음이 귓전을 천둥처럼 두들겼다.

깊숙이 고개를 숙이고 엎드려 있던 백리웅풍의 어깨가 부르르 떨렸다.

그 말의 진의를 알아들은 것이다.

아버지 백리단황은 냉정한 분이신 것이다. 백리웅풍 역시 그게 최선임을 알고 있었다.

"단유!"

백리단황의 부름에 그림자처럼 조용히 서 있던 백리단유가 고개를 숙이며 답했다.

"말씀하시지요."

"아우는 각 지부 사람들이 흔들리지 않도록 최대한 신경을 쓰게."

"알겠습니다."

"웅풍은 떠날 때 운중객(雲中客) 넷을 대동하도록!"

백리단황의 마지막 말에 백리웅풍의 눈에서 기쁨이 떠올랐다.

운중사객. 무제 백리단황의 그림자라는 풍영(風影)과 더불어 신비에 싸인 고수들. 그들을 내어준다는 것은 그만큼 이 일의 중요성을 생각하게도 하지만 백리웅풍을 다음 대 운중의 주인으로 인정한다는 말과도 같았다.

"신명을 바쳐 반드시 명을 완수하겠습니다!"

3

은은한 다향이 검소하게 꾸며진 내실을 가득 채웠다.

한 손으로 다기를 받친 노인의 입가에선 미소가 떠날 줄 모르고 피어나고 있었고, 그 앞에 엎드린 중년인의 눈에는 현기가 서려 있었다.

"그래서, 자네는 우리가 나서야 된다 이 말인가?"

고요한 방을 울리는 노인의 낮은 음성은 황색 비단의를 입은 중년인에게는 신의 말씀과도 같았다.

"어른께 때라는 것은 그리 중요하지 않다는 것은 알고 있습니다만 저희 같은 범부에게 때란 것은 결코 가벼이 생각할 게 아니지요."

"흠… 중안."

"예, 어르신."

"자네는 참으로 겸손한 사람이란 말이야. 허허. 천하는 자네의 그 말을 인정하지 않을 게야. 사마중안이 범부라면 다른 사람은 어찌하란 말인가? 헐헐."

중년인의 고개가 들리고 중년인과 노인의 눈이 마주쳤다.

"어르신께 비하면 그저 범부라 해도 지나친 것이지요."

"허! 그 사람, 참."

노인은 조용히 손에 들린 차를 한 모금 들이켰다.

"자네 뜻대로 하게. 단, 저번처럼 너무 시끄럽지 않도록 하면 좋겠군."

노인의 단아한 말에 중년인 사마중안의 눈썹이 가늘게 떨렸다.

"실수는 한 번으로 족하지요. 그래서 유 형과 종리 형을 함께 보낼까 합니다."

“흠… 그들이라면 믿을 수 있는 사람들이지. 혹시 모르니 장 늙은이도 유람 삼아 같이 보내보게.”

노인의 말에 사마중안의 표정이 놀라움으로 굳어졌다.

“장 어른까지라면…….”

“아마 오랫동안 장 안에만 있어놔서 관절이 썩지나 않았는지 모르겠구먼. 헐헐헐.”

“그리고… 동쪽 하늘에 비를 뿌려볼까 합니다.”

조금 굳은 얼굴의 사마중안이 허락을 구하는 눈길로 노인을 쳐다보았다.

“비라……. 흠. 그 비는 피비가 되겠군. 어쩔 수 없겠지.”

사마중안의 고개가 깊숙하게 숙여지고,

“뜻대로 하겠사옵니다.”

두 눈에선 신광이 번뜩였다.

마침내 은자(隱者)들의 하늘이 결정을 내린 것이다.

4

비가 내린다.

가랑비처럼 내리던 비가 점점 굵어지더니 그야말로 우박 떨어지듯 쏟아 붓는다.

객잔 지붕 기왓장이 깨질 것처럼 비명을 질러대건만 비란 놈은 조금도 개의치 않고 그저 줄창 부어대기만 한다.

"아따 그놈의 비 지랄같이 내리는고만."

만유개가 웃통을 반쯤 드러낸 채 이를 잡다 말고 푸념을 늘어놨다.

"거지새끼들은 그저 날이라도 좋아야 밥이라도 한술 얻어먹는데 큰일이고마."

"흥! 누가 거지 아니랄까 봐 지놈 목숨 걱정보다 밥 걱정이 우선이구만."

만유개가 이틀째 옷섶에 달라붙은 이만 잡고 객잔 마당에서 뒹굴고 있자 그 꼴을 보다 못한 위경리가 한 소리 내질렀다.

만유개의 눈이 샐쭉하니 위경리를 꼬나보다 눈이 마주치자 후다닥 손톱 사이에 놓인 이의 잔해 쪽으로 돌렸다.

'젠장. 밥값을 자기가 내는 것도 아니면서……'

음혼색살마가 잡히고 엿새가 지났다.

모삼중의 연락으로 만유개가 개방의 정예 삼십육걸 중 열둘을 대동하고 낙양으로 득달같이 달려왔다.

거지들의 입을 통해 소문이 폭풍처럼 한바탕 낙양을 휩쓸고 지나갔고, 여기저기서 모여든 각파의 고수들이 낙양 성내에만 수백이었다.

그중 장로급 원로들만도 십수 명, 백풍객잔은 느닷없이 무림의 명소가 되어버렸다.

백풍객잔의 별채 안쪽에는 객잔 주인의 배려로 따로 떨어진 세 개의 방이 음마를 잡은 영웅들을 위해 주어졌다.

연부경은 손녀들을 북경에 데려다 주고 할 일이 있다며 먼저 떠나갔다. 아마도 감천기의 죽음에 대한 것 때문인 듯했다.

황보명은 이틀이 지나자 좀이 쑤신다며 너스레를 떨다, 보고를 위해 본가에 다녀와야겠다며 나간 지 나흘이 되었다.

다행인지 그날의 일을 자세히 아는 것은 몇몇뿐이었고, 진고영이 자신의 이름은 대세에 도움이 안 되니 말하지 말아달라 해서인지 귀찮게 하는 자도 없었다.

개방의 제자들이야 멀리서 지켜본 터라 진고영에 대해서 자세히 알지도 못했다.

그저 대단한 젊은 고수란 것 정도만 알 뿐이었다.

오직 모삼중만이 그래도 가까이서 지켜봤지만 위경리의 협박 아닌 협박에 입을 다물었다. 하긴, 말한다 해서 누가 믿으랴 하는 생각도 있었으니.

우형욱과 장평은 매일같이 진고영을 졸라대다 위경리에게 혼나는 게 일이었다.

진고영에게 가르침을 청하는 우형욱과 장평의 태도가 하도 진지해서 처음에는 그냥 놔두었다.

자신의 몸을 추슬러야 했기 때문이다. 한데 몸이 어느 정도 정상을 되찾자 자신의 재미를 빼앗는 두 사람이 얄밉게 보이기 시작한 것이다.

진고영은 의형인 위경리의 몸이 나아지면 떠나려 했지만 이런 저런 이유로 붙잡힌 신세가 되어버렸다.

하지만 더는 지체할 수 없었다.

위경리의 몸도 나아졌으니, 의창으로 가는 길을 더 이상 미룰 수는 없었다.

"노형님, 내일 아침 떠날까 합니다."

진고영의 말에 위경리의 눈이 휘둥그레졌다.

"내일? 흠… 알았네."

의외로 순순히 답하는 위경리의 말에 진고영은 묘한 기분이 들었다. 그리고 그런 기분은 위경리가 돌아서며 하는 말을 듣고 다 날아가 버렸다.

"오늘 결정을 지어야겠군. 내일 아우와 떠나려면……."

"예?"

위경리는 당.연.히. 진고영과 같이 동행할 생각이었던 것이다.

저녁 식사가 끝나고 백풍객잔 별채 가장 큰 방인 백매화실에는 정적만이 흐르고 있었다.

커다란 탁자를 중심으로 둘러앉은 사람들이 십여 명이나 됐지만 아무도 먼저 입을 열지 않았다.

구파일방의 장로급 인사가 열 명, 각 대문파의 장로나 원로급 인사가 일곱 명, 거기에 위경리까지 있으니 도합 열여덟 명의 내로라하는 인사들이 앉아 있는 것이다.

주위를 둘러보던 무당 장로 옥진자가 참다못해 입을 열었다.

"큼! 일단은 대별산 뇌옥으로 옮겨 처리하기로 했으니 큰 문제는 없을 듯합니다만, 혹시 모를 일이니 호송에 만전을 기해야 할 것입니다."

"아니, 어느 누가 무림련의 행사를 방해한단 말입니까?"

성격이 괄괄한 청성의 열화진인 태인 도장이 벌떡 일어나 소리치다 주위의 시선이 곱지 않음을 눈치챘는지 슬그머니 자리에 앉았다.

"아… 뭐 제 말은 고수들이 호송하고 갈 거니까……."

고수 운운하는 말을 듣던 위경리가 웃기지도 않는다는 투로 삐딱하게 태인 도장을 쳐다보았다.

"고수? 홍! 그 성격 고치기 전엔 자네도 꽤나 힘든 생을 살아야 할 것 같은 안타까운 생각을 버릴 수가 없군."

"거참… 위 도우님의 구공은 어째 날이 갈수록 더 세지는 것 같소이다. 험."

눈을 흘기며 받아치는 태인 도장의 말에 위경리는 고개를 모로 꼬았다.

"태성, 그 친구 말에 의하면 자네는 지금도 정현 사부에게 매일 혼난다고 하던데……."

"커흑……!"

두 사람의 건질 것 하나 없는 말싸움을 지켜보던 소림의 지심 대사가 조용히 일어났다.

"아미타불! 두 분께서 재밌게 말씀하시는데 죄송합니다만 위 시주께 한 가지 물어볼 게 있습니다."

지심 대사라면 위경리와 나이도 비슷하고 강호에서의 위명이 결코 칠절에 못하지 않다.

게다가 일반 백성에게는 인의생불로까지 불리는 소림의 자랑이다. 지심 대사가 이곳까지 직접 왔다는 자체로 소림이 이 일을 얼마나 중요시하는지를 대변한다 할 수 있었다.

"어제 말씀으로 장로 분들이 어느 정도 모이면 말씀해 주실 게 있다 하신 걸로 압니다만, 오늘 이렇게 여러 강호동도들께서 모이셨으니 말씀을 해주시지요."

장난기 서렸던 위경리의 표정이 서서히 굳어지고 눈에선 정광이 번뜩였다.

"지금부터 하는 말은 별 값어치가 없기는 하지만 나의 명예를 걸고 하는 말이외다. 이미 이 사실을 알고 있는 다른 이에게는 사안의 중요

성을 감안해 절대 발설치 않겠다는 약속을 받았소이다. 어길 시에는
목숨이라는 대가가 따를 거라 했소이다.”

화려한 칠면조의 변신을 보는 듯 사람들의 표정이 각각으로 변했다.

장절 위경리가 자신의 명예를 걸고, 어기면 목숨으로 대신해야 하는
약속, 대체 어떤 내용이길래…….

“그것은 음혼색살마가 지녔던 무공에 대한 이야기이고 또한… 천음
마령공에 대한 이야기외다!”

장내에 벼락이 떨어졌다.

천음마령공이라니……. 그것은 천음마인의 또 다른 이름이었으
니…….

경악!

아연실색!

그리고 공포심으로 변해가는 표정들…….

한쪽에선…

무슨 말인지 몰라 어리둥절한, 보다 젊은 사람들…….

“아미타불! 대체… 대체 그게 무슨 말씀이신지 보다 정확히 말씀해
주시길.”

창백한 표정의 지심 대사가 연신 불호를 외우며 떨리는 목소리로 물
었다.

모두의 눈이 위경리를 해바라기하듯 하고 있었다.

만유개만이 들은 이야기가 있어서인지 침중한 얼굴로 눈앞의 찻잔
에 눈을 고정시켰다.

“들으신 대로요. 천음마령공이 나타났고, 천음마수가 백여 년 만에
재현됐소. 다행히 그 화후가 낮아 겨우겨우 힘을 합쳐 제압하기는 했

지만, 참으로… 다시 생각하기도 싫은 싸움이었소. 문제는… 백리웅전이 그 악마지공을 익혔다는 거외다.”

웅성웅성…… 두런두런…….

“조용! 조용해 주시오!!”

은은히 울리는 음성은 낮으면서도 힘이 있었다.

칠절 중 하나이며 화산의 대장로, 매향검절 설추민의 자하공력이 깃든 음성에 소란이 가라앉았다.

“위 형… 위 형의 말이 얼마나 중요한지는 위 형께서 잘 아시리라 믿습니다. 혹시나 이 일의 중요성을 모르는 분들을 위해 말씀드리지요. 천음마령공에 대한 것이 사실로 밝혀진다면…… 십정총회의 모든 안건은 뒤로 물려지고 오직 이 일만을 다루게 될 것입니다. 그것도 비상령이 내려진 상태로.”

알고 있는 사람들은 당연하다는 표정이었고, 몰랐던 자들은 어이없는 얼굴로 설추민을 주시했다.

“그러니만큼 위 형께선 확실한 말씀을 해주서야 합니다.”

“아! 글쎄! 나뿐이 아니고 천중일기 연 형에다가 황보가의 셋째 황보명과 함께했던 일이니 확실이고 뭐고 없다니깐. 문제는 백리단황이 알았든 몰랐든 앞으로 피바람이 불 거라는 거지!”

위경리가 더 말할 것 없다는 듯 강하게 말을 끊었다.

피바람…….

창밖에 세차게 내리는 비가 혈우처럼 느껴진 군웅은 말을 잊어버렸다.

무겁게 가라앉은 회의는 자시가 다 돼서야 끝을 맺었다.

호송은 무림련 정예 무력 단체인 사단 중 십정총회의 호위를 맡기로 했던 청룡단과 개방의 십이걸개가 맡기로 했다.

그리고 낙양에 모인 장로 중 다섯 명이 동행키로 했다. 그것은 죄인을 호송하는 임무치고는 과한 것이었지만 누구도 이견을 달지 않았다.

천음마령공에 관한 사항은 숭산에서 열릴 십정총회에서 본격적으로 다루기로 의견을 모았다.

너무도 중요한 일이었기에 두려움에 누구도 앞장서려 하지 않았던 것이다.

孤影　第四章

1

그렇게 두려움이 지배하던 밤이 지나고 날이 밝았다.

비가 언제 내렸냐는 듯 맑은 하늘에는 구름 한 점이 없었고 태양은 온 누리를 비췄다.

진고영과 위경리가 아침 식사를 마치고 막 객잔을 떠나려 할 때, 우형욱이 한 손에 창을, 등에는 새로 꾸린 것 같은 봇짐을 메고 허겁지겁 쫓아 나왔다.

"후우… 하마터면 늦을 뻔했군요."

"응? 뭐가 늦어?"

"아… 하하……. 장 형에게는 사부님께 말 좀 잘 해달라 했습니다. 원래는 장 형도 같이 가려 했지만 둘 다 가면 사부님이나 장 당주님께서 화내실 것 같아서……."

"그러니까… 자네도 우리와 같이 가겠다?"

“예! 바로 그겁니다.”

“고생 좀 할 건데…….”

“하. 하. 하…… 젊어 고생은 사서도 한다는 유명한 말이… 있잖습니까.”

“위험할지도 모르는데?”

우형욱의 얼굴이 굳어지고 한마디 한마디 힘주어 말했다.

“개구리가 우물을 벗어나려면 그 어떤 위험도 감수해야겠지요.”

“쩝… 그놈… 참. 나도 모르겠다. 맘대로 해라.”

“감. 사. 합니다.”

진고영의 입가에 보일 듯 말 듯 미소가 어렸다.

어차피 떼어내긴 틀린 거 같다. 그렇다면… 좋은 게 좋은 거겠지.

그렇게 일행은 셋으로 늘었다.

일단은 하남성 서남단의 등주를 거쳐 호북으로 넘어간 후 배를 타고 수로로 갈 계획을 잡았다.

마장에서 말을 구한 세 사람은 서남으로 길을 잡고 말을 달렸다.

2

유월의 후끈 달아오른 대지는 들불이라도 놓은 것마냥 열기가 솟구쳤다.

어양을 거쳐 등주로 가는 길은 더위와의 싸움길이라 해야 할 지경이었다.

숲이라도 있는 곳은 그래도 나았다. 숲도 없이 끝없이 펼쳐진 황무지를 지날 때면 누런 황사바람이 구름처럼 일어나 나그네의 발길을 붙잡았다.

태양이 중천에서 서편으로 기울어져 갈 무렵, 고개를 숙인 세 필의 말이 거품을 물고 남가령 고개를 넘어가고 있었다.

그리 높진 않으면서도 삼십 리도 더 되는 남가령은 넘어가는 이의 인내력을 시험하는 듯했다.

"제기랄! 날씨도 더운 판에 뭔 놈의 황사가 이리 불어대는 건지 원……. 에! 퉤! 퉤!"

위경리가 진절머리가 나는지 머리를 흔들며 황사 섞인 침을 뱉었다.

묵묵히 뒤따르던 진고영은 고개를 들어 남가령 정상 쪽을 쳐다보았다. 황사에 가려 잘 보이진 않지만 언뜻 보이는 걸로는 숲이 그리 멀지 않은 듯했다.

"조금만 더 가면 숲이 있을 거 같군요."

"정상 조금 못 미처 숲이 있긴 있을 거야. 그나마 그곳이라도 있으니 이렇게 올라가는 거지만."

진고영의 뒤를 따라오던 우형욱이 미간을 좁히며 위경리를 째려봤다.

"그러게 좀 돌아도 관도를 타고 가자 했잖습니까."

"뭐야? 이놈아! 고생은 사서도 한다는 놈이 누구였는데?"

"그거하고 어떻게……."

"너 지금 감히 나한테 엉겨보겠다는 거냐?"

"그… 그럴… 리가요……."

'힘없는 게 웬수다… 정말…… 끙!'

겨우겨우 도착한 숲은 제법 우거져 불길 같은 태양과 짜증나는 황사로부터 해방감을 느끼게 해줬다.

사람들이 자주 쉬어간 듯 숲 안 공터 쪽으로 길이 나 있었다.

그리고 공터에는 먼저 와 쉬고 있는 선객들이 있었다.

"하이고… 이제야 살 것 같구만……."

위경리가 말에서 내리더니 한쪽 고목 아래로 가 철푸덕 주저앉았다.

진고영과 우형욱도 위경리 옆에 자리를 잡았다.

반대편 쪽 선객들은 한 사람을 제외하곤 진고영 일행에게 눈길도 주지 않았다.

두 명의 사오십대 중년인과 육십? 아니, 칠십은 넘는 듯 보이는 갈의 노인, 그리고 삼십대 장한 다섯이 자연스럽게 둘러앉아 있었다.

눈길을 주었던 자는 중년인들 중 그나마 나이가 적어 보이는 백의를 입은 자였다.

앞섶을 약간 벌리고 손부채질을 하던 위경리는 무언가 신경에 거슬리는 게 있었지만 그게 무언지 생각이 나지 않았다. 그러다 우형욱을 보고는 채근댔다.

"우가야! 아예 자빠진 김에 쉬었다 간다고 여기서 밥이나 먹고 가자."

"위 선배님! 한 시진 정도만 더 가면 마을이 있다면서요. 조금 쉬었다 마을에 가서 따뜻한 식사를 하는 게 낫지 않겠습니까?"

"이놈아, 그걸 누가 몰라서 그러냐? 우선은 힘이 있어야 갈 거 아니냐? 힘이!"

"어휴…… 배 속에…… 아, 알았습니다. 알았어요. 하지만 건포밖에 없다는 걸 잊지는 않으셨겠지요?"

“그거라도 줘봐라. 에잉… 오리 구이라도 좀 사 오지…….”
투덜대는 위경리에게 건포를 건넨 우형욱은 진고영을 바라보았다.
“진 소협도 좀 드시겠습니까?”
“아닙니다. 저는 그리 배가 고프지 않습니다.”

세 사람의 하는 양을 곁눈질로 보던 백의 중년인이 남의 중년인과
눈을 마주쳤다.
“분명 장절로 불리는 현수 위경리가 맞는 듯합니다.”
“위경리는 지금 낙양에 있어야 맞는 게 아닌가?”
“글쎄요. 저도 그 점이 의심스러워 자세히 살펴봤습니다만 위경리가
분명한 거 같습니다.”
“흠… 그렇다면 위경리는 그 일에서 손을 놓았단 말인가?”
“현재로선 그리 생각할 수밖에……. 한번 알아볼까요?”
“적당한 선에서 물러나야 할 것이네.”
잠시 후, 한쪽에 둘러앉아 있던 삼십대 장한 중 하나가 진고영 쪽을
보고 인상을 쓰며 소리쳤다.
“거, 댁들만 쉬는 거 아니니까 조용히 좀 합시다! 젊은 사람이나 나
이 먹은 사람이나 주책없이 떠들기는 되게 떠드는구면.”
“응?”
위경리의 이마에 주름이 졌다.
“지금 우리한테 말한 거 맞소?”
“그럼 댁들한테 말했지 저 말들한테 했겠소?”
“우리가 크게 소리친 것도 아니고, 그게 거슬릴 정도라면 살아가는
데 애로 사항이 많으시겠구면……. 훔.”

말싸움이라면 누구에게도 쉽게 지지 않을 고수가 위경리다.

"뭐라? 그럼 시끄럽지도 않은데 내가 하릴없어서 시비를 걸고 있다 이 말이오?"

삼십대 황의장한, 한목군이 벌떡 일어나더니 위경리 앞으로 걸어갔다.

그때였다.

우형욱이 마주 일어섰다.

"너무하지 않습니까? 잠깐 쉬러 앉은 사람들이 이야기도 할 수 있고 그런 거지 뭘 그렇게 신경을 곤두세우는 거요?"

"흥! 그래서 지금 한번 해보겠다는 건가? 조용하라면 찍소리 말고 쉬었다 갈 것이지……."

"찍소리? 지금 찍소리라 했나? 그러니까……."

"이놈아, 가만히 있어라. 저놈은 아직 네 상대가 아니다."

위경리가 우형욱에게 전음을 보내며 천천히 몸을 일으켰다.

"내가 쥐새끼다 그 말을 하고 싶은 건가? 지금?"

"그러면 어떻고 아니면……."

파앗!

위경리의 신형이 일 보에 삼 장을 미끄러지면서 한목군의 면전으로 쇄도했다.

그리고 손을 뻗어 목을 움켜쥐어 갔다.

"웃!"

한목군은 위경리의 신형이 눈앞에 다가오자 그대로 몸을 눕히며 다리를 휘둘렀다. 철판교에 이은 회륜각이었다.

"어쭈?"

자신의 일격을 쉽게 피하는 한목군을 보던 위경리의 입술이 묘하게 틀어졌다.

"오라… 그러니까 한수가 있다 이 말이지?"

위경리의 몸이 마치 누가 떠받치는 것처럼 일 장 위로 떠올랐다.

이어지는 공격은 칠산장, 허공 가득 장영이 어리고 회륜각을 펼치고 뒤로 물러나 몸을 일으키는 한목군의 가슴으로 줄기줄기 이어지는 장세가 파고들어 갔다.

한목군의 얼굴이 가볍게 흔들렸다.

과연 위경리다. 한물간 노고수라 생각했거늘, 늙은 생강이 맵다는 것을 절실히 느끼게 해준다.

두 다리에 힘을 싣고 몸을 회전시키며 장세를 흩뜨리고, 등 뒤로 뻗은 손에 검자루가 잡혔다.

"읍."

챙!

보기보다 장세의 힘이 강력해서 미처 다 해소시키지를 못한 거 같다. 하지만 검을 뽑는 것을 늦추지는 않았다.

약간의 손해는 감수하기로 했다.

"야합!"

검을 휘둘러 전면으로 다섯 번 휘둘렀다.

검의 그림자가 전면을 감싸고, 뒤이어 찔러가는 검에선 검광이 번뜩였다. 청평검의 정수라 할 수 있는 청평일위였다.

"오홋! 제법이구나."

위경리의 떠 있던 몸이 검광을 타고 다섯 자를 더 떠올랐다.

수류보의 등운결이다.

그리고 떠오른 위경리의 두 손에선 검은 구름이 넘실댔다.

"아! 현고장!"

경탄이 백의 중년인에게서 터지고 남의 중년인의 두 눈에선 신광이 번뜩였다.

하나, 위경리의 두 손 아래 놓인 한목군이 느낀 것은 감탄 따위가 아니었다.

거대한 압력이 온몸을 짓누르고, 자신있어하는 청평검결을 펼칠 여유도 없이 두 눈 가득 묵색 장영만이 몰려오고 있었다.

"크윽!"

입에서 자신도 모르게 신음이 터졌다.

"대형!"

구경하던 황의장한 중 셋째 한목상이 검을 뽑아 들고 위경리를 덮쳐 갔다.

그러자 이제나저제나 끼어들 기회만 노리고 있던 우형욱이 마주 달려나갔다.

"흥! 어딜!"

한목상의 검이 위경리의 정수리를 쪼갤듯이 내려쳐 갈 때 우형욱의 창은 별다른 변식도 없이 검에 부딪쳐 갔다.

쩌르르릉!!

부딪치는 순간 창이 강력한 힘으로 돌아갔다.

검을 끌어안을 듯 돌던 창이 좌우로 내쳐진다.

그리고 마지막, 일직선으로 곧고 빠르게 어깨를 꿰뚫어갔다.

단순한 삼변식, 전에는 볼 수 없었던 강력한 힘이 창끝에서 느껴진다. 입가에도 차가운 미소가 맺혔다.

하지만 거기까지였다.

달려들던 한목상이 몸을 뒤틀고 검을 당기며 사방으로 찔러 창영을 흩뜨리고, 빠르게 찔러오는 창의 궤도에 혼신의 힘으로 자신의 검을 밀어 넣었다.

따다당!

강렬한 굉음과 함께 둘의 신형이 뒤로 튕겨졌다.

우형욱의 두 눈에 아쉬움이 남았다.

남은 것도 손해 본 것도 없다. 전에 비하면 장족의 발전이었다. 하지만 만족할 만한 수준은 아니다.

한편, 가운데에선 한목군이 연신 밀리고 있었다.

위경리는 입가에 싸늘한 미소를 흘리며 제자리에 서더니 쌍장을 천천히 세 번 밀어냈다.

한목군은 몸을 바로 세우고 위경리가 장을 밀어내는 것을 직시했다.

'노인네가 몸만 젊어서… 이제 기력이 떨어졌나?'

의아심이 일기는 했지만 그리 강력해 보이지는 않자 검을 세우고 공격 자세를 취했다.

"헛! 조심해라!"

한쪽에서 그 광경을 지켜보던 백의 중년인이 대경하며 급하게 몸을 날렸다.

한목군은 상관의 대경한 목소리에 어리둥절해졌다.

그때였다.

시원한 봄바람처럼 밀려오던 기운이 급박한 변화를 일으키더니 회오리쳤다.

'엇!'

놀랄 겨를도 없이 몸을 움직이지도 못할 정도의 기운이 온몸을 감싸 왔다.

'이익…….'

검에 기를 불어넣어 휘둘러 막으려 했지만 움직여지지 않는다.

그제야 상대가 절정고수 장절이라는 생각이 뇌리를 강타했다.

"이야핫!"

몸을 뒤늦게 날린 백의 중년인이 허리를 훑었다.

한 자루 날 서린 붉은 도기가 허리에서 두 손을 타고 앞으로 쏘아 나갔다.

우우웅……. 쩌저적!!

묵색 기운이 붉은 도기와 부딪치며 기음을 토해냈다.

"으음……."

위경리가 탁한 신음과 함께 삼 보를 물러났다.

생각지도 못했던 강력한 기운에 현고진기의 기운을 더욱 끌어올렸지만 조금 늦은 감이 있었다.

백의 중년인 역시 삼 보를 물러나 놀란 얼굴로 위경리를 바라보았다.

급하게 공격했으니 급습한 상황과 비슷하다. 한데 그다지 이익 본 게 없다. 과연 장절…….

호승심이 솟구치자, 도를 들어 올려 위경리를 가리켰다.

"전홍도(電紅刀) 유광?"

유광의 도를 바라보던 위경리는 놀란 눈으로 백의 중년인을 바라보았다.

"내가 유광이외다, 위 선배."

"놀랍군… 놀라워……. 이런 곳에서 전홍도를 건식하다니. 역시 천은산장인가?"

"과연 위 선배의 견문은 대단하시구려."

유광의 말을 듣던 위경리는 한쪽에 편하게 앉아 있는 남의 중년인을 바라보더니 갈의노인에게로 시선을 옮겼다.

갸웃.. 누구지?

아까부터 무언가가 마음에 거슬리는 게 있었다.

어디서 본 듯… 아니, 말로라도 들었던 듯하다.

남의 중년인이 일어나더니 위경리에게 가볍게 포권을 취했다. 평대의 포권을.

"처음 뵙겠소. 종리율이라 하오이다."

"종리율? 종리… 율? 일기천관(一氣天貫) 종리율?"

위경리의 입이 쩍 벌어졌다.

"그랬던가? 일기천관이 천은산장에 있었던가? 허허……."

"내가 천은산장에 있는 게 뭐 그리 놀랄 일이겠소."

"움? 하긴… 하늘도 숨어 있는다는 곳이니……."

'하늘?'

혀를 차며 말을 하던 위경리의 안색이 딱딱하게 굳었다.

그리고 고개를 돌려 조용히 앉아 있는 갈의노인을 쳐다보았다.

"맙소사… 그였구나… 도제… 광혼도제(狂魂刀帝) 장무담……."

과거의 하늘 삼십삼천 중 오제의 일인, 도제 장무담. 삼십여 년 전 강호에서 사라진 이름.

참으로 놀라운 이름이었다.

더욱 놀라운 것은 장무담이 천은산장 사람이란 것이었다.

경악으로 부릅뜬 눈이 갈의노인에게서 떨어질 줄을 모르자 유광이 헛기침을 했다.

"험험… 선배께 한 가지 물어볼 말이 있소만."

"어? 아! 뭘?"

놀란 마음을 추스르며 유광을 쳐다봤다.

"얼마 전에 본 장의 십은 중 하나인 사공도와 불미스런 일이 있었다 들었소만……."

유광이 질책하는 눈빛으로 위경리를 쳐다보자 위경리는 특유의 오기가 발동했다.

"불미스런 일이라……. 아! 떼거지로 몰려와서 연 형을 핍박했던 그 일을 말함인가?"

"떼거지? 핍박? 위 선배께선 말씀을 가려 쓰셔야겠소."

"웅? 내가 뭘 어쨌기에 그러나. 이 정도면 양반이지."

위경리가 유광을 놀려댈 때였다.

쇠를 긁는 듯한 목소리가 한쪽에서 울려왔다.

"그 사부에 그 제자로군. 고계도 남 약 올리는 말재주 하나는 알아줬지. 하긴 그 때문에 일찍 죽었지만."

장무담이 몸을 일으키더니 뒷짐 진 모습으로 천천히 걸어왔다.

위경리의 안색이 창백하게 굳었다.

'늙어 죽지도 않은 괴물이 감히 사부를 욕보이다니!'

화가 났지만 도제 장무담 앞에서 함부로 날뛸 수는 없었다.

그저 주먹만을 움켜쥘 뿐이었다.

"귀하들이 진실을 말해 달라 해서 노형님께선 진실만을 말한 거 같은데 왜들 그러는지 모르겠군요."

위경리에게 상황을 맡겨뒀던 진고영이 침묵을 깨고 나섰다.

신경이 쓰이던 노인이 나섰다.

도제 장무담이라 한다. 조부님과 동배의 인물. 위경리로선 감당할 수 없는 사람이었다.

유광의 얼굴에 어이없다는 표정이 떠올랐다.

"거… 어째 위 선배와 같이 있는 자들은 하나같이 주제를 모르고 나서길 좋아하는군요."

좀 전에 한 방 맞았던 걸 갚아준 기분이다.

"아! 하… 하하… 그러고 보니 잠시 아우가 있다는 걸 잊었군 그래."

"아우?"

유광은 어리둥절해졌다.

위경리의 나이 육십대 중반, 저 청년은 잘해야 이십대 중후반 정도? 그런데 아우?

확실히 이들은 이상한 일행이었다.

유광은 진고영을 향해 냉랭한 어조로 말했다.

"진실이라고 했나? 내 알기로 그쪽도 적지 않은 사람이 있었거늘, 여럿이 덤볐다고 떼거지니 핍박이니 하는 게 진실이다 이 말인가?"

"분명히! 오죽하면 마도사파가 연 노사를 해코지하는 게 아닌가 생각이 들었겠소?"

"커윽!"

"큭큭!"

위경리와 우형욱은 만만치 않은 진고영의 말투에 웃음이 나오려는 걸 가까스로 참았다.

"네놈이! 감히! 나를 우롱하려는 게냐?"

붉으락푸르락하는 유광이 평정을 잃고 소리쳤다.

하나 진고영은 그런 유광은 쳐다보지도 않고, 종리율도 보지 않은 채 그저 장무담만을 깊은 눈으로 쳐다보았다.

"노선배께선 어찌 생각하시는지……."

유광의 손이 허리로 움직였다.

자신을 무시하는 어린 후배라니…… 감히…….

도병이 손에 잡혔다.

팔 하나만 떼어내리라.

도를 뽑아 뇌전처럼 가르리라.

하지만 그의 생각도 그의 움직임도 거기까지뿐이었다.

"그만!"

장무담의 쇠를 긁는 듣기 싫은 목소리가 유광의 생각과 움직임을 멈추게 했다.

무저갱같이 깊은 노안이 진고영의 눈과 마주쳤다.

그리고 아래로 내려가 그의 허리에 끼워진 곤을 보았다.

"좋구나. 좋아……. 클클클… 나도 늙었나 보구나."

"제 조부님은 돌아가셨거늘…… 노선배께선 아직 정정하십니다."

"음? 허허허… 그런가?"

기분 좋은 웃음이 장무담의 입에 흘러나오자 유광은 물론 종리율조차 놀라움을 금치 못했다.

"자네 진가 성을 쓰나?"

"진고영이라 합니다. 인사가 늦었습니다."

"클클클…… 아니네, 아니야."

장무담의 눈빛이 부드러워졌다. 사십 년 만인가? 이리 기분 좋게 웃은 것이.

"어찌 생각하냐고 물었나? 흠… 나도 자네 생각하고 같네. 현수는 진실을 말했어."

"노선배님!"

"봉공께서 어찌…… 헙!"

급히 입을 닫는 유광을 종리율이 질책하듯 싸늘한 눈으로 쳐다봤다.

그러나 장무담은 아무것도 아니라는 듯 진고영을 바라보았다.

"이제는 내가 하나 묻지."

"물으시지요."

"어찌하려 했나."

"하려는 만큼… 해주려고 했지요."

말을 하는 진고영의 입가에서 잔잔하면서도 기분 좋은 미소가 떠올랐다.

"카! 크커커커커! 좋아! 정말 좋아! 자네는 정말 말이 통하는 친구야."

장무담은 위경리를 쳐다보았다.

"현수! 자네가 부러워지는구먼, 저런 멋진 동생을 두다니 말일세!"

"진고영이라 했던가? 언제 다시 한 번 만나고 싶구먼."

"그러지요… 어르신."

장내의 모든 사람이 얼이 빠져 장무담과 진고영, 위경리를 쳐다보았다.

잠시 진고영을 바라보던 장무담은 씁쓸히 고개를 저으며 돌아섰다.

"율, 광아! 가자."

"예? 예!"

종리율은 진고영을 한 번 더 쳐다본 후 몸을 돌려 장무담을 따라갔다.

유광은 새까만 후배가 장무담과 담소를 나눴다는 게 기분이 나빴지만 장무담의 명은 곧 하늘의 명과 같았다.

그렇게 천은산장의 사람들이 떠나갔다.

*　　　*　　　*

"저… 장 노선배님, 그 아이가 그리 마음에 드십니까?"

종리율의 물음에 장무담이 고소를 머금었다.

"자네는 어떻던가?"

"자질은 괜찮아 보였습니다만……."

장무담이 관심을 보이지 않았다면 그냥 돌아서는 일은 없었을 것이다.

그들은 산장의 일을 방해한 자들, 그만한 대가를 치러줬어야 하거늘…….

잠시 말없이 걷던 장무담이 말했다.

"그 청년이 했던 말을 기억하나?"

"하려는 만큼… 해주려 했다는……."

"그렇다네."

장무담을 보는 종리율의 눈에 의아함이 떠올랐다.

"하려는 만큼… 손을 치려 했다면 손을 잘랐을 것이고, 목을 노렸다면 광이의 목이 날아갔을 거야. 그리고 자네도 손을 치려 했지?"

"…설마……."

260

"노… 노선배님……."

말도 안 된다는 유광의 눈을 도제 장무담이 싸늘히 직시했다.

"아마… 내 아래가 아닐 것이다. 너는 내가 그럴 능력이 없을 거라 생각하느냐?"

유월 무더위가 기승을 부리고 황사가 천지를 누렇게 물들이던 그날, 한줄기 피바람이 북상하고 있었다.

3

남가령을 떠나 남쪽 내리막길을 내려가는 진고영 일행은 각자의 상념에 빠져 지금 가는 길이 맞는지 틀리는지도 모르고 그저 말에게 몸을 맡겨놓았다.

"그 늙은이가 죽지도 않고 살아 있다니……. 그것도 천은산장이라니……."

중얼중얼 구시렁구시렁…….

위경리는 도제 장무담을 이런 벽지에서 만났다는 게 아직도 믿어지지 않았다. 그리고 천은산장에 대해 다시 한 번 생각해 보고는 고개를 설레설레 저었다.

"놀랍구나, 놀라워. 혁련 늙은이가 대단하다는 건 알고 있었지만 도제 장무담까지 끌어안을 정도일 줄이야……."

"저… 위 노선배님."

"웅?"

“대체 얼마나 더 많은 고수가 나타날까요?”

우형욱의 약간은 풀이 죽은 듯한 물음에 위경리는 슬쩍 우형욱을 보더니 시무룩한 말투로 대답했다.

“글쎄다… 딴에는 나도 좀 한다고 했었는데… 저런 죽지도 않은 괴물들이 자꾸 나타난다면 은퇴를 심각하게 고려해 봐야 할 거 같다. 휴우…….”

“그러게나 말입니다. 그래도… 한 가지 방법이 있기는 한데…….”

“방법? 뭔 방법?”

우형욱의 눈이 힐끗 진고영을 쳐다보았다.

“진 소협께서 도와주신다면야… 젊은 저로서는 그래도 아직 늦은 거 같지는 않은데 말이죠.”

“응? 너는 그렇다 치고 나는?”

“노선배님이야… 그동안 어깨에 힘깨나 주고 다니셨잖습니까. 연세도 그렇고 쉬실 때도 됐죠.”

이마를 찌푸리고 곰곰이 생각하던 위경리의 눈초리가 급격한 경사를 이루며 올라갔다.

“그러니까, 너는 팔팔한 청춘이고, 나는 이제 숨 쉴 날 얼마 안 남았으니까 비참하게 죽고 싶지 않으면 산속에 오두막이나 짓고 숨어 살아라?”

위경리의 눈초리가 심상치 않게 올라가자 우형욱은 가슴이 뜨끔했다.

‘이크! 이거 잘못 건드린 거 같은데…….’

“아니! 누가 감히 선배님께 그런 말도 안 되는 말을 한단 말입니까? 아직 청춘이 구만리 같은 분에게 감히!!”

붉어진 얼굴로 사방을 휘둘러 보며 소리치던 우형욱은 십여 장 앞서
가는 진고영을 불렀다.

"어? 진 소협! 같이 갑시다. 지리도 모르시면서 그리 떨어져 가면 어
쩝니까?"

후두두둑……. 진고영을 부르며 쫓아가는 우형욱의 등으로 식은땀
이 비 오듯 흘렀다.

위경리는 가늘게 뜬 눈으로 달려가는 우형욱의 표정을 살폈다.

'저놈이 분명 그런 뜻으로 말한 거 같은데…… 으음…….'

심증은 있지만 물증이 없다. 괘씸한 놈…….

뒤에서 위경리와 우형욱이 하는 이야기를 들은 진고영은, 새삼 강호
라는 곳이 그리 만만한 곳이 아니구나… 하는 생각이 들었다.

천은산장의 인물들은 하나같이 비범해 보였다. 특히 장무담은.

장무담이야 과거부터 하늘로 불리던 사람이라지만 종리율이나 유광
등 십은 역시 무시할 수 없는 자들이다.

그렇다면 천은산장과 강남을 놓고 겨룬다는 대풍운보는 어느 정도
일까. 참으로 세상이 넓긴 넓구나.

우형욱이 진고영을 부르며 달려오고 있었다. 위경리의 속을 긁더니
피신처로 자신을 택한 모양이다.

'훗!'

이들과 있다 보면 운오와 있을 때처럼 웃음이 자주 나온다.

아마 우문 사부께서 보시면 꽤나 놀라실 것이다. 그리고 기꺼워하시
겠지.

동쪽에 노군산, 서쪽에 석인산을 끼고 있는 남가령을 내려가는 길은 올라가던 길에 비하면 훨씬 편한 길이었다.

칠천 척에 달하는 거산이 황사를 막아주고, 무더위조차 기세를 죽이는 시원한 바람도 간간이 불어왔다.

말들도 기분이 좋은지 투레질을 하며 발에 힘이 들어갔고, 위경리와 우형욱도 공연한 신경전을 중단하고 시원한 바람을 만끽했다.

"조금만 더 가면 쉴 만한 마을이 있을 거네. 오늘은 거기서 쉬었다 가지들?"

위경리가 입술을 축이며 게슴츠레한 눈으로 진고영에게 말했다.

'술 생각이 나시나 보군.'

예전에 등 조부도 술 생각이 나면 저런 표정을 지었다.

진고영이 고소를 머금고 쳐다보자 위경리는 머쓱한 표정으로 하늘을 보았다.

"거참. 황사만 아니면 저리 맑은 것을……. 쩝."

일행은 그렇게 남가령을 떠난 지 세 시진을 더 가서야 객잔이 있을 만한 마을을 만날 수 있었다.

"이상하네. 전에는 이렇게 안 멀었는데……. 험험……."

"그럴 수도 있죠."

"그렇지?"

위경리는 동조하는 우형욱이 고맙긴 길 떠나 처음이다.

"나이 먹으면 기억력이 떨어진다 하잖습니까. 노선배님 나이가 몇인데……."

"커억!"

역시! 이뻐할 수 없는 놈이다.

위경리의 얼굴색이 팔색조처럼 변해가자 우형욱은 그림자마저 떼어 놓고 잽싸게 객잔으로 들어갔다.

"아, 뭐 하십니까? 배 안 고프세요? 오리 구이 시킬까요? 어이!! 여기 오리 구이 세 마리!!"

"이, 이놈이! 그까짓 오리 구이……!"

"특으로! 그리고 제일 좋은 술도 한 단지!"

우형욱의 덧붙이기 강력한 한수에 위경리는 얼굴만 붉힌 채 입을 닫았다. 돈이 웬수다.

"참! 진 소협은 뭐 드시겠소?"

빙그레.

"저는 만두하고 소채 한 접시면 됩니다."

백리웅천은 기이한 느낌에 고개를 돌려 막 자리에 앉고 있는 세 사람을 보았다.

한 명의 중년인과 두 청년.

중년인에게서 느껴지는 기운이 범상치 않다. 고수다. 그것도 절정을 맛본 고수.

저 정도의 기운을 갈무리한 자는 보에서도 몇 되지 않으리라.

창을 든 청년도 제법인 듯 보이긴 했지만 그의 눈에 찰 정도는 아니었다.

봇짐에 도를 꽂고 있는 키가 큰 청년 역시… 특별한 점은 보이지 않는다. 허리에 찬 곤이 좀 기이하기는 하지만.

'흠… 맑은 눈을 가지고 있군. 재미있군. 나다니는 걸 그다지 좋아하지 않았었거늘……. 아무래도 여행을 자주 다녀야 할 거 같군.'

백리웅천은 진정으로 즐거워졌다.

동생으로 인해 얽히기 시작한 일로 그간 우울한 마음이 가슴 가득했었는데 뜻밖의 곳에서 뜻밖의 사람들로 인하여 기분이 풀어진 것이다.

"단주님! 건너편의 중년인이 누군 줄 아십니까?"

남현강의 전음이 백리웅천의 귓전을 간지럽혔다.

안주를 집기 위해 집어 든 젓가락을 가로로 저었다.

"장절이라 불리우는 현수 위경리입니다."

"흠……. 역시… 그랬군."

그랬다. 자신의 신경을 자극할 정도라면 칠절 정도의 고수는 되리라.

육평채를 집어 입으로 가져가는 백리웅전의 입가에 작은 웃음이 걸렸다.

백리웅천의 맞은편에 앉아 있던 남현강은 고개를 갸웃했다.

"그런데 저자가 왜 여기에? 지금쯤 낙양을 출발한 호송단에 끼어 있을 줄 알았는데요."

"사정이 있겠지. 십정은 위경리가 영웅 대접 받는 걸 그리 좋아하지 않아 했을 거네. 아마, 나라도 그냥 떠났을 거야."

백리웅천은 위경리 일행을 다시 한 번 쳐다보더니 빙긋 웃었다.

남현강은 멍하니 자신이 모시는 상관을 쳐다보았다.

이제 보니 웃고 있다. 냉혈의 무광 백리웅천이 웃고 있는 것이다.

잠풍단 단원들에게 냉혈무광(泠血武狂)이 웃었다고 하면 미친놈 취급할 것이다.

얼빠진 표정의 남현강을 놔두고 백리웅천이 일어섰다.

그리고 위경리가 있는 쪽으로 걸어갔다.

위경리는 우형욱을 어떻게 혼내줄까 고민하던 중에 누군가가 자신에게 다가오는 듯하자 흠칫했다.

발자국 소리… 그 발자국 소리는 마치 '당신에게 내가 가고 있소' 하는 거 같다.

미세한 흔들림도 없는 똑같은 발자국 소리. 잘 갈무리된 기운을 지닌 자다.

우형욱이 먼저, 왠지 갑갑함을 느끼고 고개를 돌려 다가오는 자를 보았다.

흔들림없는 걸음, 탄탄한 어깨, 남자답게 생긴 얼굴, 그리고 잔잔한 미소가 어린 고요한 눈.

같은 남자가 봐도 멋진 자다. 누굴까… 왜 이리로 오는 거지?

그 멋진 자가 위경리에게 다가가더니 포권을 취했다.

"장절 위 노선배를 뵈오이다."

"흠… 그러는 자네는 누구신가?"

인사를 받고야 고개를 돌린 위경리가 눈에 이채를 띠며 물었다.

백리웅천이 고소를 머금었다.

"강서의 백리웅천이라 합니다."

"백리웅천?"

갸웃거리던 위경리의 눈에 기광이 떠올랐다.

"강서… 백리……? 대풍운보의 장자 백리웅천?"

놀란 경악성이 객잔을 울렸다.

"그 백리웅천입니다. 이런 곳에서 위 노선배를 뵐 줄은 몰랐습니다.

운이 좋은 듯싶습니다."

"흠… 운이 좋다고? 운이 나쁜 게 아니고?"

"물론이지요. 혹여나 웅전의 일 때문이 아닌가 생각하신다면 그리 고민하실 필요가 없습니다. 가주께서는 그런 패악한 짓을 저지른 자가 백리 성을 썼다는 것 자체를 치욕으로 생각하시니까요. 이렇게 노선배를 뵈니 그저 즐거운 마음일 뿐입니다."

"즐겁다라…… 자네도 꽤 재미있는 사람이구먼."

재밌다고? 냉혈무광이? 남현강은 비집고 나오려 하는 신음을 억지로 삼켜야만 했다.

하지만 위경리의 눈을 피할 순 없었다.

"저 사람도 일행인가? 어디 아픈 모양이구먼."

'윽!'

"이번에 조사차 같이 동행한 제 사람입니다."

조용한 백리웅천의 말이었지만 듣는 위경리 등은 그가 조사하러 가는 것을 그리 탐탁지 않게 생각한다는 느낌을 받았다.

"자네에 대한 소문은 들은 바가 있네만, 설마 둘이서만 가는 건 아니겠지?"

백리웅천이 고소를 지었다.

"제 아우가 다른 길로 가고 있습니다. 그리고 제가 데리고 가는 사람도 조금 되지요."

"단주님!"

남현강이 대경해서 소리쳤다.

위경리가 누군가? 백리웅전을 잡는 데 일등공신의 역할을 한 사람이다. 한데 저들에게 아무렇게나 털어놓다니…….

"거참! 목소리 하나는 우렁차군. 그런데 낄 데, 안 낄 데 가리지 못하는 버릇이 있는 거 같구먼."

"그래도 충실한 사람이지요."

"하긴……."

한쪽에서 엽차를 마시던 우형욱은 무표정한 모습으로 백리웅천의 옆모습을 보았다.

희매를 죽인 백리웅전의 형이라는 자. 대풍운보 백리단황의 첫째.

자신과는 비교할 수 없는 기도를 지닌 자…….

이가 악 물리고, 어찌할 수 없는 자신에게 화가 난다.

위경리의 얼굴에서 장난기가 사라지고, 차갑고 냉정한 눈은 백리웅천을 향했다.

"그런데… 백리 소협은 혹 강규산이라는 이름을 아시는가?"

"강규산이라면…… 귀면신수 강 노선배를 말씀하시는 건지……."

"그렇네. 그런데… 그 친구가 삼 년 전쯤 죽었다네. 자넨 그가 왜 죽었는지 아나?"

백리웅천은 기억을 더듬는 듯 잠시 생각하더니 고개를 흔들었다.

"저의 경륜이 미천해서 잘 알 수가 없군요."

"흠… 알 수가 없다? 알 수가 없다라……. 백리가에서 모른다면 어디 가서 알아봐야 하나?"

"위 선배의 말씀은 마치 본 보가 강 선배의 죽음에 연관이 있다는 것처럼 들리는군요."

백리웅천이 의아하다는 듯 미간을 찌푸렸다.

"흥! 그럼 대풍운보가 아니면 귀신이 한 짓이란 말이오?"

우형욱이었다. 마음이 심란하던 터라 나오는 말이 고울 리 없었다.

젊은 우형욱이 백리웅천에게 코웃음을 치자 남현강이 참지 못하고 소리쳤다.

"그대가 감히 대공자께 따지겠다는 건가?"

"따지지 못할 건 또 뭔데?"

한번 뒤틀린 우형욱도 지지 않고 맞받아쳤다.

탕!!

백리웅천이 가볍게 탁자를 내리치자 공명된 소리가 사위를 감싸고 울렸다.

두 눈은 차갑게 굳어 남현강을 노려보곤 우형욱에게로 향했다.

"그러고 보니 백리 모가 실수를 한 거 같군요. 백리웅천이오."

"우형욱이오. 대풍운보에 비하면 별 볼일 없지만, 산서 은창보에 적을 두고 있소."

"아! 백산창 우 형이었구려."

"백산창이라는 과분한 이름은 버리기로 했소. 주제에 안 맞는 이름 따위는 없는 게 차라리 나으니까."

백리웅천은 이자 역시 재미있다는 생각이 들었다.

"우 형께선 왜 본 보에서 그 일을 알아야 된다 생각하시는지."

"그야… 백리웅전이 대풍운보주의 아들이니까 그런 거요."

"그 말씀은 웅전이 귀면신수의 죽음을 알고 있었다는 말씀이오?"

"그가 안다는 말은 하지 않았소."

위경리는 우형욱의 심정을 어느 정도 이해했기에 그냥 놔두었다.

약혼자를 처참하게 살해한 흉수의 형제를 보고도 마음이 평안하다면 그게 부처지 사람일까. 아마 저놈 속도 제 속이 아닐 것이다. 자신 역시도 자꾸 말이 꼬이는 것을……

‘그건 그렇고 저 백리가의 어린 놈은 정말 모르는 것 같은데…….
그럼 어찌 된 일이지?’

백리웅천은 위경리나 우형욱이 저런 이야기를 한 데는 무언가 이유
가 있을 것이고 그 이유가 결코 단순한 것이 아님을 짐작할 수 있었다.

기묘한 기운이 객잔을 지배했다.

일반 양민들은 칼 찬 강호인들의 언성이 높아가자 슬금슬금 다 일어
나 나가 버렸다.

우형욱은 의자에서 일어나 백리웅천을 노려보고 한 자 한 자 새기듯
이 말했다.

“음마가 익힌 무공이 귀면신수 노선배와 관련이 있으니 자연 의심을
할 밖에.”

백리웅천의 눈에서 차가운 광망이 쏟아져 나왔다.

“웅전이 남의 무공을 익혔다고? 그대는 본 보를 너무 무시하는 거
같군!”

“대풍운보의 무공은 대단하지… 암… 그런데 말이야…….”

백리웅천의 몸에서 강한 기세가 우형욱을 짓눌러 가자 위경리가 나
섰다.

“천음마령공이라는 마공에 대해서 들어본 적이 있는가?”

백리웅천은 처음에는 의아한, 그러다 놀란 눈으로 아무 말도 않고
위경리를 바라보았다.

“백리웅전은 천음마령공을 익혔네. 그게 무슨 뜻인지 자네도 알겠
지?”

조금의 흔들림도 용납치 않을 것 같던 백리웅천의 신형이 부르르 떨
렸다.

“그게 무슨…… 말도 안 되는…….”

단순히 마공을 익혔다는 게 문제가 아니다. 천음마령공에는 그 이상의 의미가 있다는 것을 백리웅천이 모를 리 없었다.

절대 부정의 표정으로 위경리를 보던 그는 위경리의 말이 결코 거짓이 아니란 걸 직감하고 망연한 표정을 지었다.

‘이건… 존망이 걸린 일이다…….’

백리웅천은 위경리에게 감사의 인사로 정중히 포권을 취했다. 어찌 보면 적이랄 수 있는 사이다.

그런데도 위경리는 대풍운보의 존망이 걸렸다 할 정도의 정보를 준 것이다.

말없이 감사의 인사를 보내는 백리웅천을 위경리는 형형한 눈빛으로 응시했다.

과연 백리웅천이다. 그는 한마디 말만 듣고도 상황의 다급함을 짐작할 정도의 능력이 있었다.

“나는 자네에게 한 가지를 주었네. 그러니 자네에게 하나를 요구할 수 있는 자격이 된다고 생각하네만.”

“말씀하시지요. 후배가 들어줄 수 있는 거라면 뭐든지 들어주겠습니다.”

“글쎄… 어쩌면 자네가 해줄 수도, 해주지 못할 수도 있겠군. 그럼 말하지. 강규산의 죽음에 진정 대풍운보가 관여하지 않았다는 믿음을 주게. 물론 거기에는 백리 보주의 확답이 있어야 하겠지.”

백리웅천은 백리가의 후계자다. 그런 그가 모른다는 것은 알 수 없는 무언가가 있다는 것.

위경리 같은 노련한 강호인이 그냥 넘어갈 리 없었다.

백리웅천의 이마에 깊은 골이 만들어졌다.

그는 아버지이자 대풍운보주인 백리단황에 대해 잘 안다 생각했다.

그런데 지금은 모든 게 불확실하다.

답답함이 온몸을 지배했다.

깊은 생각에 잠겨 있던 백리웅천을 깨운 것은, 한쪽에서 묵묵히 상황을 지켜보고 있던 진고영이었다.

"귀하께서 저분이 요구한 것을 들어준다면 저분께서는 아마 다른 선물도 주실 것이오."

백리웅천의 고개가 진고영을 향했다. 그제야 그가 있다는 것이 떠올랐다.

특이한 자다. 위경리와 마주 앉아 있을 정도면 결코 평범한 자라 볼 수 없다.

그런데도 아무런 것도 알 수 없었다. 심지어는 존재감마저 잊고 있었다.

"아!"

백리웅천의 입에서 작은 탄성이 터졌다.

자신의 능력으로 아무것도 알 수 없다는 것, 바로 그것이었다.

새로운 마음으로 바라봤다. 기이한 전율이 흐른다.

백리웅천이 진고영을 바라보며 점점 눈빛을 빛내자 위경리는 입맛을 다셨다.

"쳇! 아우는 너무 물러서 탈이라니깐, 아직 얻어낼 게 많았는데……."

"노형님, 아마 그 이상은 무리일 듯싶습니다."

"무리?"

"백리 소협이 강 대협에 대해 모른다면 대풍운보에서 누가 알 수 있겠습니까. 그러니 보따리를 푸시지요. 혹시 압니까. 나중에 잊지 않고 술이라도 한잔 대접할지."

"뭐… 아우의 생각이 그렇다면 어쩔 수 없지."

백리웅천의 눈에서 기광이 번뜩였다.

역시 평범한 자가 아니었다. 장절 위경리와 호형호제라니……

그러나 그는 이어지는 위경리의 한마디에 모든 생각을 접어야 했다.

"천은산장 사람들을 보았지. 오시 말쯤 되었을 거야."

"천은산장!!"

백리웅천과 남현강의 입에서 동시에 놀라움의 탄성이 터졌다.

"낙양 쪽으로 가는 거 같더군."

남현강이 벌떡 일어섰다.

"셋째 공자께서……"

말을 하다 입을 다물자 우형욱이 빈정거리는 투로 말했다.

"그 셋째라는 사람이 어느 정도의 고수들을 대동했는지는 몰라도 그들을 만나면 고생 좀 해야 할걸?"

"훙! 셋째 공자의 실력은 능히 본 보의 열 손 안에 드는 분이시다. 아무리 천은산장이라도 함부로 건들었다간 거꾸로 혼나게 될걸?"

"아직도 뭘 모르는군. 왜 위 선배님이나 진 소협께서 선물이라고 하시는지."

"……?"

남현강과 우형욱이 말싸움을 계속하자 백리웅천은 위경리 등에게 정중히 포권을 취했다.

"오늘의 도움 진정 감사를 드리오. 그리고…… 약속은 잊지 않겠습니다."

"한 가지…….."

진고영이 무심한 눈으로 백리웅천을 바라보았다.

백리웅천과 눈이 마주쳤다. 깨끗한 눈을 가지고 있는 자다.

어쩌면 대풍운보의 백리가를 다시 생각해야 할지도 모르겠다는 생각이 든다.

"하교하실 이야기가 있으신지."

백리웅천도 깍듯한 예의를 갖췄다.

"그들은 강하오."

뜬금없는 소리다.

"나도 약하다 생각지 않소만."

강한 오기가 조금은 섞인 답이다.

"내가 장담할 수 없는 자가 둘이다."

위경리가 끼어들었다.

"……!"

백리웅천의 눈이 살짝 흔들렸다.

"위 노선배가 도저히 어찌할 수 없는 사람도 있소. 그래도 자신있소?"

우형욱이 참지 못하고 한마디 했다.

백리웅천과 남현강의 움직임이 멈췄다. 놀라움이 담긴 눈으로 위경리를 쳐다보았다.

일그러진 얼굴로 위경리가 우형욱을 꼬나보았다.

"그래! 붙으면 내가 깨진다! 이제 속이 시원하냐!"

"아, 누가 뭐라 했습니… 까?"

"좌우간 요즘 어린것들은 잘해주면 기어오른다니깐. 에잉……."

"…진 소협한텐 아무 말도 못하면서……."

"뭐야!!"

장난 같은 두 사람의 말을 듣던 백리웅천은 머리가 다 어지러워지는 것 같았다.

"위 노선배님… 대체 누가 있었길래 천하가 좁다 하시는 선배님께서……."

"도제!! 늙었어도 죽지 않고 팔팔하더군. 광혼도제 장무담이 그들을 이끌고 있다!"

백리웅천의 눈이 있는 대로 부릅떠졌다.

"광혼도제 장무담!! 으음……."

거짓인 것 같지는 않다. 적어도 칠절의 명예가 걸린 일이나…….

남현강은 말을 잊었다.

"맙소사… 도제라니……."

두 사람이 정신없이 떠나간 객잔은 위경리와 우형욱의 눈빛 부딪치는 소리만 들리고, 진고영은 어찌할 수 없는 두 사람을 보곤 고개를 저었다.

"오리 고기가 다 식었군요……."

"웅? 식어? 식으면 맛없는데. 이봐, 점소이!!"

*　　　　*　　　　*

눈보다 더 하얀 백의, 가슴엔 청학 한 마리가 노닐고, 손에선 먹이 가득 담긴 세필이 화선지 위를 거닐고 있다.

276

깊이 가라앉은 사마중안의 눈은 천 장 심해의 어둠과도 같았다.

화선지 위에선 부드러우면서도 절제된 손놀림에 한 포기 난이 자라고, 은은한 묵향은 작지 않은 방 안에 가득 퍼졌다.

"남가령에서 장절 위경리 일행을 만났다 합니다."

영무각(影霧閣) 제이령주 조이경의 보고가 방 안의 정적을 비집고 울렸지만 사마중안의 손놀림은 한 치의 흔들림도 없이 난향을 따라 미끄러져 갔다.

"영무 십삼 호의 보고에 의하면 장 봉공께서 장절과 함께 있던 한 청년에 대해 지대한 관심을 보였다 합니다."

사마중안은 몸을 세우고 자신이 친 난을 지그시 바라보았다.

"흠…… 난을 치다 보면 가끔 나 자신을 그리는 착각에 빠질 때가 있어. 이경, 자네도 취미 하나쯤 가져 보도록 하게. 너무 일에만 매달리다 보면 자칫 일이 나인지, 내가 일인지 분간 못하고 인생을 허비하는 경우를 종종 봐왔다네."

조이경은 여전히 엎드린 자세로 묵묵히 보고를 이어 나갔다.

"장 봉공께선 그 청년의 무위를 유 대협이나 종리 대협보다 우위로 평가했다 합니다."

순간, 사마중안의 입가에 머물렀던 잔잔한 미소가 씻은 듯이 사라졌다. 그리고 흥미있는 눈으로 엎드려 있는 조이경의 뒷머리를 쳐다봤다.

"일개 청년이 유광이나 종리율보다 강하다고? 흠…… 장 노사의 평가라……. 천하에서 그만한 나이에 그 정도 평가를 받을 수 있는 자가 몇이나 될까? 셋? 넷? 많아야 다섯은 넘지 않을 거야."

"정확한 정체를 알아보기 위해 영무십일호를 파견했습니다."

"…그것도 괜찮겠지……. 변수가 될 가능성은?"

"이미… 변수로 작용하고 있습니다. 그들이 백리웅천을 만났습니다."

사마중안의 얼굴이 빙굴의 얼음벽처럼 차갑게 변했다가 서서히 본래의 부드러움을 찾아갔다.

"그래… 어차피 불어야 할 바람이라면 조금 일찍 분다 해서 그리 잘못될 것은 없겠지……."

"그리고 확인되지 않은 소문 하나가 돌고 있습니다. 음혼색살마 백리웅전이 금지된 마공을 익혔을지 모른다 합니다."

"확인이 안 된 소문? 금지된 마공이라고?"

사마중안의 목소리가 높아지고 눈빛이 싸늘하게 빛났다.

"철저히 확인해라! 인원을 더 들여서라도 정확한 것을 확인하도록!"

"예!"

짧게 대답하는 조이경의 어깨가 부르르 떨렸다.

뜻밖에도 사마중안이 소문에 민감하게 반응하는 것이 이상했지만, 거기에는 그럴 만한 이유가 있을 것이다. 조이경으로선 그저 하라는 대로 하면 된다. 지금껏 그가 본 사마중안은 결코 불필요한 명을 내린 적이 없었으니까.

"만일 그 소문이 사실이라면 천의는 우리에게 있음이다……."

사마중안의 눈동자 저 깊은 곳에서 진한 혈광이 불타올랐다.

"최대한 빨리 알아내도록. 그리고… 백운보를 움직여라!"

"존명!"

4

대별산맥은 하남과 호북 안휘의 경계를 짓는, 예로부터 각 성을 넘나들기 위한 고갯길이 사방에 산재해 있어 군사적 중요 요충지였다. 지금은 무림련이 대별산맥 주봉이랄 수 있는 천당봉에 백여 년째 자리 잡고 있어 정파무림인들에겐 성지와 다름없는 곳이다.

진고영 일행은 그 고갯길 중 하나인 단구령을 넘어 노하구로 가기 위해 등주에 들렀을 때에야 십정총회에 대한 이야기를 들을 수 있었다.

백리웅전을 무림련 뇌옥으로 압송하고 대풍운보에 피해자들에 대한 배상을 요구한다는 극히 단편적인 소식들이었다.

무림련이 신중을 기해 움직이고 있다는 말과도 같았다.

천음마인에 대한 소문이 아직 알려지지 않은 것만 보아도 보안을 철저히 하고 있다는 반증이다.

하지만 언젠간 알려질 것이다. 지금도 간간이 마공에 대한 소문이 꼬리를 잇고 있었다.

오랜만에 선선해진 날씨는 여행하는 사람들의 마음을 흡족하게 하기에 충분했다.

비라도 오려는지 잔잔한 바람에는 촉촉한 습기마저 묻어 나오고 있었지만 기온이 낮아서인지 끈적끈적한 느낌은 들지 않았다.

등주에서 하룻밤을 지내고, 간단한 먹거리를 챙겨 아침 일찍 출발한 진고영 등이 백양나무 우거진 백수림을 가로지르는 관도를 지날 때였다.

챙! 차창!

무기가 부딪치면서 나는 쇳소리가, 고요한 백수림을 살기 넘치는 싸움터로 만들었다.

기분 좋게 말을 몰던 위경리가 그냥 지나칠 리 만무했다.

"젠장! 어떤 놈들이 아침부터 칼부림을 하는 거지?"

백여 장 밖에서 나는 소리인지라 아직 보이지는 않았지만 한두 명의 싸움이 아니라는 것은 쉽게 짐작할 수 있었다.

팔십여 장을 더 가서야 싸우고 있는 자들의 모습이 보였다.

"어? 저들은 어제 객잔에서 보았던 자들인데요?"

우형욱은 그들을 알아볼 수 있었다.

등주의 객잔에 머물렀던 어제, 삼남 일녀의 일행은 별채를 통째로 사용해서 위경리의 빈축을 샀었다.

돈 자랑 하려거든 없는 사람들이나 도와주지, 쓰지도 않을 방을 뭐하러 다 빌리냐는 거였다.

그런 그들이 다섯 장한과 어우러져 한바탕 살벌한 장면을 연출하고 있었던 것이다.

삼남 일녀의 무공을 살피던 위경리가 눈살을 찌푸렸다.

"제갈가의 무공을 사용하다니……. 제갈가의 사람인가?"

"제갈세가요?"

"그래! 눈은 멋으로 달고 다니냐? 아니면 구멍으로 먼지 들어갈까 봐 끼우고 다니는 거냐."

"거 너무 뭐라 하지 마십시오. 젊은 놈 기죽이자는 것도 아니고 노인네가 심술은……."

옥신각신 말다툼이 어제 오늘이 아닌지라 진고영은 고소를 지으며 싸우고 있는 자들을 쳐다보았다.

삼남 일녀 중 같은 기운을 지닌 자가 둘이었다.

이십 초반의 청년과 갓 스물이 됐을까 싶은 여인. 아마도 제갈세가의 사람들이 그들일 것이다.

다른 두 사람은 각기 다른 기운을 지니고 있었지만 정순한 기운을 지닌 걸로 보아 명문의 제자인 듯싶었다.

그들과 싸우고 있는 장한들은 모두 붉은 경장에 붉은 피풍의를 두르고 무기도 제각각이었다.

검을 지닌 자가 둘, 도를 지닌 자가 둘, 그리고 다른 하나는 특이하게도 쌍부를 사용하고 있었다.

검을 지닌 자들 중 하나만이 옆에서 지켜보고 있을 뿐, 나머지는 언제 어떻게 될지 모를 정도의 치열한 싸움을 벌이고 있었다.

제갈장연은 의외의 장소에서 혈정곡의 오귀를 만나게 됐다는 데 당혹감을 감출 수 없었다.

동생과 두 명의 친우를 만나 무림련 총단으로 가던 중이었다.

본래 숙부인 제갈성호와 함께 떠날 계획이었다.

그런데 동생이 숙부와 같이 가다 보면 구경하고 싶은 것도 마음대로 볼 수 없으니 하루 먼저 출발하자고 졸라대서 친우들만을 대동하고 떠났던 것이다. 그러다 반 시진 전 제갈세가와 적대 관계에 있는 혈정곡의 오귀를 만나게 된 것이다.

무림련이 멀지 않고 세가 역시 사백여 리밖에 떨어져 있지 않아 놈들이 잘 돌아다니지 않는 곳인데 무슨 일인지 아침부터 급히 길을 재촉하고 있던 오귀의 발걸음을 잡은 것은 천방지축 여동생 제갈상화였다.

혈정오귀(血鼎五鬼)는 마도십문(魔道十門) 중 하나인 혈정곡의 곡주

혈심마혼(血心魔魂) 마조등이 심혈을 기울여 키운 혈정대의 핵심 고수들이었다.

오귀라는 이름은 다섯 명씩 조를 이룬 혈정대의 조직 때문에 붙은 이름이다.

다섯 명씩 이뤄진 조가 열, 합이 오십 명인 조직이 혈정대였다.

항상 다섯이 붙어 다니기에 강호에서는 그들이 누구든 그냥 혈정오귀라 불렀다.

지나가는 혈정오귀의 앞을 가로막은 제갈상화가 말릴 사이도 없이, 대뜸 마도인들이 여기가 어디라고 함부로 돌아다니냐며 검을 빼 들었다가 결국 한순간도 방심할 수 없는 난전이 벌어진 것이다.

"하앗!"

제갈정연의 검이 세 개의 검화를 그리며 쌍부를 휘두르는 자의 가슴으로 빠르게 파고들자, 몸을 뒤틀며 쌍부를 교차시켜 검의 진로를 방해했다.

차르르릉!

검은 진로가 막히자 갑자기 아래쪽으로 쑥 꺼지며 뱀이 머리를 치켜들 듯 쌍부의 틈을 파고들었다.

제갈세가의 자랑이라는 비류연환 십팔검의 변화였다.

순식간에 쌍부를 휘두르던 자의 가슴에 검이 스치고 어깨 쪽에서 피가 튀었다.

제갈정연으로선 안타까운 일이었다. 이번 일검으로 적어도 팔 하나는 못 쓰게 할 수 있을 줄 알았건만 기껏 어깨에 생채기를 내는 데 만족해야 하다니……. 급격한 변화는 그만큼 많은 내력을 소모해야 한다.

아직 완전치 못한 연환식을 많은 내력을 소모하며 기회를 틈타 펼치고도 별다른 성과를 거두지 못한 대가는 혹독했다.

어깨에 검이 스쳐 지나가는 순간 삼귀는 이를 악물고 쌍부를 풍차처럼 휘둘러 검을 밀어 쳐내고 제갈정연의 허리와 다리를 동시에 친 것이다.

"크읍!"

급히 보법을 펼쳐 뒤로 삼 보를 물러났지만 역시 비류연환을 펼치며 내력을 너무 많이 소모했었나 보다.

허벅지를 도끼날이 한 치 이상 파고들며 스쳐 갔다.

그나마 몸을 뒤로 눕혀 철판교로 벗어났기에 허리는 상처를 입지 않았다.

제갈정연은 짧은 신음을 흘리며 있는 힘을 다해 비류연환식 중 방어식인 도수산벽을 펼치며 급급히 오 보를 물러났다.

삼귀는 기회를 잡았지만 뒤를 쫓지는 않았다.

제갈가의 어린 놈은 순수하게 무공만을 비교하면 자신보다 강했다. 그나마 부상을 입힐 수 있었던 것은 자신의 경험이 상대보다 월등했기에 가능한 일이었다. 이런 상황서 무턱대고 공격한다면 거꾸로 당할 가능성이 많았던 것이다. 앞뒤 안 가리고 가장 강력한 반격을 할 테니.

다른 자들의 상황도 비슷했다.

제갈상화는 어렵게 비등한 싸움을 하고 있었지만 역시 경험 미숙은 실전에서 중요한 변수로 작용하고 있었다.

풀어진 머리를 휘날리는 제갈상화는 오귀를 공연히 건드렸다는 후회감에 검결을 제대로 풀어가지 못하고 있었다.

검산장의 유대건은 십여 군데에 자잘한 상처를 입고 고전을 하고 있었다.

처음으로 사부를 따라 강호에 나와서 제갈세가의 넷째 제갈정연과 친구가 되고, 아름다운 제갈상화와 같이 일행이 되어 무림련을 간다고 했을 때는 날듯이 기뻤다. 이게 바로 강호행의 묘미구나라는 생각이 들었다.

그런데 삼 일 만에 온몸에 상처 입은 가련한 꼴이 된 것이다.

그나마 형산파의 제자인 정유백이 이귀를 몰아치고 있어서 하나 남은 일귀가 쉽게 싸움판에 끼어들지 못하고 있었다.

한쪽에서 상황을 주시하던 일귀는 상황이 생각보다 잘 풀린다는 생각이 들었다.

놈들의 무공은 오히려 오귀에 비해 높다 할 수 있었다.

그럼에도 오귀는 밀리지 않고 있다. 아니, 오히려 앞서 가고 있는 것이다.

경험이 미숙한 풋내기들이었다. 이귀를 강력하게 몰아치는 형산파의 제자 놈만 아니었다면 자신이 끼어들어서 보다 빨리 매듭을 지으려 했을 것이다. 하지만 그리되면 자칫 이귀가 당할 수 있다.

지금 놈은 자신의 실력을 다 드러내 놓지 않고 있다.

아마 자신이 끼어들려 하면 전력을 다하게 될 것이고, 그리되면 이귀는 결코 몇 초식을 버티지 못할 것이다.

이러지도 못하고 저러지도 못하고 검광, 도광이 난무하는 싸움을 지켜보던 일귀는 문득 누군가가 오고 있다는 사실을 깨달았다.

눈만 돌려 다가오고 있는 자들을 보았다.

중년인 하나와 청년이 둘이었다.

그중 창을 든 청년이 말에서 내려 앞으로 걸어나왔다.

제법 날카로운 기세를 지닌 자다.

"싸움에 끼어들 생각이 아니거든 가까이 접근하지 마라!"

일귀가 우형욱을 바라보며 냉랭한 말투로 소리쳤다.

"싸움에 끼어들고 싶으면 빨리 오라는 소리로 들리는군."

우형욱의 대꾸에 일귀의 미간이 좁혀들고 손은 검을 잡아갔다.

"후회할 짓은 안 하는 게 몸에 이로운 법이지."

"글쎄… 후회는 나중이고 일단은 한번 붙어보고 싶군."

"흥! 본 혈정곡의 행사에 끼어들겠다는 건 본 곡을 적으로 삼을 용기도 있다 봐야겠지."

"혈정곡! 마도십문 중 혈정곡이라……. 좋아! 한번 붙어보자구."

창을 중단으로 올린 우형욱이 득달같이 달려들며 창을 휘둘렀다.

찰나간에 새파란 십여 개의 창영이 일귀에게 쇄도해 들어가자 일귀는 대경하며 검을 뽑아 창영에 마주쳐 갔다.

어이없는 놈이다. 그리고 경험 미숙의 저 어린 놈들하고는 달랐다.

선제공격의 효를 최대한 살릴 줄 아는 놈이었다.

거기다가 뒤에는 실력을 알 수 없는, 또 다른 두 명이 조용히 쳐다만 보고 있었다.

극히 좋지 않은 상황이다.

"아우가 보기에 어떤가? 제갈가의 저 어린 놈은 서두르다가 당하고 어린 계집아이는 제 실력의 반도 못 펼치는 거 같은데. 그나마 형산의 검을 익힌 저놈만 제 몫을 하는구면. 그런데…… 저 우가 놈은 마치 못 싸워서 미친놈처럼 왜 저래?"

"그간 쌓인 게 많았을 겁니다. 울분은 쌓일수록 독이 되는 법, 저렇게 해서라도 풀을 수 있다면 괜찮겠죠."

"흠… 하긴……. 꼴에 남자라고 울지도 못했으니……."

진고영과 위경리가 싸우고 있는 사람들을 보며 평하는 사이 장내의 상황이 점점 변하고 있었다.

일귀가 뜻밖의 적을 맞아 일진일퇴하며 싸우자 정유백의 검이 더욱 신랄한 검기를 흘려내고 제갈가의 두 남매도 여유를 찾아갔다.

유대건까지 주위 상황에 흔들리는 오귀를 맞아 선전하자 일귀의 마음은 다급해져만 갔다.

눈앞에서 급격한 변화를 일으키는 창영에는 강한 힘까지 담겨 있어 상대하기가 만만치 않았다.

휘두르다가 불쑥불쑥 찔러 들어오는 창의 끝에는 기가 일렁여 스치기만 해도 상당한 타격을 받을 터였다.

우형욱을 상대하며 오귀의 나머지를 재빠르게 둘러본 일귀는, 혈정 검결 중 혈해만장을 펼쳐, 창영을 비집고 양 옆구리를 공격했다.

우형욱이 어쩔 수 없이 창을 거두고 뒤로 물러날 수밖에 없게 되자, 즉시 소리쳤다.

"모두 뒤로 물러나라!"

일귀의 외침에 나머지 사귀는 있는 힘껏 무기를 내치고 뒤로 물러났다.

제갈 남매 일행 역시 사귀가 물러나자 쫓지 않고 내력을 다스리며 상황을 주시했다.

일귀는 곁으로 사귀가 모여들자, 제갈정연을 한번 쳐다보고는 고개를 돌려 오 장 뒤에 서 있는 진고영과 위경리를 보았다.

전면에는 다섯, 후면에는 둘, 일단은 뒤로 물러서 후일을 기약하기로 마음을 정했다.

명령을 수행하던 중이었으니 굳이 저들과 목숨을 건 일전을 할 필요
는 없었다. 일단은 곡주의 명령이 우선이었다.

"뒤를 치고 빠져나간다. 가자!"

일귀를 선두로 재빨리 뒤로 몸을 날린 오귀는 뒤쪽의 두 사람을 향
해 공격해 갔다.

"저저…… 저놈들이 미쳤나. 하필이면 왜 저쪽이야……."

우형욱은 한참 싸우던 도중, 뒤로 물러나더니 사귀를 불러 모으고
뒤를 돌아보는 일귀를 보다 어이없다는 듯 말했다.

그리고 그런 우형욱을 제갈상화는 더 어이없다는 듯 바라봤다.

"이봐요? 저 사람들 당신 일행 아닌가요?"

"맞소만."

"도와줘야 하지 않겠어요?"

"도와준다고? 누가 누굴? 위 노선배나 진 소협을? 우리가?"

"그래… 요."

"저놈들이 죽으려고 환장했지… 하필 저리 가냐……."

우형욱의 중얼거림이 끝나기도 전에 그쪽에서 비명이 터졌다.

"크억!!"

"으윽!"

순식간에 두 사람에게 덤벼들던 오귀 중 둘이 허공으로 튕겨졌다.

위경리에게 무기를 휘두르다 뭐가 어떻게 되는지도 모르고 튕겨진
것이다.

위경리는 웃기지도 않는 뻘건 것들이 자신을 향해 무기를 휘두르자

기분이 나빠졌다.

　'내가 그리 만만해 보였나? 요것들을……. 내가 사정을 봐주는가 봐라.'

　찔러오는 검을 공수입백인으로 잡아 옆을 쳐오는 도를 막고, 왼손으로 소매를 움켜쥐고는 허공으로 내던져 버렸다. 던지기 전에 일장을 가슴에 남겨 확실한 교훈을 주는 것도 잊지 않고.

　동료의 검에 튕겨지는 도를 고쳐 잡고 다시 일도를 내치던 사귀는, 느닷없이 눈앞에 나타난 손바닥을 제대로 보지도 못하고 얼굴을 얻어맞고는 바닥을 굴렀다.

　멍한 몸은 본능적인 움직임으로 도를 휘둘렀지만 상대는 이미 도의 쾌적을 벗어나 오귀를 치고 있었다. 장영이 여덟 개로 늘어났다 싶은 순간 오귀의 칼이 튕겨져 허공을 날고, 곧바로 몸이 칼을 쫓아 허공으로 솟구쳤다. 억눌린 비명과 함께.

　상황을 판단할 시간도 없이 둘이 당한 것이다.

　오귀가 두 사람을 공격하는 것을 쳐다보던 사람들은 혈정오귀 중 두 사람이 비명과 함께 허공을 날고 한 사람은 바닥을 뒹굴자 멍한 눈으로 위경리를 쳐다보았다.

　정유백 역시 놀라지 않을 수 없었다. 비록 자신보다 약하다 하지만 그래도 혈정오귀다.

　두 사람이라면 자신도 짧은 시간 안에 이긴다 장담할 수 없다. 그런 그들을 장난하듯이 몇 수 만에 제압하는 위경리는 놀라움 그 자체였다.

　아마 사부님이라 해도 저 정도는 아닐 것이다. 도대체 저자가 누구이기에 저런 엄청난 무위를 지녔단 말인가.

하지만 그들의 놀라움은 일귀에 비하면 아무것도 아니었다.

혈정검결을 펼치며 진고영을 찔러가던 일귀는 진고영의 일 장 앞에서 다급히 신형을 멈춰야만 했다.

무언가 알 수 없는 기운이 자신의 앞길을 막고 있는 것 같았기 때문이다.

그것은 한 자루의 뭉툭한 곤이었다.

검은 윤기가 흐르는 곤의 끝이 자신을 향하고 있었다. 그다지 특징도 없는 곤이었다.

그런데… 그런데…

꼼짝도 할 수 없다. 마치 내 자신이 거미줄에 걸린 한 마리 파리가 된 기분이다.

뭔가… 도대체 저 곤의 끝에 뭐가 있길래…….

이미 곤의 끝이 처음에 향했던 자리에는 이귀가 도를 늘어뜨린 채 창백한 얼굴로 무릎을 꿇고 있었다.

곤의 기에 의해 내부가 진탕되어 버린 것이다.

진고영 쪽을 바라보던 제갈상화는 의아한 생각이 들었다.

곤처럼 보이는 것을 들고 서 있는 키가 큰 자 앞에 한 사람은 무릎을 꿇고, 한 사람은 꼼짝도 않고 서 있다. 저들은 곤을 든 자를 칠 생각이 없나 보다. 그럼 왜 공격했었지?

그나마 일행 중 상황을 제대로 판단할 능력이 있는 사람은 정유백뿐이었다.

그는 전에 사부로부터 절정고수들의 능력에 대해 들은 적이 있었다.

지극히 정순한 검기만으로 점혈을 하는 검기점혈은 검을 자신의 몸처럼 다룰 수 있을 정도가 되어야 할 수 있다고 했다. 단순히 검기를 일으키는 것과는 그 차원이 다르다 했다.

절정의 고수라면 그 정도는 기본이다.

저자는 기로써 이귀를 무릎 꿇리고 일귀를 무력화시켜 버렸다.

그렇다면 저자가 이미 절정에 달한 고수란 말인가? 저 젊은 나이에?

당금 무림에 절정에 달한 고수가 얼마나 될까?

아마도 많아야 백을 넘지 않을 것이다.

수많은 기인이사들, 무림의 원로들, 홀로 다니는 고수들 그 수가 수백이다.

그들 중 백이라는 숫자는 결코 많은 게 아니다.

그럼 저자는 그 백이라는 숫자에 들 수 있는 자일까?

정유백은 상념에 머리가 어지러울 지경이었다.

진고영이 곤을 거두자 일귀는 제풀에 비칠비칠 뒤로 물러섰다.

덤벼든다는 생각은 이미 구만리 밖으로 날아가 버렸다.

"그러게 갈려면 그냥 가지 덤비긴 왜 덤벼?"

기분 나쁘다는 위경리의 투정 같은 말에 일귀는 어안이 벙벙해졌다.

'그럼 그냥 가려 했으면 보내줬다는 소리……?

일귀의 표정이 일그러졌다.

"그럼… 그냥 가도 되겠소?"

"웅? 누가 뭐래? 가는 건 안 잡을 테니 니 맘대루 하라구."

위경리가 별놈 다 본다는 듯 손을 휘저었다.

"이봐요! 그자들에게 우리가 부상을 입었는데 그냥 보내준다는 말이에요?"

혈정오귀가 비칠거리며 일어나 장내를 떠나려 하자, 한쪽에서 못마
땅한 표정으로 서 있던 제갈상화가 빽, 소리쳤다.

"어? 잡으려면 자네들이 잡으라고. 노부는 공연히 힘 빼고 싶지 않
으니까."

시큰둥한 위경리의 말에 제갈상화가 멍하니 입만 벌리고 서 있자 제
갈정연이 후다닥 나섰다.

한 번은 늦었지만 두 번까지 허용할 수는 없었다. 동생의 입을 막아
야 했다.

그사이 혈정오귀는 부리나케 떠나갔다.

"어쨌든 도와주셔서 감사합니다. 저는 제갈정연이라 합니다. 그리
고 이 아이는 제 동생으로 상화라 합니다."

"쿵! 역시 제갈가의 아이들이었군. 한데 대체 여기서 뭐 하고 있는
게냐?"

위경리가 마치 자신들을 어린아이 다루듯 하자 제갈정연은 미간을
찌푸렸다.

비록 도와줘서 위험을 넘기기는 했지만 그렇다고 자신들을 막 대하
는 위경리가 마음에 안 들었던 것이다.

그리고 제갈상화는 거기다 화가 나기까지 했다.

막 제갈상화가 입을 열어 소리치려 할 때였다.

무언가 곰곰이 생각에 잠겨 있던 정유백이 포권을 하며 앞으로 나섰
다.

"혹시… 장절 위 노선배님이 아니신지……."

오귀 중 셋을 가볍게 처리하고, 중년의 나이인 듯한데 노부라는 자

칭, 거기다 창을 지닌 자가 불렀던 위 노선배라는 호칭……. 사부에게 들었던 절정고수 중 위씨 성을 쓰는 중년 노인(?)은 그뿐이었다.

"어쭈? 자네가 나를 어찌 알지?"

위경리에게 뭐라 말하려 했던 제갈상화의 입에서 경악성이 터졌다.

"맙소사… 장절! 위경리!"

제갈정연은 여동생이 대책도 없이 까마득한 대선배인 위경리의 이름을 대놓고 부르자 질끈 눈을 감아버렸다.

하지만 다행하게도 위경리는 힐끗 쳐다만 봤을 뿐, 별다른 추궁을 하지 않았다.

"제갈청이 고생 좀 했겠구먼. 딸내미 단속하느라고."

이번에는 제갈상화도 별다른 반응을 보이지 않았다. 상대가 칠절 중 일절인 위경리라면 그녀가 입을 열어 상대할 수 있는 사람이 아닌 것이다. 자신의 아버지라도…….

한쪽에서 한참 어린 제갈상화와 이러쿵저러쿵 말다툼하는 위경리를 보던 진고영의 입가에 웃음이 걸렸다.

제갈상화는 무안한 마음에 고개를 돌리다 문득 진고영의 입가에 고소가 걸린 걸 보자, 상대를 바꾸기로 한 듯 진고영을 향해 빽 소리쳤다.

"흥! 당신은 지금 저를 비웃는 건가요?"

"……?"

진고영은 어리둥절한 표정으로 제갈상화를 쳐다보았다.

"나는 낭자를 비웃지 않았소만……."

"웃고 있으면서 웃지 않는다고요!"

"아니… 그건……."

여인을 상대로 말을 해보지 않은 진고영은 마땅한 답이 떠오르지 않자 위경리를 쳐다보았다.

하지만 위경리도 큰 도움이 되지는 않았다.

"아우가 웃기는 웃었고만……."

그래도 조금은 도움이 되었다.

"아우?"

제갈정연 일행 역시 다른 자들과 마찬가지로 놀라 소리쳤다.

거기에는 제갈상화도 끼어 있었다.

'저 젊은 사람이 장절의 아우? 그럼 저 사람도 선배 고수?'

하나같은 반응이었다.

잠시간 정적이 흐르자 위경리가 말문을 열었다.

"그런데… 자네들 여기서 머 하는 건가?"

"아! 그만 저희들이 실례를……."

제갈정연은 위경리와 진고영에게 사과의 말을 하며 자신들이 오늘 혈정오귀와 한바탕 싸우게 된 이야기를 했다. 물론 그 불을 지핀 게 제갈상화라는 말까지.

"그러니까… 저 천방지축 여동생 때문에……."

"노선배님!!"

제갈상화가 참지 못하고 얼굴을 붉히며 소리쳤다.

"나 귀 안 먹었다. 한데 무슨 일로 무림련을 가려는 게냐?"

"저 그건……."

제갈정연의 말에 의하면 무림련에서 회합이 열린다고 한다. 주축을 이루는 십정과 오대세가, 그리고 각 중소문파의 대표들이 모여 음혼색 살마에 대한 걸 논의한다는 것이다.

제갈세가 역시 오대세가의 하나, 빠질 수 없는 자리다. 더구나 당금 강호를 뒤흔드는 일이거늘······.

제갈정연의 이야기를 듣던 위경리의 얼굴에 그늘이 졌다.

강규산의 일을 해결코자 수년을 돌아다녔다.

그러다 이제 하나의 실마리를 찾았거늘 확실한 것은 아무것도 없었다.

자꾸만 백리웅천의 말이 귀에 걸리는 것이었다.

대풍운보는 강규산이 죽은 것에 아무런 관여 사실이 없다, 는 말이 사실이라면 일은 더 복잡해질 것이다.

위경리의 얼굴에 그늘이 지고, 먼 하늘을 보며 생각에 잠기자 진고영이 나직이 입을 열었다.

"노형님, 한번 가보시지요."

"응? 응······. 그게··· 아무래도 그래야겠지?"

"지금으로선 가까운 곳에서 상황을 주시하는 게 더 도움이 될 것 같습니다."

"그건··· 그렇네만······. 후우··· 아무래도 심상치 않아. 점점 피 냄새가 진해지는 거 같아."

"백리웅천의 말이 걸리십니까?"

"음··· 맞아."

"그는 약속을 어길 사람은 아닌 듯 보였습니다. 때가 되면 알 수 있을 겁니다."

"자네도 그리 생각했구먼. 여의치 않다면 직접 백리단황을 만나볼 생각이네."

진고영과 위경리의 이야기를 듣던 우형욱이 궁금한 얼굴로 위경리에게 질문을 던졌다.

“하면 위 노선배께선 대풍운보가 천음… 마인과 관련이 없을 수도 있단 말씀이십니까?”

“아직은 확실한 게 아무것도 없다는 말이네. 석연치 않은 점이 너무 많아. 백리단황이라는 사람은 그리 허술한 사람이 아닐세. 그가 사십 대 나이에 일개 평범했던 가문을 이끌고 삼 개 성을 아우르는 패자가 될 수 있었던 것은 단순히 무공만 강하다고 이룰 수 있는 일이 아닐세. 지(智), 용(勇), 신의(信義)가 어우러지지 않으면 불가능한 일이었네. 그는 모두가 불가능할 거라 생각했던 일을 이십 년 만에 이루어냈지…….”

평소와 다르게 묵묵히 말을 잇던 위경리가 우형욱을 보고 물었다.

“너는 어찌할 거냐?”

“저는…… 저는…….”

힐끗 진고영을 쳐다보다 잠시 망설이던 우형욱이 입술을 지그시 깨물었다.

“전처럼 힘이 없어 사랑했던 사람이 죽어가는데도 아무것도 해줄 수 없었던…… 그런 건 이제 싫습니다. 힘을 키울 겁니다. 진 소협을 따라다니며 무엇이든 배울 것입니다. 이제는 누구를 잃고 슬퍼하지 않을 작정이거든요.”

“음…… 알겠네.”

모두가 말을 잊었다. 그래야 할 거 같았다. 심지어 제갈상화는 분위기에 이끌려 얼굴이 살짝 달아올라 있었다. 새삼 우형욱이 다시 보이기까지 했다.

그렇게 위경리는 그들과 함께 떠나갔다.

함께했던 시간은 보름 정도에 불과했지만, 마치 몇 년을 같이한 사람이 떠난 것마냥 옆이 허전하기만 했다.

진고영은 허전한 마음을 달래려 우형욱과 말을 몰아 단숨에 단구령 정상에 올라섰다.

고갯길 삼십여 리를 내처 달려서인지, 말들은 거센 숨을 몰아쉬고 있었지만, 진고영은 가슴이 탁 트인 듯 시원해졌다.

가슴이 탁 트인 듯 시원해졌다.

저 멀리로 회하(淮河)의 강줄기가 보이고, 그 너머 온갖 형상을 한 산들이 줄지어 서 있었다.

마침내 호북성에 발을 디딘 것이다.

『고영』 2권에서…